Forrester träumt

Szenen aus dem Leben des Hieronymus Bosch

Jeremias Forrester, ein 63 Jahre alter Richter aus Boston, beginnt eines Tages auf beunruhigende Weise zu träumen. In seinen Nächten erlebt er eine ferne Vergangenheit und eine irritierende Perspektive auf eine mittelalterliche, flämische Stadt. Er findet sich im Körper eines Kindes, erlebt dessen Wahrnehmungen und Gedanken. Zudem schreiten Forresters Träume chronologisch fort, sein Traum-Ich wächst und entwickelt sich.

Ein Zufall hilft ihm, diese Träume zu entschlüsseln. Der holländische Maler **Hieronymus Bosch** (1450-1516) ist es offensichtlich, der seine Nächte beherrscht. Forrester erhält von einem Psychiater, den er in seiner Verzweiflung aufsucht, den Auftrag, sich als Therapie seinen Träumen zu stellen, diese in einem Buch aufzuschreiben und den Ort seiner Visionen zu erkunden.

Also fliegt Jeremias Forrester nach Europa, nach **Hertogenbosch** in den Niederlanden...

Andrea Fondermann

Forrester träumt

Szenen aus dem Leben des Hieronymus Bosch

Bibliografische Information der Deutschen Nationalbibliothek:
Die Deutsche Nationalbibliothek verzeichnet diese Publikation in der Deutschen Nationalbibliografie; detaillierte bibliografische Daten sind im Internet über http://dnb.dnb.de abrufbar.

© 2017 Andrea Fondermann

Umschlagbilder: Andrea Fondermann

Herstellung und Verlag: BoD – Books on Demand, Norderstedt

ISBN: 9783743175105

Jeremias

Während die Maschine den Weg zum Rollfeld nahm, begannen ihre Motoren mit einem Sausen, das die Vorbereitung zum Abheben schon in sich trug. Jeremias schloss nervös die Augen und atmete tief durch. Das Geräusch wurde lauter. Es hatte eine Unerbittlichkeit in sich, die hörbar war. Das metallische Röhren einer Urgewalt. Er fröstelte. Das riesige Flugzeug verharrte kurz, der Ton steigerte sich, gleichzeitig rüttelte die Maschine sanft und tankte Kraft wie ein Tier, das sich duckt, um loszuspringen. Jeremias öffnete die Augen, um noch einen Blick auf den Terminal von Boston zu werfen, dort stand Kate. Sicher weinte sie wieder. Sicher hatte sie wieder diesen Ausdruck im Gesicht, der ihn so hilflos machte. Sie war für ihn schon lange nicht mehr sichtbar. Das Dröhnen der Maschinen wurde zu einem schrillen Kreischen, als das Flugzeug Anlauf nahm. Die Kraft presste ihn in seinem Sitz zurück. Jetzt sprang das Flugzeug, es ging steil nach oben. Sie waren in der Luft. Vielleicht hätte er doch in seiner Heimat bleiben sollen. War nicht alles ein Fehler? Jetzt war es zu spät, um Entscheidungen rückgängig zu machen. Gequält wandte er den Blick von seinen im Schoß verknoteten Händen. Wieder hatte er viel zu viel Kraft in dieser Bewegung, er erinnerte sich an Dr. Millar und entspannte die Hände, die Arme, die Schultern.

Die Stewardess beugte sich lächelnd über ihn und bot Getränke an. Ihr Gesicht kam Jeremias wie eine Maske vor, sie lächelte. Jetzt, als die Maschine in der Luft war, nahm er seine Umgebung deutlicher wahr. Das Kabinendach wölbte sich über ihm in einem angenehmen grünlichen Dämmer. Die Geräusche der Motoren klangen jetzt ganz anders, sanfter, schnurrend. Die Menschen um ihn herum schienen in keiner Weise beunruhigt. Eine weißhaarige Dame jenseits des Ganges las in aller Ruhe die Zeitung, sie hatte das schon vor dem Abflug getan. Die Stewardess ging weiterhin lächelnd durch die Reihen und verteilte Getränke, der Wagen, den sie schob, klirrte leise und verheißungsvoll. Jetzt tat es Jeremias leid, dass er nichts genommen hatte. Er entspannte sich und warf sogar den ersten Blick aus dem Fenster, das schräg vor ihm lag, die Perspektive der Götter. Die Sonne schien dort oben. Ihre Strahlen erreichten die Oberfläche der Wolkenberge, die schneeweiß strahlten. In einem Moment vergaß Jeremias seine Ängste. Er war schon oft geflogen, aber immer wieder staunte er über diese Möglichkeit. Dieses Licht, diese Wolken. Endlos erstreckten sich diese Phantomberge, das Flugzeug glitt hinein, versank in einem trüben Dunst und Nebel, um an einer anderen Stelle wieder herauszutreten in die strahlende Helle.

Die Wolken sahen schneeig und fest aus, obwohl sie natürlich durchlässig waren, Wasserdampf eben. Er dachte unwillkürlich an die vielen Deckenfresken, die solche Wolken mit Engeln und Heiligen besetzt hatten, mit Blumenkränzen und der Erscheinung Gottes. Immer hatten diese Figuren mitleidig auf die Erde hintergeblickt, hatten lockend gewunken oder stolz die Symbole ihrer längst vergangenen Marterungen gezeigt. Er hatte Wolken auf Bildern immer geliebt. Jetzt befand er sich mitten zwischen ihnen. Unerwartete Leichtigkeit erfüllte sein Herz. Aufseufzend hob er seine Hand, um die Stewardess um ein Glas Whisky zu bitten.

Der Alkohol hatte ihn müde gemacht und einschlafen lassen. Als Jeremias erwachte, war es vor dem Fenster schon dunkel. Er war von einem unangenehmen Gefühl wach geworden, hatte sich aber nur im Schlaf in eine unbequeme Stellung gebracht. Vorsichtig massierte er seine schmerzenden Beine. Die Träume waren für dieses Mal ausgeblieben. Gott sei Dank. Seufzend lehnte er sich vor, um aus dem winzigen Fenster blicken zu können. Er sah nur Dunkelheit. Dann blickte ihn aus der Scheibe sein Spiegelbild an, ein Mann, dem man seine 63 Jahre wohl ansah, ein hageres Gesicht mit einer Flut von wirren weißen Haaren, buschig und störrisch. Er beugte sich nach vorn. Seine Augen waren in der Spiegelung der Scheibe nicht zu erkennen, die Augenbrauen stachen beinahe furchterregend aus dem Bild, seine lange, schlanke Nase führte zu tiefen Furchen um einen resignierten Mund. Er wandte sich ab. Immer wieder hatte man ihm gesagt, dass dieses Gesicht sehr holländisch sei. Diese Feststellung hatte ihm früher immer geschmeichelt, obwohl es in seiner Familie keinen Vorläufer gab. Eine solche Physis war auf keinem Photo zu sehen, er kannte keinen aus seiner Familie, der solche Haare hatte, eine solche Nase. Nur seine Augen, blassblau verwaschen, die hatte er bei seinem Großvater mütterlicherseits selbst gesehen. Auf den üblichen Photos, auf denen sich die Sippe versammelte, wirkte er immer wie ein Fremder, ein Außenstehender. Als junger Richter war er stolz auf sein Aussehen gewesen. Zwischen den anderen Menschen war er immer eine auffallende Erscheinung, groß, hager, ungebeugt. Er lächelte unwillkürlich und griff nach der Tasche, die neben ihm stand. Natürlich war sie noch da. In den letzten Jahren war er über sein Aussehen nicht mehr so glücklich gewesen. Es hatte ihn eher beunruhigt.

Die Stewardess hatte mit dem Servieren des Abendbrots begonnen. Die Passagiere klappten ihre Tischchen herunter, um das Tablett darauf zu stellen. Jeremias war erneut froh, dass der Platz neben ihm frei war. Er konnte sein kostbares Handgepäck bei sich behalten, es in Griffweite aufbewahren, das tröstete ihn. Hier saß er nun, in diesem Flugzeug von Boston nach Schiphol, dem Flughafen von Amsterdam. Nur Kate, seine Frau, wusste davon. Jetzt waren knapp vier Stunden vergangen seit ihrem Abschied, und schon verblassten ihr Bild und das seiner Freunde. Alle glaubten, dass er eine normale Auszeit nähme, eine Erkundungstour in die Vergangenheit seiner Familie, ganz allein. Niemand machte ihm daraus einen Vorwurf, er war deutlich beeinträchtigt gewesen in der letzten Zeit. Während das Flugzeug Jeremias über die schwarzen, kalten Wasser des Atlantiks trug, saß er ernst und erwartungsvoll auf seinem Sessel und lauschte den Geräuschen, die ihn umgaben. Er würde diese Reise zu Ende bringen. Er würde die Lage bewältigen. Jeremias entfernte die Plastikhüllen von seinem Imbiss und bemühte sich darum, alles ordentlich zu verstauen. Er kaute bedächtig und langsam, sein Blick blieb gesenkt.

Vor zwei Jahren hatte die Krankheit, diese Störung, angefangen. Er hatte einen ersten Traum gehabt, der ihm eigenartig vorkam. Es war dieser Traum aus der Sicht eines Kindes. Beim Erwachen hatte er länger als sonst gebraucht, um aus der Welt des Traumes zurückzufinden. Er konnte sich noch genau erinnern, wie er mit offenen Augen in seinem Bett gelegen hatte, unfähig, ein Glied zu rühren, die Wucht der Empfindungen noch ganz in sich. Auch während der nächsten Tage war dieses Gefühl nicht vollständig gewichen. Er hatte sich wiederholt erinnert. Dann folgte eine traumlose Phase mit schwarzen Nächten, bis der nächste Traum kam. Als er erkannt hatte, dass er sich in einer Chronologie befand, war er zutiefst erschrocken. Er hatte alles wiedererkannt, seine Hände, seinen kindlichen Körper und die anderen Menschen. Von diesem zweiten Traum an war er in seiner Arbeit abgelenkt. Er hatte Schwierigkeiten, sich zu konzentrieren. Der zweite Traum hatte eindeutig Elemente des ersten fortgeführt, die Personen, die Örtlichkeiten, die Lebensumstände. Er war beunruhigt. Kate, der er es erzählte, reagierte abwesend, nahm ihn nicht ganz ernst. Als einige Tage später der dritte Traum kam, ging Jeremias zu einem bekannten Psychiater. Dr. Millar hörte sich alles in Ruhe an. Dann hatte eine Behandlung begonnen. Der Arzt hatte ihm empfohlen, alle Träume ganz genau aufzuschreiben, als sei es eine Erzählung. Jeremias war darüber nicht glücklich, denn wenn er alles aufschrieb, bekamen diese Visionen einen neuen Grad von Wirklichkeit. Auch dass er mit Füller schreiben musste in ein Buch, das behagte ihm nicht. Er hätte lieben den Computer benutzt. Er tat aber, was der Arzt verlangte, denn inzwischen waren die Nächte zu einer echten Belastung geworden. Er wollte geheilt werden. Zu Beginn hatte er zögerlich und eher widerwillig protokolliert, was ihm nachts zugestoßen war. Mit der Zeit entwickelten die Vorgänge einen immer stärkeren Sog. Er schlug das Buch auf und schrieb ohne viel nachzudenken, wie um sich von einer Last zu befreien. Insofern waren die Aufzeichnungen schon eine Hilfe, da hatte sein Arzt Recht.

In den ersten Wochen, wenn Jeremias sich ins Bett legte, fürchtete er sich vor den Träumen. Nicht, weil er so schreckliche Dinge im Traum erlebte, sondern weil er das Gefühl hatte, dass die Traumwirklichkeit langsam, aber sicher die Realität angriff. Zunächst nagte sie nur an den Rändern der Wirklichkeit, dann ertappte er sich dabei, wie er mittags in der Kantine des Gerichtes saß, aus dem Fenster blickte, und wie sich vor seine Augen ein Bild aus seinen Träumen schob.

In seinen Träumen war er zuerst ein kleines Kind, später ein Heranwachsender in den Niederlanden. Es war wahrscheinlich die Zeit um 1500. Die Stadt, die er immer wieder sah, war rein mittelalterlich, aus einem Film entsprungen, dunkel, eng, mit der Baustelle einer riesigen Kathedrale in der Mitte. Die Stadt hieß Hertogenbosch, die Kathedrale, die gebaut wurde, hieß Sint Jan. Er konnte in seinen Träumen reden, handeln, fühlen, ja sogar riechen. Er sprach eine andere Sprache, Niederländisch. Er konnte sich während seiner Träume an die anderen Träume vollkommen erinnern. Er empfand Gefühle mit großer Intensität. Dr. Millar hatte ihm klargemacht, dass er den Ursprung würde herausfinden müssen für diesen Eskapismus. Es war eine Art von Flucht, das sah Jeremias auch. Sein Alltagsleben erschien ihm mehr und mehr stumpf und öde. Er begann die Träume nicht mit Panik, sondern mit zunehmender Erwartung herbeizuwünschen. Sie kamen unregelmäßig, sie waren länger oder kürzer.

Jeremias hatte bei einem seiner ungezielten Spaziergänge in der Mall, ihrem riesigen Einkaufszentrum, ein Buch gefunden, das ihn sofort angezogen hatte. Es war von Marijnissen, einem niederländischen Kunsthistoriker, ein Buch über den Maler Hieronymus Bosch. Die Bilder hatten ihn fasziniert und er hatte das schwere und teure Buch auf der Stelle gekauft und nach Hause getragen wie eine Beute. Manche dieser Abbildungen vermittelten Jeremias ein eigenartiges Deja-vu-Gefühl, er hatte sie noch nie gesehen, dennoch erschienen sie ihm vertraut. Als er den Textteil las, hatte er erkannt, warum ihn dieses Buch so anzog. Dieser Hieronymus Bosch war es, der sich in seine Träume gedrängt hatte. Bosch hatte von 1450 bis 1516 in der Stadt Hertogenbosch gelebt, in Brabant. Daten über ihn waren nur äußerst spärlich bekannt. Man wusste kaum etwas von ihm. Aber als Jeremias die vereinzelten Quellen las, da passten sie zu seinen Träumen. Er hatte sich dann mit Bosch so intensiv beschäftigt, wie es seine Arbeit zuließ. Er hatte in Buchhandlungen und Bibliotheken gesucht und war auf eine unübersehbare Menge von Material gestoßen, sehr unterschiedlichem Material. Es tat ihm nicht gut, zu viel zu lesen, es machte ihn unglücklich. Wenn er ein weiteres Detail fand, das er bereits im Traum gesehen hatte, dann klopfte sein Herz wie wild und der Schweiß brach ihm aus. Wenn er seinen Träumen widersprechende oder abenteuerliche Aussagen las, sträubte sich etwas in ihm. Er fühlte sich zunehmend besetzt von dem Gedanken, dass sein eigentliches Leben in Hertogenbosch war und nicht in Boston. Er wartete auf den Schlaf, auf die Träume. Sie waren ihm wichtiger geworden als die Wirklichkeit. Gleichzeitig konnte er das aber niemandem anvertrauen. Es schien absurd. All dem musste er ein Ende machen. Er wollte sich seiner Wirklichkeit zurückgeben. Das Vertrauen in die Rationalität, das immer einer seiner Vorzüge gewesen war, gewann die Oberhand in ihm. Er nahm seinen Zeigefinger, beugte sich vor und strich sanft über das dunkle Fensterglas. Dann näherte er sein Gesicht dem

Fenster, bis er seine Augen sehen konnte. Er blickte lange in die eigenen Augen.

Das Abendessen war abgeräumt. Kissen waren verteilt worden, ringsum leuchteten die Bildschirme mit dem üblichen Tom-Hanks-Film. Jeremias wollte die Sache seiner Heilung gründlich angehen. Er nahm aus seinem Handgepäck das Buch mit seinen Aufzeichnungen heraus. Es war in braunes Leder gebunden und immer, bevor er es aufschlug, musste er einmal mit der Hand darüber fahren, die Oberfläche fühlen, den Buchrücken, wie um sich zu vergewissern, dass es dieses Buch wirklich gab. Es enthielt die Protokolle der Träume, von Anfang an. Sorgfältig hatte Jeremias sie aufgeschrieben. „Das ist die Konfrontationstherapie", hatte Dr. Millar gesagt und freundlich gelächelt. Jeremias würde mit dieser Konfrontationstherapie konsequent fortfahren. In einer Nussschale über den Wassern schwebend, ganz in Gottes Hand, würde er beim Anfang beginnen.

Hieronymus

Ich sitze im Hinterhof eines Hauses, das an einen Fluss grenzt. Ich bin ein kleines Kind, das bewegungslos kauert. Eine Stimme ruft mich aus dem Haus, sie nennt mich Joen und befiehlt mir zu kommen. Ich will das aber nicht. Plötzlich bricht die Sonne durch die Wolken und lässt die Tropfen auf den Blättern einer Akelei schimmern, die Mutter letztes Jahr aus dem Wald mitgebracht hat. Diese Regentropfen sehen aus wie Edelsteine auf dem Mantel des Marienbildes, wie kleine Kuppeln, die etwas Schönes verbergen. Meine Finger graben nervös in der Erde, als es plötzlich leise schwirrt. Ich hebe die Augen und ein Rotkehlchen sitzt auf Armeslänge vor mir. Es hat schwarze Knopfaugen, mit denen es mich misstrauisch ansieht, sein Flaum sträubt sich im Wind, ich sehe die winzigen Federchen. Ich lächle glücklich. Dieses Rotkehlchen bringt Glück. Es wird stärker sein als das Zeichen gestern Abend. Ich weiß, dass ich gestern mit Tientje, unserer Magd, eine Rohrdommel gehört habe, laut und deutlich. Das bedeutet, dass einer im Haus sterben muss. Ich greife vorsichtig in die Taschen meines Kittels, um das Brot vom Morgen herauszuholen. Ich bewege vorsichtig die rechte Hand. Der Vogel bleibt, er hüpft zur Seite, legt den Kopf schräg und sieht mich an. Ich lege den Kopf auch schräg. Da höre ich hinter mir Schritte. Das Rotkehlchen fliegt mit einem Hüpfer auf und ist verschwunden. Hinter mir steht Goossens, mein älterer Bruder, und fasst mich grob am Arm, zieht mich auf die Beine.

„Wir wollen gehen, alle warten auf dich!"

Ich stolpere hinter ihm her in das niedrige, dunkle Haus. Mein Vater, die Onkel und Kathrin, meine Schwester, warten dort auf mich. Ich flüchte mich zu ihr. Tientje ist nicht da, um mich zu trösten. Sie ist oben bei Mutter.

Wir gehen durch die Gassen der Stadt. Es ist kalt und der Atem steht als weiße Wolke vor unseren Mündern. Kathrins fester Griff hilft mir, nicht auszurutschen. Nach einiger Zeit werden die Gassen breiter, es ist einfacher hindurchzukommen und ich sehe eine Kirche im Bau, eine Kathedrale, umringt von Handwerkern. Es beginnt zu regnen, die Tropfen werden schwerer und durchnässen mein Haar, meinen Umhang. Ich blicke angestrengt auf meine Füße, die durch Schlamm patschen, und schiele vorsichtig aus den Augenwinkeln zu Goossens hinauf. Alle, auch der Vater und die Onkel, machen ein ernstes Gesicht. Sie wollen eine Fürbitte halten beim Gnadenbild in der Kathedrale. Die Heilige Maria soll unserer kranken Mutter helfen. Für jemanden, der dauernd Wunder vollbrachte, würde das ganz einfach sein. Das hatte Tientje gesagt. Ich spüre Verzweiflung in mir aufsteigen wie ein schweres Gewicht. Ich kneife die Augen zusammen, um die Tränen zurückzuhalten, und sehe es wieder, das bleiche Gesicht, die eingefallenen Wangen, den dicken Bauch unter der Decke, die verklebten Haare. Sie ist krank, sie braucht Hilfe. Tientje, die die Mutter bewacht, wedelt mit den Händen und scheucht uns fort, mich und Kathrin. Das Gnadenbild würde helfen. Tientje hatte mir schöne Geschichten erzählt. Am liebsten höre ich die Geschichte von dem ertrunkenen Kind, das die Madonna wieder lebendig gemacht hat, weil seine Mutter so sehr geweint und gebetet hat. Ein Kind, das schon ertrunken war, das steif und kalt am Ufer liegt. Es fröstelt mich. Ich ahne, dass es an mir und an meiner Fürbitte liegen wird. Alle anderen würden sicher ganz richtig beten, jetzt kommt es gleich auf mich an. Ich will nicht mehr an die Rohrdommel denken, nur noch an das Rotkehlchen, an seine schwarzen Augen, die so tief sind. Mutter wird gesund werden. Ich runzele die Stirn.

Als wir durch die Kirchentür treten, wird es noch kälter. Ich fasse Kathrins Hand fester und sie drückt meine beruhigend. In der Seitenkapelle, wo das Wunderbild steht, ist es still. Jetzt gleich muss ich es schaffen. Ich balle meine Faust. Flackernde Wachslichter erhellen den dämmerigen Raum. Die Madonna lächelt so sanft, so freundlich wie immer. Sie blickt mich direkt an, ich spüre es. Vater tritt aus der Holzbank vor und nimmt sechs Kerzen aus dem Kasten, für jeden eine eigene. Onkel Hubrecht und Thomas, Goossens, Kathrin und ich, Hieronymus, alle entzünden sie feierlich ihre Kerze. Kathrin führt mir die Hand, weil ich zögere. Sie wirft mir einen prüfenden Blick zu. Ich schließe meine Augen ganz fest. „Heilige Jungfrau Maria, bitte mache meine Mutter wieder gesund." In der Stille senkt sich das Gewicht wieder auf mein Herz, bis ich kaum mehr Luft holen kann. Die Jungfrau würde meine Bitte nicht annehmen, sie sieht doch, dass ich kein guter Junge bin. Während die Edelsteine auf dem dunkelroten Mantel der Maria funkeln, drängt sich erneut die Erinnerung in mein Bewusstsein. Ich sehe wieder, wie ich mit den anderen Jungen die Steine geworfen habe, wie die junge Katze gefaucht hat. Ich sehe noch ihre spitzen, weißen Zähne in dem aufgerissenen Maul. Ich konnte nicht aufhören, das Geschrei der anderen, die Anfeuerungsrufe. Nachher war mir übel, aber es war zu spät. Die Katze lag blutend und leblos im Schmutz. Jemand wie ich sollte keine Bitte aussprechen. Ich schaue verstohlen in die Gesichter der anderen. Sie sehen versteinert aus. Tientje hat ihr Äußerstes versucht, verbrannte Kräuter und murmelte dazu. Sie wollte aber nicht, dass ich es wusste oder erzählte. Sie hat hastig den Rauch zur Seite gepustet und mir das Versprechen abgenommen, nichts davon zu verraten. Ich wollte doch nur nachsehen, wer in der Küche war. Ob die Maria das auch sah? Ob sie damit wohl einverstanden ist? Ich zupfe nervös an meinem Umhang. Vielleicht hätte ich mich doch krank stellen sollen.

Endlich erhebt sich Vater und geht zum Ausgang vor. Als wir vor der Uhr ankommen, einem mächtigen Kasten, der im dunklen Kirchengewölbe aufragt, bleibt er stehen. Auch ich muss stehen bleiben. Der Kirchendiener kommt, es ist kurz vor dem Stundenschlag. Er nickt Vater zu und öffnet die Flügel der Uhr. Die vier Engel mit den Leidenswerkzeugen Christi erscheinen. Der Stundenschlag ertönt und die Pforten des Uhrwerks öffnen sich. Ich kann diesem Schauspiel nicht entkommen. Das Glockenspiel beginnt seine Melodie. Von der rechten Seite aus fahren die drei Weisen aus dem Morgenland aus der klappernden Tür auf ihren Schienen heraus, die Gaben in den hölzernen Händen. Vor der Gottesmutter drehen sie sich ruckartig zu ihr um, um ihr und dem Kind auf ihrem Schoß zu huldigen. Ich weiß noch, wie im letzten Jahr der schwarze König in unserem Haus war. Onkel Jan hat mir die Figur gezeigt. Sie ist ausgebaut und von Jan neu bemalt worden. Die Heiligen drei Könige beten das Kind an, das so klein aussieht. Auf der linken Seite verschwinden sie wieder in der sich öffnenden Tür. Jetzt heben die zwei Posaunenengel - einer hakt immer ein bisschen - ihre Trompeten an den Mund und blasen. Ich will die Augen schließen, um nicht mehr sehen zu müssen. Es gelingt mir wieder nicht.

Die Anbetung verschwindet im Uhrwerk und der Tag des Jüngsten Gerichtes ist gekommen. Ich schaudere. Die Toten stehen aus ihren Gräbern auf. Sie sehen schrecklich aus. Auf geheimnisvolle Weise erkennen die Engel, ob jemand gut oder schlecht gewesen ist, sie teilen die Auferstandenen unter Geklapper und Geratter des Uhrwerks. Die Engel führen nur zwei Auferstandene in den Himmel. Was ist mit den zwölf anderen? Sind sie wirklich so schlecht gewesen? Gottvater sitzt über der Szene und betrachtet alles so gleichgültig, so kalt. Da passiert es, die Hölle tut sich auf und die Verlorenen werden von schrecklichen Teufeln kopfüber hinabgezerrt. Ich schluchze auf und Kathrin drückt mitleidig meine Hand. Ratternd schiebt sich die Hölle wieder in das Uhrwerk, wo sie immer ist, wo sie bleibt. Wir schauen stumm auf die Uhr, die jetzt wieder nur das Kalendarium zeigt. Der Kirchendiener kommt und schließt sorgfältig die Türen. Die vier Engel mit den Leidenswerkzeugen Christi verschwinden an der Innenseite, bis man nur noch die Figuren auf der äußeren Leinwand sieht. Die Jungfrau mit dem Kind und der Heilige Johannes mit dem Giftbecher in der Hand lächeln böse. Sie stehen vor der Hölle.

•

Ich sitze auf der Bank beim Feuer und sehe Tientje zu, die zusammen mit zwei Mädchen aus der Nachbarschaft das Totenmahl bereitet. Es hilft mir zu sehen, wie sie geschäftig zwischen Feuerstelle und Tisch hin und her läuft, während meine Füße baumeln. Ich will jetzt nicht mit meinen Geschwistern zusammen sein, auch nicht mit Kathrin. Ich will nicht an meine tote Mutter denken, die nebenan aufgebahrt liegt. Mutter hat ihr bestes Kleid an. Tante Lisbeth hat Blumen gebracht und sie damit geschmückt. Eigentlich hätten die Blumen sie kitzeln müssen, aber sie rührt sich nicht. Sie sieht aus wie die Engel aus Wachs in der Weihnachtskrippe. Alle haben ihr ein Abschiedsgeschenk in den Ärmel geschoben. Ich habe ein Rotkehlchen gemalt. Tante Lisbeth hat einen Holzschnitt mit einem schönen Engel auf ihre Brust gelegt. Dabei hat sie geweint. Ich weiß nicht, ob diese Bilder Mutter wirklich helfen, wenn sie aus ihrem Grab aufsteht, weil die Engel ihre Posaunen blasen. Das Kind aus ihrem Bauch liegt oben, bei der Amme. Ich höre es schreien, immer wenn die Küchentür aufgeht und einen Schwall von warmer, verbrauchter Luft einlässt. Viele Leute sind da. Keiner scheint zu wissen, dass es meine Schuld ist, keiner hat mich böse angeschaut. Die Nachbarinnen sehen aus wie ein Schwarm riesiger Krähen in ihren weiten schwarzen Umhängen, die sich bauschen, wenn sie durch die Küche laufen. Es wird gleich zwölf vom Kirchturm schlagen. Dann wird Mutter abgeholt. Ich werde auf keinen Fall weinen, ich weiß genau, was passieren wird, Kathrin hat mit alles erzählt. Sie werden Mutter in ihrer hölzernen Kiste mit einem Deckel zudecken. Dann werden sie eine feine Decke darüber breiten, die die Männer mitgebracht haben, und sie aus dem Haus tragen. Alle werden hinterhergehen. Auf dem Weg werden wir an jeder Kreuzung halten und ein Vaterunser sprechen. Am Grab wird der Pastor eine Ansprache halten. Dann wird auf einer Trommel geschlagen, die mit schwarzem Stoff umwickelt ist. Dann werden sie die Kiste mit Mutter darin an Seilen herablassen. Und dann werden sie Mutter eingraben in der nassen, schweren Erde. Alle werden um das Grab herumgehen und sie dann allein lassen, auf dem Friedhof, ganz allein.

Ich glaube nicht, dass Mutter in ihrem Grab beschützt ist. Vielleicht werden die Tiere, die tagsüber an der Außenwand der Kathedrale sitzen, hinuntersteigen, auf dem Erdhügel sitzen und dort scharren? Vielleicht hätte ich ihr doch heimlich einen scharfen Stein in den Ärmel stecken sollen?

Es läutet, die Gildenbrüder sind da.

•

Wir gehen zum Markt, Tientje, Kathrin und ich. Unter der alten Brücke über der Dieze gurgelt das Wasser. Ich gehe nicht gerne mit, Tientje hat mich gezwungen. Es ist trocken und nicht zu kalt. Mein Atem macht weiße Wolken in der Luft. Ich reiße mich von Tientjes Hand los und dränge mich durch die Menge zwischen den Ständen. Es riecht. Zuerst gehen wir zum Fisch. Die Marktfrau ist ihre Freundin. Immer hat sie mir erzählt, dass wir einmal den Zauberfisch bekommen werden, der Edelsteine im Bauch hat und sprechen kann. Man muss ihn nur erkennen können. Nur deshalb bin ich hier. Diesen Fisch gibt es.

Das Wasser tropft aus den Körben. Ich starre die aufgestapelten Fischleiber an, die Schuppen glänzen wie Metall, sie wechseln die Farbe, wenn die Marktfrau nach ihnen greift. Fischblut rinnt in eine Lache vor dem Tisch. Manche Fische haben große Wunden. Ich stelle mich ganz dicht vor sie hin und schaue. Ich sehe Heringe, Weißfische, Dorsche und Kabeljau. Da liegt ein Rochen, der sich noch bewegt. Rochen sind Geschöpfe des Teufels, sagt Tientje immer. Ich starre den Fisch an, starre in die Augen, die trübe blicken. Hat er nicht irgendwo Stacheln, Hörner? Wird der Teufel seinen Fisch nicht kennzeichnen? Im Meer gibt es riesige Rochen, die unter Wasser ihre Flügel schlagen und sich so fortbewegen. Fliegen im Wasser! Würde der Rochen nicht auch in der Luft fliegen können wie ein Vogel? Vorsichtig lege ich meine Hand auf die feuchte, schuppige Haut, nur die Fingerspitzen.

„Welcher Fisch könnte denn der verzauberte Fisch sein, Joen?", fragt mich Tientje. Ich überlege. In dem Stapel Weißfische vor mir gibt es eine Bewegung. Ein Fisch schnappt mit dem Maul, lässt es klaffen. Das Auge, das in meine Richtung zeigt, blinkt. Ich drehe den Kopf, um den Todeskampf des Fisches nicht sehen zu müssen, kneife die Augen zu. Heute werde ich den Wunderfisch wieder nicht herausfinden. Die Fische sehen so verzweifelt aus, ihre Bäuche glänzen in der Sonne. Kathrin soll aussuchen. Tientje blickt mich an und lächelt. Sie streicht mir über den Kopf.

Wir gehen an den Metzgerständen vorbei. Die aufgehängten Fleischstücke schimmern rotsamten. Ein Schafskopf schaut mich an. Der Haken, an dem er aufgehängt ist, durchbohrt den durchtrennten Hals, Fellfetzen und Sehnen schaukeln im Wind. Ich schaue weg. Angestrengt blicke ich auf die Rücken von Kathrin und Tientje, die sich vor mir durch den Gang drängen. Als wir anhalten, seufze ich erleichtert. Hier bin ich in Sicherheit, der Gemüsestand hat nichts Totes. Die aufgestapelten Kohlköpfe und Karotten sind wie Berge. Ich muss einfach meine Augen ganz nahe davor halten, sehe die Rippen der Blätter, ihren Schwung, die Tiefe dieser Kohlkopflandschaft, aus der ein schwarzer Käfer zielstrebig auf mich zukommt. Vor Schreck trete ich einen Schritt zurück. Muster bilden sich vor meinen Augen, drängen mich, machen schwindelig. Resigniert schließe ich die Augen.

●

Ich sitze beim Feuer in unserer kleinen Küche und sehe Tientje und Martha dabei zu, wie sie das Abendessen in dem großen Kessel über dem Feuer zubereiten. Solange die Männer aus der Werkstatt nicht zum Essen kommen, solange habe ich Tientje für mich. Der Regen klatscht gegen das Haus, es zieht und ist kalt. Ich bin gern mit Tientje in der warmen Küche, Martha, unser neues Mädchen, stört nicht.

„Und du weißt wirklich, dass es die Wilde Jagd gibt?", frage ich sie.

„Aber ja, ich kenne einen, der hat sie getroffen, es war Jahresende damals." Versonnen rührt sie in dem Kessel über dem Feuer.

„Manchmal, wenn es draußen stürmisch ist und der Wind heult, dann hört man sie doch richtig, das Wiehern der Pferde, das Bellen der Hunde und die Peitschenhiebe!" Sie dreht sich um und sieht mir ins Gesicht. Einmal mehr erinnert sie mich an die Hexen, die in den Musterblättern meines Vaters vorkommen.

„Und Hulda ist bei ihnen, eine schreckliche Frau, die über den Himmel dahin jagt." Ihre Hände vollführen eine flatternde Bewegung in der Luft.

„Sie reitet auf einem riesigen schwarzen Pferd mit goldenem Zaumzeug, ihre langen Haare sind pechschwarz und flattern im Sturm. Der wilde Jäger, Herlequinus, ist bei ihr mit seinem riesigen Stock. Hinter den Beiden geht ein Trupp, der donnernd die Luft stampft." Ihre Füße tappen schwer auf den Boden.

„Auf ihren Schultern tragen sie winzige Höllentiere mit sich, glänzende Augen haben die und menschliche Gesichter. Es reiten auch böse Frauen mit, auf deren Sätteln sind lange Nägel, die werden für die Sünde der Unkeuschheit bestraft!"

Anklagend sieht Tientje zu Martha hin.

„Dahinter läuft alles mögliche Volk, Tote und Lebende, Mönche und Äbte, Könige und Herzöge. Große Höllenhunde führen sie bei sich, die springen und tanzen um sie herum und dabei bellen sie mächtig laut."

Eine Gänsehaut überläuft mich.

„Hulda braucht nur jemanden auf der Erde anzusehen und husch...", ihr Mund verzieht sich, „schon hat sie ihre Hunde auf ihn gehetzt! Du darfst nie fluchen oder etwas Gotteslästerliches denken, wenn sie da oben am Himmel ist, das kann sie riechen, durch all die Wolken hindurch!"

Es schaudert mich wieder. Martha wirft Tientje einen strafenden Blick zu.

„Du sollst Hieronymus keine Angst machen. Sein Vater hat das ausdrücklich verboten."

„Aber es ist doch wahr, jeder, der Ohren hat zu hören, kann die Wilde Jagd leicht erkennen", erwidert Tientje. „Ihr junges Volk glaubt doch fast nichts mehr. Aber das werdet ihr noch bereuen!"

Ich weiß, dass Tientje einen Pferdeschädel über dem Fenster ihrer Kammer aufgehängt hat, zum Schutz gegen Unheil. Ob das hilft?

Gedankenverloren fahre ich mit dem Finger an meinem Holzlöffel entlang. Diesen Löffel, der aussieht wie ein kleiner Mönch, den hat mir meine Mutter geschenkt. Winzig klein ist dieser Mönch, lang und schmal, mit weit aufgerissenem Mund. Er gähnt. Manchmal habe ich das

Gefühl, dass der Mönch sich nur hölzern stellt, es aber nicht wirklich ist. In Wirklichkeit ist das kein Löffel aus Holz. Ich wundere mich, dass er immer an der Stelle liegen bleibt, an der man ihn hingelegt hat.
Martha bringt ihr freundliches Gesicht mit den roten Backen ganz nah vor meines.
„Glaube mir, es gibt keine Wilde Jagd. Du musst dich nicht fürchten!", sagt sie.
Tientje schnaubt empört.
„Ich mag Tientjes Geschichten aber", erwidere ich trotzig. „Ich habe keine Angst. Es ist doch gut, wenn sie da am Himmel sind."
Martha blickt mir tief in die Augen und fasst mich unter das Kinn.
„Wie du willst, Hieronymus."
„Tientje ist mit einer Glückshaube geboren, deshalb weiß sie so viel", rufe ich ihr nach, als sie aus der Küche geht.
Warum macht denn Martha meine Tientje schlecht? Soll sie denn ihre schönen Geschichten nicht mehr erzählen? Kathrin hört das auch gerne, das weiß ich. Wenn ich neben ihr im Bett liege, es draußen dunkel ist, dann erzählt sie mir auch Geschichten. Am liebsten höre ich die von dem glühenden Mann. Ich sehe vor mir, wie sich ein großer Feuerklumpen bewegt, wie er rollt und schlingert. Der Mann, der brennt, ist verdammt. Er muss etwas Schreckliches getan haben. Solange er auf dem Kirchhof ist, solange ist er schwarz und unsichtbar. Wenn er entkommen will, dann brennt er. Er wird eben bestraft.
Laut scheppernd stellt Martha die Schüssel auf den Tisch. Im Vorbeigehen drückt mich Tientje an ihre warme Schürze. Ich lächele sie an.

●

Tientje backt Waffeln. Das Waffeleisen dampft und zischt, wenn sie mit einem großen Löffel den Teig hineingießt. Es riecht wunderbar. Dabei summt sie vor sich hin und ist offenbar guter Laune. Ich denke an meine Mutter in ihrem nassen Grab, so alleine da draußen. Es ist so kalt. Der Schnee liegt eine Handbreit hoch. Sie muss frieren in der schwarzen Erde. Ich darf aber nichts von meinem Kummer sagen. Kathrin und ich, wir weinen abends zusammen in unserem Bett. Sonst kann ich mit keinem darüber reden. Tientje schaut mich dann immer so eigenartig an und gibt mir etwas zu essen oder zu trinken. Ich lächele in ihre Richtung.

„Heute ist Dreikönigstag", sagt sie munter, während sie die nächste Waffel auf den duftenden Berg der fertigen legt.

„Ich habe es schon gehört, wie sie durch die Straßen ziehen. Bestimmt kommen sie bald auch zu uns!"

Es erfüllt mich Freude auf die Dreikönigssänger. Weihnachten war so still, keiner hat richtig gefeiert. Aber heute, da würde das anders sein. Mein großer Bruder Goossens ist schon den ganzen Tag verschwunden, er zieht bestimmt mit seinen Freunden durch die Straßen. Mein Vater hat es eigentlich verboten, aber Goossens hat nicht gehorcht. Ich habe gehört, wie mein Vater mit Tientje geschimpft hat, weil sie ihn einfach gehen ließ. Tientje hat sich laut verteidigt, Vater hat nichts mehr gesagt und sich umgedreht.

„Früher", sagt Tientje, „durften wir alle zum Dreikönigssingen gehen. Mein Freund Hendrick spielte immer den König. Er hatte eine besonders schöne Pappkrone auf dem Kopf. Seine Mutter hatte ihm die gemacht. Jacob mit dem schiefen Gesicht war der zweite, er hatte durch den alten Hut seines Vaters einen Löffel gesteckt. Unser Nachbarsjunge, Cornelis, trug den Stern und die Sammelbüchse."

Sie blickt verträumt in die Flammen des Feuers.

„Die anderen Jungen und Mädchen aus Vught durften auch immer mitlaufen. Einmal hat Hendrick mir drei Waffeln geschenkt!"

Befriedigt nickt sie mir zu.

„Wir haben aber auch wunderschön gesungen: `Gebt mir einen Pfannkuchen aus der Pfann, ho Mann ho, der Fastenabend der kommt an, so wie mein Herr also!`"

Sie singt laut in die dunkle Küche hinein.

„In einem Jahr hatten wir sogar einen Stern, der beleuchtet war. Alle Leute haben etwas gegeben oder fast alle. Bei uns auf dem Land, da hat man den Kindern das Mitgehen nicht verboten, wir haben nichts Schlimmes gemacht."

„Aber Tientje", ich blicke auf meine Hände, „das war in Vught, auf dem Land. Und es war früher, Tientje. Weißt du noch, wie letztes Jahr diese Kinder an unsere Tür kamen und Mutter und dich erschreckt haben?"

Ich erinnere mich an die wilden Augen dieser Kinder. Sie haben nicht um etwas gebeten, sondern sie haben gefordert und waren nicht einverstanden mit dem, was die Mutter ihnen gegeben hat. Es war laut geworden in der Küche und man hatte Vater und Onkel aus der Werkstatt holen müssen, um sie zu vertreiben.

Alle sind um den Küchentisch versammelt. Mein Vater Antonius hat den besten Platz, den am Feuer. Onkel Goossen sitzt neben ihm, die Gesellen, Martha mit dem kleinen Jan, Kathrin und Goossens, der trotzig schweigt, wir alle freuen uns auf das Festtagsessen, das Tientje gekocht hat. Heute gibt es drei fette Hühner und Waffeln mit Sirup. Tientje eilt zwischen Feuer und Tisch hin und her, ihre Wangen glühen. Onkel Goossen schiebt zufrieden seinen Teller zur Tischmitte und sagt: „Gut gekocht, Tientje! Trink etwas mit uns zum Lobe unseres Herrn!"

In diesem Moment klopft es an die Tür, Tientje springt freudig auf und öffnet die Tür. Drei Gestalten drängen sich verlegen blinzelnd in der Ecke des Zimmers. Ich schaue sie misstrauisch an. Der eine von ihnen, der die Königskrone trägt, sieht wild aus. Sein Mantel ist ganz löcherig. Der zweite trägt Bratrost und Löffel zum Krach-Machen. Hinter den beiden steht ein Mann mit einem seltsamen Hut, auf dem eine Mondsichel befestigt ist. Darauf sitzt eine echte, ausgestopfte Eule. Ich starre auf die Eule und rücke unwillkürlich näher an meine Schwester. Sollten das wirklich die drei Könige aus dem Morgenland sein? Sie beginnen zu singen, ziemlich schrill. Bratrost und Rommelpott klirren, ich bekomme eine Gänsehaut. Ich kenne das Lied nicht, aber es handelt von den drei Magi, die auf seltsamen Tieren mit Höckern gekommen sind wie auf weichen Sesseln. Die drei verstummen, das Lied ist zu Ende. Johlend spenden zuerst die Gesellen Beifall, dann die anderen am Tisch. Tientje strahlt und bietet den dreien Waffeln und einen Becher mit Wein an. Der Eulenmann blinzelt Tientje zu. Kann es denn sein, dass sie diesen gefährlich aussehenden Menschen kennt? Die drei bedanken sich höflich und verlassen die Küche, begleitet von einem Schwall kalter Luft. Vater blickt streng vor sich hin.

•

„Komm schon, Tientje, wir sind fertig". Kathrin und ich warten darauf, dass wir endlich gehen können. Es ist kalt draußen für einen Fastenabend. Tientje legt ihr Tuch um und fasst mich an die Hand.
„Jetzt gehen wir", sagt sie zu uns.
„Haltet euch immer an mich. Nicht, dass ihr mir verlorengeht, das würde mir gerade noch fehlen."
Wir treten auf die Straße, die bei der einbrechenden Dunkelheit feucht glänzt. Der Matsch der Straße schmatzt leise um unsere Füße. Erwartungsvoll blicke ich zu Tientje hoch. Letztes Jahr bin ich an Mutters Hand gegangen. Ob sie wohl in ihrem Grab den Lärm hört? Bestimmt.
Auf der Pfefferstraße kommt uns die erste Gruppe mit Getöse entgegen. Ist das ein Riese zwischen ihnen? Der Kopf schwankt gefährlich über dem Mantel und blickt grinsend in alle Richtungen. Beim Näherkommen sehe ich, dass es nur ein langer Stock ist, eine Puppe, die von einem Mann in die Höhe gehalten wird. Erleichtert lächle ich Tientje an. Die Töpfe und Pfannen, die die Gruppe mitgebracht hat, scheppern gewaltig. Flöten und Trommeln machen Krach. Zwei Männer, deren Gesichter schwarz verrußt sind, tragen Fässer um den Körper, einer hat sich zwei kleine Fässchen um die Arme gebunden. Im Schein der mitziehenden Fackeln sehen sie wie

Ritter aus. Die Trommeln dröhnen. Die Männer tragen Schellen an den Fußgelenken, die heftig klirren, wenn sie aufstampfen. Ich blinzele, um besser sehen zu können. Vielleicht hätte ich ja doch zu Hause bleiben sollen bei dem kleinen Bruder und bei Martha? Was, wenn die Leute mich einfach mitzerren? Ich fasse Tientjes Hand noch fester.

Es wird immer voller auf der Straße. Ganz Hertogenbosch ist auf den Beinen, um den berühmten Umzug mitzuerleben. Nicht nur die Stadtbewohner, auch die Leute aus den umliegenden Ortschaften sind gekommen. Hochstimmung herrscht. Verkäufer mit Kringeln und Waffeln sind unterwegs. Die Stände mit Bier und Wein sind umlagert. Während wir drei uns durch die Zuschauermassen drängen, fühle ich mich bedrängt, so tief unter den Gesichtern der Erwachsenen, bin nahe am Ersticken. Plötzlich taucht vor mir eine Maske auf, ein Teufel mit schwarzem Gesicht und brennend roten Hörnern beugt sich hinunter und bläst mir heißen, nach Genever stinkenden Atem ins Gesicht. Er droht mit der Forke und zischt. Ich drehe schnell den Kopf weg.

Das sind alles Masken. Ich weiß das. Mein Bruder Goossens hat mir gezeigt, wie das geht, sich zu verkleiden. Goossens hat mir stolz sein Narrenkostüm gezeigt, die Schellenkappe mit den Eselsohren, die so schön klingelt, wenn Goossens den Kopf schüttelt, das gelb-rote Narrenkleid aus vielen Stoffdreiecken. Wirklich gestaunt habe ich, als Goossens seinen neuen Narrenstab hinter dem Rücken hervorzog und wild damit fuchtelte. Der kleine, geschnitzte Kopf, der an seiner Spitze sitzt, trägt genau seine Züge. Der große Goossens trägt sich selbst in der Hand. Das Gesicht sieht ganz lebendig aus, noch viel lebendiger als mein Mönchslöffel. Unser Onkel hat diesen Kopf für ihn geschnitzt. Als ich mich wieder umdrehe, ist der Teufel verschwunden. Tientje zerrt mich hinter sich her, um die Kirche zu erreichen. An der Baustelle von Sint Jan sind Gerüste aufgebaut, von denen aus man viel sehen wird. Goyart, ein Freund meines Vaters, wartet dort auf uns und hilft uns die Leiter hinauf.

Hier oben kann nichts passieren. Ich seufze befriedigt. Wir können wirklich alles sehen. Die Leute stehen dicht an dicht vor den dunklen Häusern. Sie quetschen sich wie die Heringe in den Kisten am Fischmarkt. Alle schauen in die Richtung, aus der der Zug kommen wird. Durch das abnehmende Licht verschwimmen die Dächer der Häuser im Dunkeln und bilden eine Linie wie ein Drachenschwanz gegen den Nachthimmel.

Mit Geklirr und Getöse nähert sich der Umzug. Die Fackeln beleuchten ihn nur schwach. Ich schaue ganz genau hin. Den Anfang macht eine Gruppe von Priestern und Nonnen. Aus den aufgepolsterten Bäuchen quillt das Stroh heraus. Ein Mönch hat keinen Kopf, da, wo eigentlich das Gesicht sein sollte, trägt er eine Art Schornstein, aus dem dicker Rauch quillt. Neben ihm dreht sich ein schrecklicher Teufel mit einem Vogelkopf, sein Schnabel öffnet und schließt sich und er heult. Fünf kleinere Teufel umringen ihn, mit Hörnern, Schwanz und Forke, wilde Schreie ausstoßend und wie besessen hüpfend. Die Mönche und Nonnen machen ohne Unterlass das Kreuzzeichen, verkehrt herum, immer wieder, mit feierlichem Gesicht. Plötzlich sammeln sich die Teufelsgestalten und ziehen aus der zweiten Zuschauerreihe ein Mädchen heraus, das lachend und kreischend Gegenwehr leistet.

„Was machen die mit ihr? Hat sie etwas Böses getan?" Ich zupfe aufgeregt an Tientjes Ärmel.

„Nein, nein, bestimmt nicht, Joen. Der Oberteufel will wahrscheinlich nur mit ihr tanzen."

Unter den heftigen Drohungen des jungen Mannes, der neben dem Mädchen gestanden hatte, greift der Vogelköpfige jetzt nach seinem Opfer und wirbelt es wild um sich herum.

Es war wirklich nur eine Verkleidung. Das Mädchen lacht. Hinter den Teufeln schreiten zwei unnatürlich große Figuren, zwei Männer, die einen Hirschkopf und einen Bärenkopf tragen. Die Tierfelle hängen bis auf den Boden und wehen leicht im Wind.

„Schau nur, Joen, unter dem Bärenschädel ist doch noch das Gesicht zu sehen!", flüstert mir Kathrin zu. Das stimmt. Das Gesicht ist zu sehen. Langsam und feierlich schreiten die beiden vorwärts, von dumpfem Trommeln begleitet. Hinter ihnen gehen Valentin, Ourson und der König Pepin. Dann bleiben alle stehen. Die Gruppe hält direkt vor unserem Platz an. Diesen wilden Mann, Ourson, habe ich auch im letzten Jahr gesehen, ich erinnere mich. Er sieht furchterregend aus. Unter seiner Blätterkrone trägt er wüste, verfilzte Haare und einen Bart aus Stroh, der ihm fast bis zu den Knien reicht. Über der Schulter lehnt eine riesige, stachelige Keule, die er ab und zu wild grunzend um sich schwingt. Dann kreischen alle Zuschauer auf. Sein Zwillingsbruder, der Ritter Valentin, trägt ein Holzschwert und einen Korbdeckel als Schild, einen löcherigen Topf als Helm. Jetzt geht das Spiel los.

Ein Sprecher erzählt mit lauter Stimme von dem wilden Mann, der im Wald bei den Tieren aufgewachsen ist. Der wilde Mann röhrt als Beweis wie ein Hirsch und schwingt seine Keule gegen die Zuschauer. Sein Zwillingsbruder Valentin ist Ritter am Hofe des Königs und zu einem wahren Ritter erzogen worden. Valentin wedelt mit dem Holzschwert und hebt den Korbdeckel. Eines Tages, so führt der Erzähler die Geschichte weiter, kommt Valentin in den Wald, um die Schandtaten des wilden Mannes zu beenden. Mit viel Getöse führen die beiden Männer das Aufeinandertreffen und den Kampf der ungleichen Zwillinge vor. Sie springen umeinander herum und stoßen immer wieder Schreie aus. Ich beobachte fasziniert vom sicheren Gerüst aus den Kampf und die Gefangennahme des wilden Mannes. Gleich würden sie sich in Gegenwart des Königs erkennen. Der steht etwas steif daneben, einen Apfel umklammernd. Mit großer Geste umarmen sich die beiden Figuren, nehmen einen tiefen Schluck aus der Flasche, die ihnen ein Zuschauer hinhält, und laufen hinter den beiden Tierfiguren her.

Diese Geschichte gefällt mir und ich bin begeistert. Wie hat der wilde Mann wohl im Wald gelebt? Was hat er gegessen, was bei Schnee gemacht?

Eine Musikgruppe marschiert vorbei, gefolgt von einer Gruppe Narren, die freundlich winken. Ob wohl Goossens dabei ist? Ich kann ihn nicht erkennen. Alle sehen so ähnlich aus.

Inzwischen ist es noch kälter geworden, ich friere. Tientje holt ein Tuch aus ihrem Umhang, aus dem sie umständlich Waffeln für Kathrin und mich auswickelt. Ich klettere auf ihren warmen Schoß, esse die Waffel und lasse mich in ihren Umhang einwickeln.

„Schön hier, nicht wahr?", fragt mich Tientje und drückt mich an sich.

Jetzt kommen zwei fette Ochsen mit vergoldeten Hörnern angetrottet, von den stolzen Bauern geführt. Ein Mann, als Ritter verkleidet, sitzt umgekehrt auf einem Esel. Ich muss kichern. Ein Geistlicher folgt ihm, der die Mitra, die ihm immer wieder ins Gesicht rutscht, energisch hochschiebt. Er bleibt vor uns stehen, hebt die Hände wie zum Segen und hält eine lateinische Ansprache. „Möget ihr allezeit genug Bier haben!", ertönt es feierlich, „und eine Frau im Bette! Ita missa est!" Ich habe ja eine Frau im Bett, oder zählt Kathrin nicht? Ich schaue zu ihr hin, sie lacht, so wie die anderen.

Tientje nimmt aus der Flasche, die Goyart ihr reicht, einen Schluck, anschließend riecht sie nicht gut. Ich rümpfe die Nase und rutsche auf ihrem Schoß unruhig hin und her. Unter den Zuschauern kommt es zu kleineren Prügeleien, von hier oben sehen ihre Köpfe aus wie ein sich unruhig bewegender Schwarm Fische.

Gleich wird etwas Schönes kommen, der Streit zwischen Fastenabend und Fasten. Ich habe gehört, wie sich Vater mit den Onkeln darüber unterhalten hat. Onkel Goossen ist auch dabei. Ob ich ihn wohl erkennen würde? Da kommen sie: Fünf dünne Männer ziehen einen Karren, der voller Fische ist. Auf ihnen sitzt das Fasten, ein Mann mit einem Kessel auf dem Kopf, eine große Fahne schwenkend, auf der zwei Heringsfässer abgebildet sind. Die dünnen Männer haben sich Girlanden von zusammengebundenen Fischen um den Hals gehängt, die im Licht glitzern. Hinter ihnen kommt eine Fußgruppe, die lauter Heringe an langen Bändern hinter sich her schleift. Jeder versucht, auf den Hering des anderen zu treten. Ich kenne das Spiel, das habe ich auch schon einmal versucht. Die Zuschauermenge johlt, wenn einer von ihnen ausrutscht auf den schleimigen Heringen. Bah, es riecht bis hier oben. Der Wagen nimmt mit seiner Besetzung Aufstellung und wartet.

Jetzt kommt der zweite Wagen, auch von fünf Männern gezogen. Auf ihm sitzt der Fastenabend, ein dicker, aufgepolsterter Mann mit einem Kranz aus ausgeblasenen Eiern um den Hals. Vor ihm liegen reichlich Hühner, Gänse und sogar ein Schinken, Würste und Kuchen. Der Fastenabend schwingt einen langen Spieß in der Hand, auf den zwei gebratene Hühner gesteckt sind und zwei Würste. Der Wagen nimmt Aufstellung. Was würde mit den Würsten geschehen und mit den Hühnern? Essen darf man nicht so behandeln. Gilt das denn heute nicht?

Fastenabend und Fasten beginnen sich abwechselnd zu beschimpfen. Ihre Begleiter murren und scharren mit den Füßen, so wie Pferde es tun. Die Zuschauer johlen bei jedem Satz laut. Ich beuge mich weit vor, um nichts zu verpassen von meinem sicheren Platz. Jetzt schwenken die beiden ihre Fahnen, das Gefecht beginnt. Die beiden Gefolge stürmen aufeinander zu und beginnen sich zu prügeln, oder tun sie nur so? Die Fastenleute haben sich Fische vom Wagen genommen und benutzen sie als Schlagwaffe, es patscht und spritzt bis auf das Baugerüst hinauf. Die Gegner fechten mit ihren Bratspießen und Würsten, heben ihre Topfdeckel, die sie als Schilde benutzen, und schlagen mit Löffeln um sich. „Gib´s ihm, Jan!", grölt ein Zuschauer, der offenbar jemanden erkannt hat. Einer der Fastenleute schlägt mit einem großen Fisch auf einen Zuschauer ein. Wo ist bloß Onkel Goossen? Gelächter ertönt, Fischteile fliegen, es ist ein heilloses Durcheinander, bis jemand laut „Schluss" ruft. „Ich ergebe mich mit meinem Gefolge! Ihr habt gesiegt", brüllt der Fastenabend. Nur zögerlich hört das Getümmel auf. Als die Wagen vom Platz gezogen werden, hinterlassen sie ein Schlachtfeld von Fischteilen und Matsch.

Es entsteht eine Pause. Die Leute unterhalten sich heftig und trinken etwas gegen die Kälte. Ich schaue an der Kirche entlang zu den Wasserspeiern, die sich gegen den dunklen Himmel abzeichnen. Mein Liebling ist der Vogel, der so aufmerksam schaut und bei dem ich immer das Gefühl habe, dass dieser Vogel mich anschaut. In Wirklichkeit schaut dieser Vogel aber das schlappohrige Hundetier an, das nebenan aus der Mauer ragt. Die beiden kauern da an der Kirchenwand, um sich abzustoßen und um ihren Platz zu verlassen, wenn niemand hinschaut. Ich bin mir ganz sicher. Ich weiß das, auch wenn ich es nicht beweisen kann. Die beiden sind nicht aus Stein, sie stellen sich nur so.

Tientje blickt resigniert auf das Schlachtfeld zu ihren Füßen und die wogende Menge.

„Kommt, Kinder, wir gehen nach Hause".

•

Tientje sitzt am Küchentisch und schält einen Korb voll schrumpeliger Äpfel, um Kompott zu kochen. Ich sitze ihr gegenüber und versuche auch, die Schale von den Früchten abzuschälen. Tientje kann das viel besser, bei ihr geht es flink. Ich versuche immer wieder, auch so endlose Spiralen von der Frucht abzuschälen.

„Erzähl mir doch von Christophorus, die Geschichte vom Riesen!"

Immer wenn wir Zeit haben, soll mir Tientje eine von den Heiligenlegenden erzählen, diese Geschichten liebe ich. Tientje bringt sie aus der Kirche mit, wo der Pfarrer solche Geschichten predigt. Sie erzählt die Geschichten aber immer etwas anders. Manche Einzelheiten sind auch zu entsetzlich, um sie sich vorzustellen. Die Heiligen, das waren gute Menschen, die etwas aushielten. Ich schaudere, wenn ich an die Martern denke, die die Heiligen erlitten haben. Da wurde lebendig die Haut abgezogen, in siedendem Öl gekocht, geviertteilt, mit Pfeilen durchbohrt, es wurden die Hände und Füße abgeschnitten.

„Den Christophorus willst du hören? Schon wieder?" Tientje schnaubt durch die Nase und schält geschickt einen weiteren Apfel, so dass sich die Schale als vollkommene, elastische Spirale abwickelt.

„Also, Christophorus war aus dem Volk der Kanäer und von riesiger Gestalt. Er war sehr hässlich und sehr stark. Er suchte den größten König der Welt, um ihm zu dienen. Beim ersten König, der ein überaus mächtiger Herrscher war, merkte Christophorus aber, dass es einen stärkeren gab, weil dieser König immer das Kreuzzeichen benutzte, um sich vor dem Teufel und seiner Macht zu schützen."

Sie schneidet das Kerngehäuse aus einem weiteren Apfel und lässt es zu den Schalen in den Trog fallen. „Auf einer riesigen, trostlosen Ebene traf er den Teufel mit seinen Heerscharen und schloss sich ihm an. Der Teufel war riesig, größer als Christophorus, er reichte bis zu den Wolken, hatte eine Hundeschnauze und Fledermausflügel. Seine langen Schlappohren reichten bis zu den Schultern und aus den glühenden Augen sprühten Blitze. Seine Mitteufel sahen alle verschieden aus. Sie trugen Vogelschnäbel und Schwänze, Klauen und pelzige Tatzen!"

Ich hänge an Tientjes Lippen.

„Christophorus zog mit ihnen. Sie sangen ein fröhliches Lied und kamen gut vorwärts, weil sie immer ein Stück flogen mit ihren Fledermausflügeln. Kaum war es schwierig auf ihrem Weg, husch, schon erhoben sie sich unter heftigem Flügelschlag in die Luft. Christophorus wurde immer von zwei Teufeln getragen und dann wieder abgesetzt. Plötzlich sahen sie einen dunklen Punkt am Horizont, und beim Näherkommen erkannten sie, dass es ein Kreuz war."

Tientje beugt sich triumphierend auf mich zu. Ihre Augen leuchten.

„An diesem Kreuz aber konnte der Oberteufel nicht vorbeiziehen, und er musste mit all seinen Mitteufeln einen großen Umweg machen, um das Zeichen unseres Herrn nicht streifen zu müssen. Da erkannte Christophorus, dass es einen mächtigeren Herrn gab als den schrecklichen Teufel, und er machte sich auf, um diesen Herrn zu suchen."

Die fertigen Apfelstücke in der Schüssel vor ihr bilden einen steilen Abhang, sie rüttelt am Schüsselrand, um die Äpfel besser zu verteilen.

„Christophorus zog weiter durch die Einöde, auf der Suche nach Christus, dem mächtigsten Herrscher der Welt. Er traf auf einen Einsiedler, der ihn im Glauben unterrichtete und ihn aufforderte, als Zeichen seines ehrlichen Willens einen Fährdienst am Fluss zu übernehmen. Das traute sich Christophorus zu. Am Fluss baute er sich eine Hütte, und er brachte alle, die es wollten, auf seinen starken Schultern über den Fluss."

Träumerisch teilt sie mit ihrem Zeigefinger die Apfelstücke in der Schüssel.

„Eines Tages hörte er eine feine Stimme, die nach seinen Fährdiensten verlangte. Es war ein kleines Kind mit blondem, lockigem Haar und strahlend blauen Augen, das sprach zu ihm: Bitte bring mich über den Fluss! Der Riese ergriff den Baumstamm, mit dem er sich abstützte, und nahm das Kind auf seine Schultern. Als er aber einige Schritte in der reißenden Strömung getan hatte, sanken seine Füße im Schlamm des Flusses immer mehr ein, weil seine Last auf einmal immer schwerer wurde. Das Kind wog mehr mit jeder Minute, und Christophorus ächzte und stöhnte."

Tientje lässt das Messer sinken und blickt mir tief in die Augen.

„Das Wasser gurgelte gefährlich um seine Hüften, er kämpfte mit dem Gleichgewicht und bewegte sich unter großer Mühe vorwärts. Als er es endlich geschafft hatte und am anderen Ufer angekommen war, sagte er keuchend vor Anstrengung zu dem Knaben: Hätte ich die ganze Welt auf meinen Schultern getragen, so hätte es nicht schwerer wiegen können!"

Tientje blickt feierlich an die Decke unserer Küche.

„Du hast die ganze Welt auf deinen Schultern getragen, und ich bin Christus, dein König, dem du mit dieser Arbeit dienst."

Sie greift zum Messer und beginnt wieder eifrig zu schälen.

„Als Beweis für meine Worte sollst du den Stab, auf den du dich gestützt hast, auf der anderen Seite des Flusses in den Boden stecken, und er wird grünen, blühen und reiche Frucht tragen. So tat es Christophorus, und er wohnte fortan unter dem Wunderbaum, der schon am nächsten Morgen Datteln trug."

Ich erkenne den Fehler in der Geschichte.

„Sonst sollte er doch immer fasten, er hat aber doch das Fasten abgelehnt, er hat gesagt, dass er das nicht kann. Fährmann sein, das traute er sich zu."

„Ja", sagt Tientje, „er hat sich das ausgesucht, was er besonders gut konnte. Das war auch eine gottgefällige Arbeit."

Ich will die Geschichte heute nicht weiter hören, die Stelle, wo der mächtige König vom Thron fällt, als er den gefesselten Christophorus nur sieht. Ich rutsche von der Bank, um die Küche zu verlassen, und verschwinde.

Ich sitze im Hof hinter dem Haus, an dem die Dieze vorbei fließt. Der Frühling wird bald kommen, die Luft riecht schon anders. Ich betrachte die Weide, die in einer Ecke des Hofes steht. Warum sollte dieser Baum nicht auch auf so geheimnisvolle Weise ausgeschlagen haben, ein Wunderbaum sein? Seine Blätter glänzen schön genug in der Sonne. Ich nähere mich, suche an seinem Stamm nach den Überresten eines Griffs. Nein. Ich hocke mich hin und überlege. Auch für die Dieze braucht man einen Fährmann oder eine Brücke. Die hölzerne Brücke am Ende der Beurdsestraat gibt es noch nicht lange. Vielleicht ist Christophorus ja auch in Flandern gewesen, bei uns? Die Geschichte mit der Ebene, die passt ja auch, denn das Land ringsum ist flach. Vielleicht hat ja Christophorus den kleinen Jesus in unserem Hof über die Dieze getragen? Vorsichtig nähere ich mich dem träge strömenden Wasser. Könnte die Dieze gemeint sein? Sonnenreflexe spielen auf der Wasseroberfläche, Unrat schwimmt dazwischen vorbei. Wahrscheinlich würde es Gott auch gefallen, wenn ich den Gang über das Wasser wage. Würde ich das denn können? Mit einem Fuß suche ich Halt in der glitschigen Uferzone. Christophorus hatte sich gegen das Fasten entschieden und gesagt, dass er das nicht könne. Ich werde auch meine gottgefällige Arbeit finden.

Vorsichtig ziehe ich meinen durchnässten Fuß aus dem Wasser.

Jeremias

Im Flugzeug war es dunkel und still geworden. Jeremias ließ die Aufzeichnungen sinken. Die winzige Lampe, die die Seiten beleuchtete, gab ein warmes Licht ab, das in der Schwärze der Kabine einen kleinen Kreis bildete.

„Mr. Forrester, ist alles in Ordnung? Kann ich Ihnen etwas bringen, vielleicht eine leichte Schlaftablette?" Die Stewardess beugte sich über ihn, schaute ihm ins Gesicht.

„Ja, ja, alles in Ordnung. Ich brauche nichts. Vielen Dank."

Er sagte tatsächlich die Wahrheit. Er brauchte nichts. Alles würde sich lösen.

Als er nach einigen Stunden eines tiefen und traumlosen Schlafes erwachte, sah er die Sonne über den Wolken von Europa aufgehen. Sie befanden sich nur noch eine Stunde von Schiphol entfernt. Es war bewölkt, wie der Kapitän mitteilte, aber hier oben flogen sie auf die Sonne zu. Während Jeremias sein Frühstück zu sich nahm, saß er mit schmerzhaft eingeknicktem Oberkörper, um dieses Schauspiel nicht zu verpassen. Der Blick durch das panzerartige Glas bescherte ihm ein Auftauchen der Sonne, von Aureolen umgeben. Die Dunkelheit wich einer strahlenden Helle. Das Blauschwarz der unendlichen Weite des Himmels wich einem zarten Azurblau, einer endlosen Vielfalt von Tönen zwischen Meeresgrün und Hellgelb. Jeremias seufzte glücklich.

Die Landung des Flugzeuges ernüchterte ihn und versetzte ihn zurück in die Tristesse der Welt unter den Wolken. Es war stürmisch in Schiphol, Windstärke 6. Als sich die Passagiere anschnallten, um zur Landung anzusetzen, rüttelte die Maschine erneut. Der Sinkflug durch die Wolken hatte etwas Gewaltsames. Sie fielen scheinbar ungezielt und unaufhaltsam. Jeremias sah das, was die Wolken wirklich waren, eine zunehmend graue Nebelmasse, die alles verbarg und schlierig am Fenster vorbeitrieb. Der Ton der Motoren war höllisch. Er umklammerte die Lehnen seines Sitzes und schloss die Augen. Immer war er gut auf dem Boden angekommen. Nie hatte das Flugzeug die Oberfläche der Erde durchstoßen und die Passagiere durch einen schwarzen Tunnel in endlose Tiefen gebracht. Nie.

Als der Sinkflug steiler wurde, schüttelte der Wind die Maschine und sie schwankte leicht von links nach rechts. Die Flügel vibrierten, die Motoren änderten noch einmal den Ton, als das Fahrwerk ausgefahren wurde, und dann spürte Jeremias einen Stoß, das Aufsetzen auf der Erde. Die fast sofort einsetzende Musik erschien ihm banal angesichts der Erlebnisse, die hinter ihnen allen lagen. Bach oder Mozart, etwas Triumphierendes wäre ihm passend erschienen. Die Passagiere holten ihr Handgepäck aus den Ablagen, gähnend, plaudernd, offenbar unbewegt. Zwischen Herren mit Laptops, Handys und Duty-free-Tüten betrat Jeremias die Gangway, die ihn von dem Land trennte, zu dem es ihn so sehr hinzog. Er würde gleich holländischen Boden betreten.

Schiphol war so wie alle Flughäfen, die er kannte, riesig, modern, voller unterdrückter Eile. Der Himmel vor den Fenstern sah grau aus, Wolken hingen tief und Nieselregen sank unaufhaltsam auf die Erde. Als Jeremias auf sein Gepäck wartete, hörte er neben den vertrauten englischen Tönen anderes auf seltsame Art Vertrautes.

Er war umgeben von einer Wolke von Sprachfetzen, die er nicht verstehen, wohl aber identifizieren konnte, ohne eine Spur von Zweifel. Er hörte die Sprache seiner Träume, Niederländisch, obwohl dieses Niederländisch schneller floss, weniger umständlich klang. Auch die Menschen, zwischen denen er wartete, brachten sein Herz zum Klopfen. Als erstes fixierte Jeremias einen Mann, der ihm gegenüber am Gepäckstand wartete, er mochte um die sechzig sein. Die wirren weißen Haare, das Hagere, die lange Nase. Erst als der Mann seinen Blick erstaunt erwiderte, konnte er die Augen verwirrt von ihm lösen. Es gab eine Ähnlichkeit zwischen ihnen, aber nur ihm selber schien sie aufzufallen. Ein Blick in die Runde der Menge hinter ihm überzeugte Jeremias. Er war hier viel weniger ungewöhnlich in seinem Aussehen als zu Hause. Ihm wurde heiß, trotz der kühlen Temperatur, die der Kapitän angesagt hatte, acht Grad Celsius, das war für Mitte Februar nicht ungewöhnlich. Mit seinem Koffer, den er hinter sich herzog, musste er sich zusammennehmen, um nicht zu rennen. Er blieb stehen, atmete tief, um die aufsteigende Panik zu bekämpfen, und schaute aus dem Fenster in den Himmel. Menschen fluteten um ihn herum, ihre Gepäckstücke auf kleinen Rollen ziehend oder große Wagen mit Taschen und Koffern schiebend. Fast alle waren in Begleitung, redeten aufeinander ein, zielbewusst ihren Weg suchend. Er, Jeremias, war allein hier. Er würde sich Zeit nehmen, sich nicht zur Eile drängen lassen. Das vor allem hatte ihm Dr. Millar geraten. Nur langsam, zögernd setzte er einen Fuß vor den anderen. Er würde jetzt ein Auto mieten. Es war vorbestellt, bei Hertz. Er würde ganz langsam seine Gepäckstücke einladen, sich die Karte genau ansehen und losfahren. Dann würde er kurz vor dem Mittagessen in der Stadt ankommen, in Hertogenbosch. Er fragte sich, ob er die Stadt auch wiedererkennen würde.

Hertz hatte ihm einen unauffälligen Kleinwagen gegeben, einen dunkelblauen Opel Corsa mit gelbem Nummernschild und einem winzigen NL darauf. Während er auf dem Fahrersitz Platz nahm, hatte Jeremias das

Gefühl, in eine neue, unauffällige Existenz einzutauchen. Niemand würde ihn für einen Touristen aus Boston halten. Zum ersten Mal nach seiner Ankunft lächelte er. Amerikanische Touristen im Ausland waren wohl nicht so beliebt. Er hatte auf Schiphol ein paar getroffen und verstand, warum. Die schrille Ehefrau, die unwilligen, halbwüchsigen Kinder, die immer griffbereite Filmkamera, der breite Akzent, der sich gegen alles durchsetzte. So sah er nun wirklich nicht aus. Der Wagen war wichtig für ihn. Er würde herumfahren müssen, sich alles Mögliche ansehen. Er wirkte wie ein Handelsvertreter, der in seinem eigenen Land unterwegs war. Den Pflichtanruf an Kate hatte er absolviert. Sie hatte wie immer resigniert geklungen. Von jetzt an würde sie nur noch von ihm hören, wenn etwas passieren sollte. Er war froh über diese Vereinbarung, zu der ihn Dr. Millar gedrängt hatte. Nichts sollte ihn ablenken, er sollte sich ganz konzentrieren auf seine Recherchen. Bei diesem Gedanken erfasste ihn eine freudige Aufregung. Er würde ganz allein sein, keiner würde ihn lenken wollen. Während er sich in den Verkehrsstrom von Schiphol fort einordnete, pfiff er leise vor sich hin. Die Scheibenwischer kämpften gegen den Regen, der zugenommen hatte und milchig trübe die Straße vor ihm zum Glänzen brachte. In der Ferne ahnte man die große Stadt, Amsterdam, umgeben von einem Netz von Fernstraßen. Er musste über einen Ort mit Namen Amstelveen fahren, über Aalsmeer, Uithoorn, Vinkeveen Richtung Utrecht. Wie mochte man diese Wörter wohl aussprechen? Er versuchte verschiedene Möglichkeiten, sie klangen ihm alle gleich absurd. Der Verkehr um seinen Corsa war dicht. Es waren vor allem Lastwagen, die ebenso exotische Namen der Besitzer trugen: ein Herr Van Dyjk, ein Van Smeets, unlesbare Namen mit oe und ue. Bilder von Kühen und Blumen waren auf den Lastwagen. Im Gegensatz dazu stand die Landschaft um ihn. Man sah nichts, was an die Bildbände über die Gegend erinnerte, nur Beton, Fahrspuren, Kraftwerke, Fabrikgebäude und die offenbar überall gleichen Firmennamen. Jeremias schaltete das Radio ein, das ihn mit einer Flut von Sätzen in der neuen Sprache überschüttete. Das muntere Geplauder wiederholte die Sprachmelodie vom Flughafen, eine kehlige, mit Pausen vorangehende Sprache, immer wieder unterbrochen durch eine Art von Räuspern, ein Reiben hinten in der Kehle. Es klang sehr fremd.

Der Regen ließ nach, als er das Umfeld von Utrecht hinter sich gelassen hatte. In Nieuwegwein überquerte er einen großen Fluss, den Rhein, bei Zaltbommel die Waal. Ab diesem Punkt seiner Reise stieg seine innere Erregung deutlich. Nicht nur der Himmel, sondern auch die Landschaft hatte sich verändert. Jeremias fuhr durch ein völlig flaches Land, das plötzlich eine tiefgrüne, satte Farbe angenommen hatte. Wassergräben durchzogen in regelmäßigen Abständen die weiten Flächen und unterteilten sie wie ein Blatt Rechenpapier. Reiher standen an ihren Rändern, unbeweglich, grau wie der Himmel. Einmal sah Jeremias zwei blendend weiße Schwäne, die ruhig auf einer Wasserfläche schwammen. Das Wasser schien überall zu sein. Es durchtränkte die Landschaft, sogar durch den Spalt im Autofenster kam ein feuchter Luftschwall herein, der einen starken Geruch nach Tieren in sich trug. Auch die ziehenden Wolken trugen das Wasser in sich, Fetzen wurden vom Wind getrieben, die sich aus der Wolkenfläche gelöst hatten. Es war kaum zu glauben, dass auch das die ehemals weißen Wolken waren, die er aus dem Flugzeug gesehen hatte. Diese hingen tief und drohten. Dann tauchte eine Stadt am Horizont auf, Hertogenbosch, und er überquerte die Maas. Der Fluss strömte langsam und mächtig unter einem Himmel, der sich veränderte. Als Jeremias die Stadt zum ersten Mal sah, riss es auf und eine Flut von fahlen Sonnenstrahlen drängte sich durch die Wolken, tauchte die Silhouette in ein plötzliches Licht. Dort war der Turm der Kathedrale, der Turm von Sint Jan. Jeremias spürte ein Ziehen im Magen. Sein Ziel war erreicht.

Er hatte große Mühe, seinen Weg zum Eingang des Hotels zu finden. Die Straßen waren eng und verstopft mit Fahrradfahrern und Autos. Als es ihm dann endlich gelungen war, schwitzte er heftig. Sein Corsa war sicher abgestellt in einer Garage, die dem Hoteleingang gegenüberlag. Ein freundliches Mädchen hatte ihm in perfektem Englisch geholfen. Es hatte alles geklappt. Er war erwartet worden, Gott sei Dank. Der Koffer, der auf dem Flughafen noch leicht gewesen war, wog jetzt schwer. Das Hotel hieß „Golden Tulip", sehr passend für das Land, und lag offenbar direkt am Marktplatz der Stadt. Es war gefüllt mit Menschen, die seine Sprache sprachen. Er war erleichtert. Sogar der Aufzug, der die Wettervorhersage für heute und den nächsten Tag anzeigte, war in Englisch und dann erst in Niederländisch beschriftet. Er fühlte sich nicht mehr so fremd. Sein Zimmer lag auf der dritten Etage. Er verließ den Fahrstuhl, den schweren Zimmerschlüssel umklammernd, und bewegte sich durch die engen Gänge des Hotels. Es war dunkel. Eine Unzahl von Zimmertüren war in dem Gang verteilt, dazwischen hingen Reproduktionen altniederländischer Bilder. Jeremias kannte sie: Windmühlen, Gräben mit Wasser, aufblickende blonde Mädchen. Endlich hatte er sein Zimmer erreicht und trat ein. Ein normales Hotelzimmer, es hätte in Boston nicht anders ausgesehen, das Bad gleich links, die Toilette gegenüber, ein breites Bett, alles in unauffälligen Pastellfarben eingerichtet. Ein Schreibtisch stand am Fenster, mit Prospekten bedeckt, von denen ihn radelnde, junge Familien, Windmühlen und viel Grün anlachten. Jeremias lächelte zurück. Das Fenster war altmodisch, weiß gestrichen, aus Holz und mit schweren Beschlägen versehen. Er schob die Gardine zur Seite, öffnete die Läden und sah auf den Marktplatz von Hertogenbosch hinaus. Vor seinem Fenster war eine Kirmes aufgebaut. Karussells und Buden waren überall. Jeremias stutzte. Das würde doch laut sein. Warum hatte man ihm das denn nicht gesagt? In Boston wäre das undenkbar gewesen. Als wollte man ihn in seinen Sorgen bestätigen, fing in diesem Moment eines der Fahrgeschäfte an, unter ohrenbetäubendem Lärm Fahrt aufzunehmen. Entschlossen raffte er seine Sachen zusammen und trat den Rückweg zur Rezeption an.

Das sei leider die Kermes, zwei Tage würde sie dauern, und ob der Herr denn lieber ein Zimmer nach hinten hinaus hätte? Es sei aber nicht so groß, auch noch nicht renoviert. Jeremias bestätigte, dass er dieses Zimmer trotzdem lieber wolle. Er bekam den neuen Schlüssel, fuhr wieder in die dunkle Etage hinauf, deren Gänge sich kreuzten und in der Ferne verschwanden, und betrat endlich sein neues Domizil. Dieses Zimmer war wirklich anders als das erste. Es gab auch alles, so wie es im ersten Zimmer allen Komfort gegeben hatte, aber als Jeremias das Fenster öffnete, da blickte er in einen trüben Hinterhof, aus dem ihm Küchengeklapper entgegenkam. Die Rückseiten der Häuser waren verwinkelt, offenbar immer wieder angebaut. Es sah sehr europäisch aus, sehr altertümlich. Leitungen waren außen an der Wand befestigt, Tauben hatten ihre Nester gebaut und gurrten laut. Er blickte in den Himmel und sah Möwen kreisen. Die Nähe des Wassers. Er drehte sich um. Dieses Zimmer hätte wohl nicht in Boston sein können, es erinnerte ihn vage an Bilder aus dem 17. Jahrhundert. Er würde ins Rijksmuseum nach Amsterdam gehen, um die Bilder im Original zu sehen. Einen Fernseher, den gab es hier natürlich. Er drückte den Einschaltknopf und auf dem Bildschirm erschien plötzlich als durchlaufendes Spruchband: „Welkom, Mijnheer Bosch."

Der Schock hatte ihn für einige Zeit gelähmt und er verspürte einen starken Fluchtimpuls. Dann hatte er sich aber klargemacht, dass er dem einfach nicht nachgeben durfte. Er hatte ausgepackt und vor allem seinen kleinen Schreibtisch eingerichtet. Sorgfältig legte er das Prospektmaterial und die Bögen mit dem Briefpapier des Hotels zusammen und verstaute sie auf dem Grunde des leicht muffig riechenden Kleiderschranks. Er öffnete sein Handgepäck und verteilte methodisch die mitgebrachten Bücher, sein Lexikon, die Bildbände, sein Schreibzeug. Am Schluss legte er feierlich sein Buch mit den aufgezeichneten Träumen auf die Holzplatte. Dort lag es. Er würde es durchstehen.

Der Nachmittag verlief ohne Kraftanstrengungen. Jeremias fühlte, wie ihn die Reise erschöpft hatte, und ohne weiter zu grübeln zog er sich aus und ging zu Bett. Er schlief ein, während er den entfernten Klang der Kirmes hörte, ganz leise. Ein elektronisches Drehorgelspiel, ein langsam anschwellendes Heulen eines Motors, Kreischen von Menschen. Auf diese Distanz störte es ihn nicht. Er träumte nichts.

Als er aufwachte, war der Himmel vor seinem Zimmerfenster schon dunkel geworden. Die Geräusche vom Rummelplatz hatten wohl zugenommen, er konnte sie jetzt deutlicher hören. Sein Mund und seine Kehle brannten vor Durst und er stürzte eine eiskalte Dose holländisches Mineralwasser herunter, während er am Fenster stand und in den Schacht hinunterblickte. Die Küchengeräusche erinnerten ihn an seinen Magen. Jeremias duschte, zog sich an und trat den Abstieg zur Eingangshalle des Hotels an. Diesmal benutzte er keinen Aufzug. Durch die Fenster des Treppenhauses sah er die umliegenden Gebäude mit Vorfreude. All dies würde er erkunden können. Zum Golden Tulip gehörte eine große Gaststube, eine Brasserie, die auf den Marktplatz zeigte und jetzt einen Ausblick auf die Kirmes bot. Jeremias suchte sich einen Platz in der Ecke. Es war dunkel, auf angenehme Weise schummerig. Alles war besetzt mit rauchenden, Bier trinkenden Leuten, die sich angeregt unterhielten. Die Luft summte. Der Kellner brachte ihm eine zweisprachige Speisekarte und Jeremias versuchte, sich die holländischen Bezeichnungen einzuprägen. Während er langsam und methodisch aß, breitete sich ein überaus angenehmes Gefühl in ihm aus. Noch nie hatte er eine solche Reise gemacht. Es war eigentlich das erste Mal in seinem Leben, dass er nur auf sich achten konnte. Sein Leben lang war da Kate gewesen, deren Launen es zu ahnen und zu beachten galt, oder eines der befreundeten Ehepaare, mit denen sie dann später immer verreist waren. Kinder hatten sie nie gehabt, vielleicht hätte es mit Kindern schöner sein können? Oder mit einem Hund, der freundlich mit dem Schwanz wedelt? Er bestellte sich einen Genever, zuerst einen jungen, dann einen alten. Das war der typisch holländische Schnaps, das hatte er gelesen und er wollte sich gleich entscheiden, welchen er bevorzugte. Der alte Genever mit seinem leicht rauchigen Geschmack brannte angenehm in der Kehle und wärmte seinen Magen. Jeremias saß entspannt in seiner Ecke und schaute auf die bunte Kulisse der Kirmes. Glühlampen leuchteten im Rhythmus der Musik auf. Wo vorhin noch viel Raum gewesen war, da drängten sich jetzt die Menschen. Es regnete leicht. Jeremias hatte lange genug herumgesessen. Er zahlte, griff nach seinem Mantel und verließ das Cafe. Eine weitere Kulisse aus Lärm empfing ihn. Von dem berühmten Marktplatz war nichts zu sehen, alles war zugestellt. Er drängte sich durch die Gassen zwischen den Buden, rettete sich schließlich an den Rand der Kirmes und erstieg eine Treppe zu einem Haus. Als er an der Fassade hochblickte, erkannte er, dass er auf der Treppe des alten Rathauses stand, eines schön renovierten Gebäudes aus der Barockzeit. Hier war er im Bereich der Reiseführer gelandet, so hatten die holländischen Häuser dort ausgesehen. Erfreut drehte er sich um. Von seinem erhöhten Platz aus konnte er den vollgestellten Marktplatz überblicken. Direkt vor ihm stand eine lebensgroße Statue, deren Abbildung er schon gesehen hatte. Sie überragte die Kirmes. Er erkannte es sofort. Sie stellte Hieronymus Bosch dar, ausgezehrt, hager, leicht gebeugt mit einem resignativen Ausdruck im Gesicht. Um sein Standbild herum tobten der Jahrmarkt, die schrille Musik, das Kreischen der Menschen, die blinkenden Lichter, die sein Gesicht hektisch beleuchteten. Für Jeremias sah es so aus, als litte die Statue.

Erneut erfasste ihn Panik. Bosch war hier ständig gegenwärtig. Er stürzte die Treppe hinab und kämpfte sich zwischen Zuckerwatte und klebrigen roten Äpfeln hindurch, zwischen kreischenden holländischen Kindern. Als er die Seitenstraße wiedererkannte, die zu seinem Hotel führte, war er erleichtert. Ruhig war es hier und angenehm dunkel. Die Frau hinter dem Tresen lächelte ein perfektes Lächeln in ihrer dunkelblauen Kostümjacke, die eine winzige goldene Tulpe trug. Sie überreichte ihm den Schlüssel.

„Have a nice sleep, Mr. Bosch!"

Er schluckte und stürzte sich in das Labyrinth der Hotelflure. Sicher in seinem Zimmer angekommen, erledigte er sorgfältig die Vorbereitungen für die Nacht. Dann lauschte er in die Tiefen des großen Gebäudes. Nichts. Nur die entfernten Kirmesgeräusche waren noch zu hören. Er nahm das Buch mit der Aufzeichnung seiner Träume in die Hand, strich über das raue Leder des Einbandes und begann zu lesen.

Hieronymus

Ich höre Tientjes Stimme aus der Küche, böse, schrill. Sie streitet wieder mit Vater. Abwehr erfüllt mich, das will ich nicht hören. Ich ziehe mich tiefer in mein Versteck, den Schuppen, zurück. Auch ich möchte in die Schule, ich bin nicht zu klein, ich bin nicht zu dünn, wie mein kleiner Bruder es ist. Ich bin schon halb so groß wie Goossens, der kann lesen und schreiben und darf in Vaters Werkstatt mitarbeiten. Kathrin ist eine gute Bordürenstickerin bei ihrem Meister, das Lamm mit dem Strahlenkranz, so schön! Alle haben anerkennend genickt. Aber alle können sie kein Latein. Und Griechisch?

Die Sonne bricht durch ein Wolkenloch und scheint auf die Holzbretter vor mir. Wenn ich erst in der Schule bin, dann darf ich auch im Hochchor von Sint Jan singen, mit Alart, meinem Freund. Meine Mutter in Ihrem Grab würde es hören und stolz auf mich sein.

Im Haus ist es still geworden. Ich stecke meinen Kopf durch die Tür zur Küche. Leer. Alle sind verschwunden. Auf dem Tisch liegen Speck und Eier, den Brei holt Tientje wohl gerade. Ich muss jetzt etwas rennen, nachdenken.

Der Weg zum Hafen führt an den Kähnen vorbei, die das Baumaterial für Sint Jan bringen. Eine Schut ist bei der Baustelle vor Anker gegangen und wird entladen. Männer mit Kränen heben fertig gemauerte Steinblöcke vom Schiff, Strebebögen und Teile von Obergaden. Ich kenne mich aus, ich kenne die Worte, ich bin geschickt. Ich werde etwas leisten. Zuversicht erfüllt mich.

Ich will noch weiter zum Fischmarkt, an die Dieze, wo es nach anderen Ländern riecht, wo der Wind weht, wo die fremden Schiffe einlaufen. Ich weiß wohl, dass Tientje das nicht mögen wird, aber in mir ist eine Unruhe, ein Drall.

Betriebsamkeit herrscht am Kai, Fischer und Händler überall. Ich setze mich auf ein zusammengerolltes Tau in einer Ecke. Ein bisschen Zeit wird noch sein bis zum Essen.

Vor Erleichterung seufze ich tief. Vater wird tun, was er für richtig hält. Ich werde Latein lernen dürfen. Möwen fliegen über mir in kühnen Schwüngen, kreischen heiser und jagen sich. Die Luft riecht nach Feuchtigkeit, nach Regen, dunkle Wolken ziehen auf. Wie oft habe ich diese schwarzen Zeichen, diese Buchstaben betrachtet, die wie kleine schwarze Tiere über das Papier kriechen. Ich werde sie deuten können. Die Bögen und Schwünge laufen um die Buchstaben so wie die Möwen fliegen. Wie oft habe ich Onkel Thomas bewundert, dass er diese Zeichen dressiert hatte. Er kann ja auch noch nach Wochen oder Monaten wieder entziffern, was er so schön geschrieben hatte. Im Scriptorium des Orthenklosters, da habe ich solche Zeichen lange betrachtet. Pater Willem hatte die verschnörkelten Linien mit Farbe verändert, er hatte aus ihren Spitzen kleine Köpfe wachsen lassen, Blüten und Pflanzenteile, Tiere ohne Füße, geheimnisvolle Wesen. Ich habe Tiere gesehen, die Blätter als Schwänze haben, Hasen, die sich aus einem Ast herauswinden. Auf einem Blatt war ein kleines Gesicht zu sehen, das einem Strauch entkommen wollte, ganz verzweifelt hatte es ausgesehen, als wenn es um Hilfe bat. Ich war sehr beunruhigt. Wie kann ein Mensch so etwas malen? Hatte er so etwas gesehen? Hatte der Pater davon geträumt?

Neben mir raschelt es, ein Bettler sitzt neben mir und blickt mich an. Kann ich noch weglaufen? Vor solchen Leuten muss ich mich in Acht nehmen, das habe ich Tientje versprochen. Der Mann lächelt mich breit an und stößt eine Wolke übler Gerüche aus. Jetzt kann ich nicht mehr weg. Zu spät. Ein brauner Fetzen ist so um seine Haare gewickelt, dass man nur die Augen zwischen der ledrigen Haut leuchten sieht. Diese Augen sind von einer eigenartigen, wasserhellen Farbe und bannen mich. Unter seinem Umhang holt der Mann, noch immer unbewegt lächelnd, ein Ledersäckchen hervor, das er hin und her schwenkt.

„Hier habe ich etwas Schönes, meinen Schatz!", die Zahnstummel leuchten gelb. Ich steige von der Taurolle und mache einen vorsichtigen Schritt zur Seite.

„Ich würde ihn dir zeigen, ganz umsonst."

Er rückt mir nach, in dem Säckchen scheppert es leise. „Mein Schatz kommt aus dem Morgenland, eine Karawane aus Kamelen hat ihn aus der Wüste gebracht, wie bei den Königen aus dem Morgenland!", raunt er.

Wir sind ja nur zwei Schritte vom Getriebe des Binnenhafens entfernt, wenn der Mann mir etwas tun würde, dann könnte ich um Hilfe schreien. „Na gut", sage ich mutig und nähere meinen Kopf vorsichtig dem Beutel, den der Mann jetzt feierlich auf den Boden legt.

„Sieh her", er nimmt aus dem Beutel einen Stein, den er vorsichtig zwischen zwei Fingern hält, bevor er ihn an mich weitergibt. Der Stein ist zwei Daumen hoch und ganz flach. Er zeigt einen Widderkopf, dessen Hals aus einem gewundenen Schneckenhaus ragt. Auf der Rückseite sind geheimnisvolle Zeichen eingraviert.

„Das ist schön, nicht wahr?" Sein Flüstern nimmt einen schwärmerischen Klang an. „Gib her und sieh dir diesen an!" Der zweite Stein scheint in meiner Handfläche zu atmen, zu rucken. Er erscheint mir so warm wie ein lebendes Wesen. Angestrengt blicke ich auf das Bild, das er trägt: Das Profil eines Mannes mit halblangen

Haaren, der übergroße Kopf geht in den Unterleib des Mannes über. Er ist nackt und beugt die Knie. „Auch nicht schlecht, wie?", kichert der Bettler. „Und hier, sieh dir das an!" Der dritte Stein ist größer, etwa drei Daumen hoch. Er zeigt in der Mitte ein aufgerissenes Maul, in dem man deutlich zwei Reihen von Zähnen erkennen kann. Auf den Seiten kann man gleichzeitig je zwei leere Augenhöhlen sehen, drohend aufgerissen, tiefe Linien um die Augen. Mich schaudert.

„Diese Steine", zischt mein Gegenüber mit verhaltener Stimme, „sind lebendig. Sie sind in der Wüste gewachsen so wie Pflanzen, und in der Wüste hat man sie auch gefunden." Der Stein entgleitet meinen Händen. „Sie sind in den letzten Tagen immer größer geworden, weil ich sie mit dem Licht des Vollmonds gefüttert habe." Unruhig blickt er sich um. „Bei Nacht werden sie warm und sie summen dann ganz leise. Aber dieser, er ist mein größter Besitz!" Vorsichtig holt er einen vierten Stein aus dem Beutel und reicht ihn mir. Dieser Stein ist einzigartig. Er glimmt und leuchtet deutlich in meiner Handfläche. Er zeigt einen riesigen Fisch, auf dessen Rücken eine Art von Segel gespannt ist. Ein nackter Mensch kauert unter dem Segel und schaut vorwärts. Dieser Fisch fliegt durch die Luft wie ein Vogel und der Mensch mit ihm! Ich strahle den Mann begeistert an. Plötzlich verfinstert sich seine Miene, er packt den letzten Stein zurück in das Säckchen, verbirgt es unter dem Umhang, nickt mir zu und hastet leicht hinkend fort von mir. Ich starre ihm nach.

•

Zu Hause ist es schrecklich. Vater hat ein so finsteres Gesicht, dass ich froh bin wegzukommen. Kathrin ist bei ihrem Lehrherren, Goossens in der Werkstatt bei den Gesellen und Lehrlingen. Was hat Vater nur, warum ist er so böse? Habe ich wieder etwas falsch gemacht? Tientje murmelt etwas von einer wichtigen Besorgung und zieht uns hinter sich her, den kleinen Jan und mich, hinaus aus unserem Haus.

„Wo gehen wir hin, Tientje?"

„Zu einer alten Freundin von mir, ich habe sie schon lange nicht mehr gesehen."

Sie schweigt beharrlich, während sie uns durch die Stadt führt. Als wir an Sint Jan und dem Grab unserer Mutter vorbeikommen, bekreuzigt sie sich nur kurz, murmelt wieder erbost vor sich hin. Sonst durften wir immer anhalten und beten, heute nicht. Hinter der Kirche läuft sie durch Gassen, die ich nicht kenne, endlich bleiben wir vor einem Haus stehen. Der niedrige Giebel neigt sich gefährlich nach vorne. Tientje tritt unter den hölzernen Vorbau und klopft. Die Stimme, die sie hereinruft, klingt krächzend wie die Stimme einer Nebelkrähe.

„Ah, Tientje, aus dem hohen Haus zurückgefunden? Was verschafft mir die Ehre?"

Die Frau, zu der die Krähenstimme gehört, sitzt am Feuer und schüttet etwas in einen Topf. Jan ist schlagartig verstummt. Die Dunkelheit der Stube macht ihm wohl Angst, mir auch. Die Frau sieht aus wie Tientje, wie eine zweite, etwas jüngere Tientje. Sie schaut uns neugierig an.

„Hallo, Griet", antwortet Tientje höflich und fasst meine Hand noch fester. Ich kann schlecht sehen, das Feuer wirft flackernde Schatten über alles. Der Platz vor dem Kessel ist übersät mit eigenartigen Töpfen und Schachteln, unbekannten Dingen. Es sieht ganz anders aus als in unserer ordentlichen Küche. Säckchen liegen herum, halbgeöffnet oder fest zugeschnürt. Büschel von getrockneten Pflanzen hängen ringsum an den Wänden, dazwischen baumeln kleine tote Tiere. Rühren sie sich noch? Ein eigenartiger Geruch liegt in der Luft. Griet steht auf und nähert sich uns, sie ist kaum größer als ich es bin.

„So so, das sind sie also, deine Ersatzkinder, feine Jungs, was für schönes Tuch sie tragen."

Sie greift nach Jans Umhang und reibt den Stoff zwischen den Fingern ihrer mageren Hände. Es gibt ein schabendes Geräusch. Jan heult auf und drückt sein

Gesicht in Tientjes Umhang. Griets Fingernägel sind lang und pechschwarz.

„Ich brauche deine Hilfe, Griet", stößt Tientje hervor und rückt mit uns einen halben Schritt zurück. In diesem Moment raschelt es in einer Ecke des Raums, ein Vogel hüpft heran, sein Gefieder schimmert metallisch. Es ist eine große Eule. Ich habe noch nie eine lebendige Eule so nah gesehen. Sie kommt näher, dreht den Kopf zur Seite und blinzelt träge mit einem Auge, das so tief gelb ist wie Honig. Dieses riesengroße Auge schaut mich lange an.

„Setzt euch doch, meine Lieben!", krächzt die Frau, fegt etwas Dunkles und Haariges von einem umgedrehten Waschzuber und weist einladend auf den Sitzplatz. Wir setzen uns vorsichtig und schweigen.

Griet betrachtet uns eingehend, ihre Augen funkeln wie die Steine am Umhang der süßen lieben Frau in Sint Jan. Die Eule hüpft schwerfällig weiter und setzt sich auf den Dreibein neben dem Fenster.

„Du bist Hieronymus, mein Junge? Ein schöner Name, eine schöne Bestimmung, zeig mir doch deine Hand, Kindchen!"

Sie greift nach meiner Hand, ich erschrecke, aber Tientje geht dazwischen.

„Nein, Griet, das nicht. Ich möchte etwas anderes von dir."

Tientje drückt mir Jan auf den Schoß und zieht Griet in eine Ecke des Raumes, wo sie ihr ins Ohr flüstert. Ich schaue mich unsicher um. Jan ist nass, er fährt mir mit seinen dicken Händen durchs Gesicht, gibt ängstliche Geräusche von sich, macht sich steif, so dass ich ihn kaum halten kann. Er will unbedingt zu Tientje. Eisern umklammere ich ihn. Ich will in diesem unheimlichen Raum nicht ganz alleine sitzen, da schon lieber den nassen Jan auf dem Schoß.

Griet stößt hohe Zischlaute aus, ist sie jetzt böse auf Tientje? Tientje wird lauter, trotzdem kann ich nicht verstehen, was sie sagt. Endlich sind sie fertig und meine Tientje kehrt zu uns zurück. Ich bin Jan los.

Alle drei blicken wir auf Griet, die in der Stube hin und her schlurft, böse vor sich hin murmelt, bestimmte Säckchen sucht, sie auf- und zubindet. Sie hängt den Kessel näher über das Feuer und streut mit einer Hand ein helles Pulver hinein, während sie mit der anderen langsam mit einem großen Holzlöffel umrührt. Dämpfe steigen auf, ziehen in den Raum hinein. Ich muss husten. Der Rauch beschreibt Spiralen, wird rötlich. Ich schaue Tientje fragend an, aber sie blickt wie gebannt auf den farbigen Rauch. Jetzt nestelt Griet an ihrem schwarzen Umschlagtuch und holt eine kleine Glasflasche heraus. Sie tröpfelt vorsichtig eine Flüssigkeit in den siedenden Kessel. Es brodelt und zischt. Griet murmelt etwas, was sich wie ein lateinischer Spruch in der Kirche anhört. Plötzlich sehe ich, dass die Kanne, die neben dem Feuer liegt, sich bewegt, ruckartig schiebt sie sich vorwärts, zuckt, dreht sich. Hat die Kanne wirklich Beine bekommen? Ich blinzele, um besser sehen zu können. Ärgerlich greift Griet nach der Kanne, rückt sie zur Seite. Ein Becher, der danebenliegt, rollt auf einmal vorwärts, wird durch Griets Zuruf aufgehalten. Ich bin sicher, dass es so ist. In diesem Raum werden die Dinge lebendig.

Plötzlich greift Griet in ihren Umhang, holt eine lebendige Kröte heraus, drückt sie und es tropft eine gelbliche Flüssigkeit in den Kessel. Jan heult auf.

„Du wolltest es doch frisch", keift Griet und blickt Tientje böse an. Die nickt stumm. Jetzt beginnt Griet leise zu singen, sie stampft mit dem Fuß, immer wieder. Die Beschwörungsformel wird lauter, ihr Gesicht verliert den bösen Zug, wird angestrengt. Sie keucht. Die Luft in dem engen, dunklen Raum um mich dreht sich. Mir ist schwindelig, ich schließe die Augen, aber es schwankt noch heftiger um mich. Plötzlich ruft Griet: "Ita est!" Vorsichtig schöpft sie mit einem Löffel etwas von dem Gebräu aus dem Kessel in einen kleinen Behälter, den sie Tientje reicht.

„Bitte schön!"

Tientje nimmt die Flasche entgegen und greift nach ihrem Geldbeutel, während sie versucht, den kleinen Jan davon abzuhalten, nach dem Gefäß zu patschen. Ihre Hände zittern. Hastig steckt sie es ein, ergreift meine Hand und zerrt mich zur Tür. Griet sitzt mit einem merkwürdig leeren Gesichtsausdruck am Feuer, die Eule neben sich.

„Auf Wiedersehen!" Griet reagiert nicht, nur die Eule stößt einen eigenartigen Laut aus. Als wir endlich auf der Straße sind, fährt mich Tientje an.

„Dass du mir keinem davon erzählst, keinem, Hieronymus! Es könnte alles unwirksam werden. Auch Kathrin darf nichts davon erfahren, schwöre es mir bei unserer Heiligen Jungfrau."

Verwirrt hebe ich die Hand zum Schwur.

•

Ich sitze in der Schulstube neben den anderen. Es ist still im Raum. Die Sonne malt Flecken, die langsam über den Holzboden wandern und unsere Schulbänke golden einfärben. Pater Clemens sitzt eingesunken hinter seinem Pult und schweigt. Es reicht uns allen. Wir haben heute genug gearbeitet, all das Latein, das Griechisch, es ist schon später Nachmittag, alle wollen nach Hause. Mein Freund Alart, der neben mir sitzt, rutscht unruhig hin und her. Pater Clemens wendet uns sein faltiges Gesicht entgegen, er setzt zum letzten Teil des Unterrichts an. Sein Lieblingsthema: Jan von Ruusbroec, Alart stöhnt leise auf. Ich mag den Text, ich übersetze gerne in ihm, lese in ihm.

Mir gefällt die Vorstellung, dass man erst tätig sein muss, dann gottsuchend und endlich gottschauend wird. Pater Clemens ist die Verkörperung all dessen. Immer ist er zufrieden, wirkt ganz glücklich. So möchte ich auch sein und nicht so, wie ich jetzt bin, in meinem Körper, der überall zu lang ist, überall aneckt. Ich stelle es mir schön vor, erst ein Gottesknecht, dann ein Gottesfreund und schließlich ein Gottessohn zu werden. Dann würde ich beim Jüngsten Gericht sicher meine Mutter sehen können, brauchte keine Angst vor dem Moment zu haben, wenn die Engel ihre Trompeten erheben.

„Denkt immer daran, dass der freie Wille König in der Seele werde, gekrönt von einer Krone namens Karitate", höre ich jetzt Pater Clemens sprechen. „Dies kann geschehen kraft der Reinheit von Geist, Herz und Leib, die ihr erhalten werdet, wenn euch die Demut führt, diese göttliche Tugend."

Alart neben mir kichert jetzt.

„Er soll mal für die Reinheit seines Leibes sorgen, dann würde er nicht so riechen!"

„Solange ihr im Tiefland des tätigen Lebens seid, so lange werdet ihr Christus nicht wirklich nahe kommen. Wenn ihr euch aber völlig entblößt von allem Diesseitigen, dann werdet ihr die reine Erkenntnis Gottes erlangen."

Der Pater macht eine schwärmerische Pause. Die Unruhe um mich herum nimmt zu. Alarts sommersprossiges Gesicht ist hinter seinen Händen verschwunden.

Die Augen des Paters schweifen über uns hinweg, zum Fenster hinaus, hinter dem man Vogelgezwitscher und Sonnenschein weiß. Es ist Frühling.

„Lasst uns jetzt singen, zum Abschluss dieses Tages, den Gott uns geschenkt hat."

Während der Choral erklingt, erfüllt mich tiefe Befriedigung. Das werde ich versuchen. Ich werde versuchen, immer gut zu sein. Damit werde ich mich retten.

Aus vollem Halse singe ich die Melodie des lateinischen Textes. Alart singt auch mit, immer lauter. Alles wird gut werden.

Als wir uns dem Kirchplatz nähern, höre ich ein eintöniges Singen, gefolgt von Klatschen und leisem Aufstöhnen. Die Geißler, die Flagellanten sind da! Aufgeregt zerre ich Alart auf den Menschenauflauf zu, der sich um die Gruppe gebildet hat. Hagere Männer mit nacktem, blutüberströmtem Oberkörper halten kurze Lederriemen in der Hand, an denen große Nägel befestigt sind. Im Rhythmus des Gesangs schlagen sie sich aufstöhnend auf Rücken und Brust. Endlich sehe ich das einmal, Alart und ich drängen uns durch die Gaffer nach vorne. Tientje hat mir von diesen Leuten erzählt. Dreiunddreißig Tage für die dreiunddreißig Leidenstage Christi ziehen die Geißler von Stadt zu Stadt und büßen öffentlich für ihre Sünden.

Vor der Gruppe geht ein abgerissen aussehender Mönch mit wildem Blick, der ein Banner trägt, das zwei Geißelbündel zeigt, Ein zweiter Mönch taumelt unter einem schweren Kreuz, das gefährlich hin und her schwankt.

„Die Leiden Christi mahnen euch! Tuet Buße und kehret um!"

Der eintönige Gesang wird nur vom Klatschen der Peitschen unterbrochen. Ich schaudere. Die Büßer sind barfuß, wirr hängen ihnen die Haare ins Gesicht und sie blecken schmerzverzerrt die Zähne wie Tiere. Der Takt der Peitschen steigert sich langsam im Takt des Singsangs. Manche Geißler scheinen besonders fest zuzuschlagen, ihre Gesichter zeigen kalte Wut, wenn das Leder auf ihrem Rücken auftrifft und die Haut blutig aufreißt.

„Wir büßen, wir büßen!", schreit einer der Geißler erregt.

„Wir büßen auch für euch, für eure Sünden, wir sind die Nachfolger Christi!"

Eine Welle süßlich-fauligen Geruchs erreicht uns. Im Publikum zeigt sich Wirkung. Die alte Frau neben uns wimmert leise und beißt in ihre Faust. Ein kleiner Junge, der an der Hand seiner Mutter steht, schaut mit schreckgeweiteten Augen auf das Ereignis.

„Wir büßen, wir büßen", tönt es. Ist das der Weg, um sich von allem Weltlichen abzuwenden? Musste man das so machen? Alart schnaubt verächtlich durch seine Nase und flüstert mir zu: „Wenn sie das wenigstens draußen auf dem Land machen würden, aber hier in der Stadt! Pass auf, gleich werden sie Geld einsammeln und später dann werden sie Salbe auf ihre Rücken schmieren, wenn keiner es sieht."

Ich glaube das nicht. Wie kann man denn eine so geschundene Haut heilen? Die hier würden kein Geld sammeln wie gewöhnliche Bettler. Das hier ist anders, gewaltsamer.

Blut fließt, aufseufzend sinkt einer der Flagellanten zu Boden, wo er zuckend liegen bleibt. Die Zuschauer stöhnen auf. Ich will es nicht, dass diese wilden Menschen für mich leiden. Schon immer haben mich die Dornenkrone Christi und seine Geißelung mit Abscheu erfüllt. Das muss so entsetzlich wehtun. Ich blicke mich um. Einige Zuschauer wenden den Blick ab, einige starren ganz fasziniert auf das Schauspiel. Ein großer Mann blickt neugierig, unbeteiligt, vielleicht sogar amüsiert. Das Gesicht des alten Mannes neben mir verzerrt sich gierig. Er ist entsetzlich hässlich. Ich fühle eine Woge des Ekels in mir aufsteigen.

●

Als ich durch die Tür unseres Hauses trete, kommt mir Kathrin entgegen, in Tränen aufgelöst. Sie, die sonst so ruhig ist, weint aufgeregt.

„Was ist passiert, Kathrin?"

„Ich habe ihn verloren! Tränen rinnen über ihr Gesicht. „Einmal tue ich etwas Verbotenes und dann passiert es."

Sie erklärt mir, wie sie der Versuchung erlegen ist, den schönsten Stein für ihre Stickarbeit mit nach Hause zu nehmen. Zu dritt sticken sie den neuen Umhang für die Pfarrei, ein prachtvolles Stück mit Szenen aus dem Leben Jesu. Im oberen Teil des Rückenteiles schwebt der Heilige Geist, die Taube, in Goldfäden gestickt, in deren Mittelteil ein Opal sitzen soll.

„Nur für eine Nacht wollte ich ihn mir ausleihen, und jetzt habe ich ihn verloren, Tientje und ich, wir suchen schon so lange." Sie schaut mich verzweifelt an, ihr rundes Gesicht ist ganz rot vor Aufregung.

„Immer hat uns der Meister eingeschärft, wie sorgfältig wir auf unsere Materialien aufpassen müssen. Ich könnte ihm nicht sagen, dass ich mir den Opal ausgeliehen habe. Er würde mich furchtbar strafen und hinauswerfen."

Es ist still um uns herum. Alle sind in der Werkstatt. Vom Hof her nähern sich eilige Schritte, Tientje hat in ihrer Not Griet geholt, diese Hexe, die mich damals so erschreckt hat. Griet sieht noch schrecklicher aus, als ich sie in Erinnerung habe. Das Tageslicht beleuchtet sie mitleidslos. Aber selbstbewusst schreitet sie hinter der leicht hinkenden Tientje her, die es offenbar eilig hat. Bestimmt will sie die Gegenwart dieser Frau vor den Männern verbergen. Vater würde sie auch sofort aus dem Haus werfen.

„So, Griet", keucht Tientje. „Das ist Kathrin, und sie hat diesen wertvollen Edelstein verloren. Wir können ihn nicht mehr finden. Bitte hilf uns, wir haben nicht mehr viel Zeit."

Griet nähert sich Kathrin langsam und umkreist sie mehrfach. Sie betrachtet sie eingehend von oben bis unten, dabei leise Unverständliches murmelnd.

„So so, dein Stein ist weg, einfach verschwunden, aber wohin denn, wohin?"

Griet ist offensichtlich zufrieden, dass ihre Dienste gebraucht werden, und unterzieht das Haus einer genauen Musterung. Dabei trippelt sie langsam hin und her, den Kopf unter der schäbigen Kapuze ruckartig schwenkend.

„Hallo, Hieronymus, mein Lieber!", schnarrt sie mit ihrer Nebelkrähenstimme und bleckt kurz ihre schadhaften Zähne. „Was bist du groß geworden in den Jahren."

„Griet, bitte, fang doch an, es ist so eilig!", zischt die aufgebrachte Tientje. Die Männer würden bald aus der Werkstatt kommen.

„Nun gut. Setz dich hierhin, Kind." Griet dirigiert Kathrin zu einem Hocker und fingert aus ihrem schmutzigen Umhang ein Messerchen. Damit schneidet sie der erstarrten Kathrin eine Strähne aus dem Haar und wickelt diese um ihren rechten Zeigefinger. Dann schließt sie die Augen und beginnt leise zu summen. Sie schwankt ganz leicht hin und her, ihre Stimme hebt und senkt sich. Als sie die Augen öffnet, blicken diese leicht glasig.

„Sprecht sie jetzt nur nicht an, Kinder!", flüstert Tientje, während Griet langsam und unsicher, mit ausgestreckten Händen gleichsam der Haarsträhne folgend, ihre Füße durch unser Haus setzt. Sie verlässt das Haus und betritt unseren Hinterhof, kleine angestrengte Laute von sich gebend. Durchquert das Grundstück vom Flussufer bis zum Haus. Nirgendwo hält sie an.

„Es funktioniert nicht", schluchzt Kathrin. „Sie findet ihn nicht!"

Griet bleibt sehen, schüttelt ärgerlich den Kopf und sieht uns an.

„Hier ist der Stein nicht. Es ist nicht so, dass ich ihn nicht finde. Er muss an einer anderen Stelle sein."

Strafend blickt sie Kathrin an.

„Aber wenn ich im Haus suchen soll, dann ist es schwerer. Ich brauche noch etwas mehr von dir, junges Fräulein."

Mit dem Messerchen kratzt sie der entsetzten Kathrin über die Kopfhaut, schält ein paar Schuppen unter der Haube hervor, die sie sorgfältig in der hohlen Hand sammelt.

„Jetzt suche ich im Haus." Herrisch wendet sie sich an die unwillige Tientje, die ihr nur widerstrebend die Tür ins Haus öffnet. Mit weit offenen Augen und festem Schritt durchquert Griet die Küche und die Stube im Erdgeschoss. Ganz genau nimmt sie die blinkenden Küchengeräte, die Vorräte auf dem Tisch und unsere Bänke wahr.

„Feines Haus, feines Haus", murmelt sie immer wieder und schnüffelt dabei. Als sie sich der Treppe nähert, die in den ersten Stock führt, zu den Schlafkammern, wird sie still. Auf ihrem Weg die Stufen hinauf taumelt sie wieder leicht, ihre Atemzüge gehen rascher. Jetzt wendet sie sich zu Kathrins Schlafkammer, öffnet die Tür und geht mit großer Zielstrebigkeit auf das Bett zu. Die Hand mit der Haarsträhne greift in den Spalt zwischen Strohmatratze und Wand und zieht etwas heraus. Da liegt er, ein großer, grün-rosa leuchtender Opal. Wir stoßen einen Schrei der Überraschung aus. Kathrin beginnt vor Erleichterung zu schluchzen und greift hastig nach dem Stein.

„Er ist wieder da, Gott sei Dank!"

„Das würde ich nicht sagen, das bringt Unglück. Ein anderer hat mir geholfen, mein Fräulein." Griet ist offenbar schlechter Laune. Sie ruckt nervös mit dem Kopf, ihr kleiner Körper unter dem Mantel krümmt sich. Während Tientje die widerstrebende Griet hastig die Treppe hinunterdrängt, betrachten wir andächtig den Opal. In seinen Tiefen sitzen kleine grüne Flammen. Man blickt in einen Schacht aus Licht. Kathrin seufzt auf.

„Kannst du jetzt verstehen, warum ich ihn nur für eine Nacht hier haben wollte?"

Ich nicke andächtig.

•

Es ist mitten in der Nacht, als ich plötzlich aufwache. Martha steht neben unserem Bett und rüttelt mich und Jan wach. „Es brennt! Steht schnell auf!", schreit sie hysterisch. Und dann überfällt mich der Geruch nach Rauch und Feuer. Es brennt. Ich zerre den kleinen Jan hastig aus dem Bett, Kathrin ist schon auf der Treppe, Onkel Thomas hilft der alten Tientje die steilen Stufen hinab, während er sich hastig mit Vater verständigt. Das Feuer kommt aus der Färbergasse, es verbreitet sich rasend schnell. Noch ist es von unserem Haus entfernt, aber wir haben auch nur ein Strohdach, es wird nicht lange dauern, bis es uns erreicht haben wird. Als wir im Hof hinter dem Haus angekommen sind, rennen die Männer wieder hinein, um zu retten, was zu retten ist. Wir kauern neben dem schützenden Wasser des Flusses und sehen die Flammen ringsum. Tientje ringt die Hände und jammert aus Leibeskräften. Kathrin und ich, wir sind stumm. Jan brüllt entsetzlich. Jetzt überspringen die Flammen die Straße und unser Dach fängt Feuer, es lodert erst an einzelnen Stellen, wird vom Wind angefacht, der sich erhoben hat. Das Feuer springt wie ein lebendiges Wesen von einem Dach zum nächsten und knallt und knattert. Die Nacht ist glühend rot. Hühner und Schweine sind ins Freie gelangt und machen einen Höllenlärm. Ich zittere. Wo sind die anderen? Sind sie noch im Haus? Alle schreien und rennen aufgeregt hin und her. So muss es in der Hölle sein. Ich umklammere fest die nasse Hand von Jan, der plötzlich verstummt ist. Jetzt haben die Flammen das erste Stockwerk erreicht, knisternd geben die alten Balken nach. Es sieht aus, als ginge das Haus in die Knie, ganz langsam erst, dann schneller. Vater und Onkel Thomas kommen gelaufen, sie tragen etwas Riesiges. Das ist es, das Altarbild der Bruderschaft, das ausgerechnet jetzt in unserer Werkstatt steht. Sie haben es erst vor wenigen Tagen aus dem Chorumgang von Sint Jan geholt Die heiligen drei Könige. Ein so schönes Bild, die kunstvolle Landschaft, die Gesichter von Maria und dem Kind, die Stickerei auf dem Ärmel des schwarzen Königs!

Entlang der Dieze formen die Menschen jetzt eine Kette. Goossens hat Eimer geholt und rennt jetzt von einem zum anderen, ich sollte ihm helfen. Von dem brandroten Fluss aus schöpfen die Leute das Wasser und reichen es hastig weiter. Brandwart Willem kommt erst jetzt angerannt, sein Gesicht und seine Hände sind rußverschmiert. Ich bleibe unbeweglich sitzen, Tientje hilft beim Löschen. Wir halten Jan fest.

Die Färbergasse hinauf, auf der anderen Seite des Flusses, brennt es lichterloh. Die langen Stoffbahnen, die an hölzernen Stangen zum Trocknen an den Häusern aufgehängt sind, haben alle Feuer gefangen. Die gefärbten Stoffe fackeln wie riesige bunte Fahnen. Eine Frau schluchzt hysterisch, sie schreit nach ihrem Kind. Quiekend rennt ein großes Schwein durch die Reihen, seine Borsten schwelen stinkend und zeigen verbranntes Fleisch. Ich mache die Augen zu. Die Hölle. Davon hat Tientje mir immer erzählt. Ich habe es nicht glauben wollen. Was machen denn die Leute in den ganz kleinen Straßen? Wo retten sie sich vor den Flammen, wenn die

Hütten kreuz und quer aneinandergebaut sind? Hier direkt neben der Dieze ist es sicher. Der Abstand zum Haus ist zu groß für die Flammen, oder? Über der Stadt hat sich eine beißende Rauchwolke erhoben, die das Atmen schwer macht. Das Wasser kommt zu spät. Der Heilige Antonius hat nicht geholfen

Die Löscharbeiten werden langsamer, es hat ja doch keinen Zweck. Wir sehen zu, wie die Flammen im Erdgeschoss prasseln und lecken. Ein heißer Wind erreicht uns.

„Das Feuer ist vom Haus ‚Der große Kessel' ausgegangen, sagt Goossens leise. Ich muss nachsehen, wie es in den anderen Straßen ist. Wir müssen froh sein, dass wir alle herausgekommen sind."

Da liegen die Reste des Bildes. Der Mittelteil ist verbrannt, es sind nur noch die Seitenflügel übrig. Überall wölkt Rauch, der einem den Atem nimmt, Flammen stehen gegen den Himmel. Ein Flügel des kostbaren Bildes liegt auf einem Feuerhaken, der seine eiserne Klaue durch die Leinwand gebohrt hat. Löschwasser tropft. Das Bild ist schwer beschädigt. So, als wäre nichts geschehen, lächelt die Stifterin auf dem Bild ihr feines, ungerührtes Lächeln. Die Heilige Barbara, die hinter ihr steht, legt ihr sanft die Hand auf die Schulter. Ich lege meine Hand auf das Gesicht der Heiligen.

Irgendwann am nächsten Morgen erwache ich. Es ist kalt und feucht. Das Löschwasser hat den Boden hinter unserem zerstörten Haus in eine Schlammwüste verwandelt. Fröstelnd ziehe ich die Luft ein. Es liegt über allem der Gestank der Zerstörung, bis hin zur Kathedrale sehe ich kein einziges Dach mehr, überall hat das Feuer gewütet. Beißender Rauch steigt aus dem Aschehaufen, der einmal unser Zuhause war.

Neben mir sitzt Tientje, sie ist wach. Jan und Kathrin schlafen noch. Alle anderen sind fort.

„Joen, die Nacht ist vorbei und wir sind nicht verbrannt. Gott hat uns gerettet. Wir wollen etwas zu essen suchen. Ich habe in der Stadt eine alte Freundin. Sie wohnt am Marktplatz, in einem Haus ohne Strohdach.

Sicher wird sie uns helfen." Ihre leise Stimme klingt heiser.

Steif erhebe ich mich, um ihr zu folgen. Es ist schwierig, vorwärts zu kommen. Was eine Reihe von Häusern war, das ist zu unförmigen, verkohlten Haufen geworden, die uns wie kleine Berge den Weg versperren. Schwärze raucht. Überall laufen Menschen, die die Reste ihrer Besitztümer bergen, verbrannter Hausrat liegt herum. Ich greife nach Tientjes Hand, um ihr über die Schuttberge zu helfen, und halte sie fest. Als wir uns Sint Jan nähern, wird es leichter vorwärtszukommen. Hier ist es nicht so schlimm gewesen. Die Häuser stehen.

Auf dem Platz vor der Kirche hat sich eine Gruppe von Menschen um einen Bettelmönch geschart, der auf einem unbehauenen Steinquader steht wie auf einer urtümlichen Kanzel. Er erhebt den rechten Arm und zeigt damit anklagend zum Himmel, seine graue Kutte im Licht der Morgensonne von grünlichschwarzen Flecken übersät.

„Denn siehe, es wird Feuer vom Himmel regnen!", ruft er mit dumpfer Stimme, wobei seine Kapuze nach hinten rutscht und seinen geschorenen Schädel preisgibt.

„Dies ist der Anfang vom Ende der Welt." Seine Augen haben die Farbe von Eulenaugen, wie dunkler Honig. „Gott ist nicht zufrieden mit dieser Stadt, in der das Geld regiert."

Seine Krallenhände ziehen die Kapuze wieder ins Gesicht, so dass man nur seine Hakennase und den schmalen Mund sieht.

„Als ich vor drei Jahren hier war, da sah ich auf der Straße viel Stolz und Hoffart, ja viel Hoffart."

Er krümmt den Rücken, um seine nächsten Worte wie aus einem Katapult hervor zu schleudern.

„Eure Stadt wird vom Erdboden verschwinden, dies ist nur der Anfang, dieses Feuer ist von seinem Zorn", er wendet den Kopf ekstatisch zum Himmel, „entzündet!"

Die Zuhörer schweigen betroffen, eine alte Frau, die in ein Laken gehüllt neben uns kauert, schluchzt vor sich hin.

„Wenn ihr dieses Zeichen nicht versteht, so wird es euch wieder treffen, schlimmer noch. Auf dem Wege hierhin habe ich ein anderes Zeichen seines Willens gesehen, ich war in einer Stadt, die voll war von Blutregen, von Blut, das vom Himmel gefallen ist!"

Der Prediger macht eine Pause, alle stöhnen erschreckt auf. Ich stehe erstarrt.

„Alle Straßen, alle Plätze und Mauern sind von Blutflecken gezeichnet, plötzlich, über Nacht sind sie erschienen, als Mahnung für die Lebenden."

Langsam dreht er sich von links nach rechts und breitet beide Hände aus, seine Kutte bewegt sich im Wind.

Also ist doch jemand schuldig, das Feuer kommt als Strafe Gottes. Hat unsere Familie gesündigt, sind wir stolz? Was droht denn noch für eine Strafe? Plötzlich zerrt mich Tientje am Mantel weg aus der Menge, sie schleppt mich gewaltsam hinter sich her, so dass ich fast stolpere.

„Kehret um, noch ist es Zeit! Tut Buße für eure Sünden!" Die scharfe Stimme des Mannes tönt hinter uns her.

„Unsinn", murmelt Tientje aufgebracht. „Das ist Unsinn. Blutregen, pah, die Schmetterlinge waren das, ich weiß das von meiner Tante aus Oirschot, die Schmetterlinge haben diese Flecken geschissen, nicht Gott. Sie haben sich in großen Scharen auf die Mauern gesetzt." Böse blickt sie zu mir.

„Den Leuten noch Angst zu machen nach diesem Feuer. Das ist eine Sünde!"

Entschlossen stapft sie mir voran.

•

Wir sind umgezogen. Wir wohnen jetzt in einem steinernen Haus am Markt, mitten in der Stadt. Wir haben ein Dach über dem Kopf und sind gut davon gekommen. Es ist ganz anders, hier am Marktplatz zu wohnen. Er ist riesig und dreieckig und sehr voll. Auch das Haus ist riesig. Ich hätte nie gedacht, dass in einem Gebäude, das keine Kirche ist, so viel Platz sein kann. Es hat vier Stockwerke, jedes Stockwerk wird von einem eigenen Giebel getragen und jede Etage steht mehr nach außen, so dass man das Gefühl hat, das Haus stürzt auf einen herab, wenn man auf dem Markt steht und hinaufschaut. Es hat sogar Fenster aus bunten Glasscheiben und Zinn, nicht nur hölzerne Läden zum Schließen. Und es gibt ein großes Hinterhaus. In ihm sind die Werkstatt und eine Sommerküche, Wohnräume für die Onkel. Wir sind reich.

Wir alle fühlen uns noch fremd hier. So viel Platz ist keiner von uns gewohnt. Ich schlafe im Vorderhaus in einer abgehängten Kammer, in der die Erwachsenen nicht gerade stehen können. Wenn ich im Bett liege, kann ich deutlich die neuen Geräusche um mich herum hören. Die Eichenbalken ächzen. Der Boden über meinem Kopf schwingt und knarrt unter den Tritten der anderen. Ich fühle mich wie in einem Schiff, hoch oben in der Luft liege ich und alles um mich herum scheint zu schwanken. Einen Keller haben wir auch. Es riecht dort modrig und feucht und ist so schwarz, dass man die Dunkelheit schmecken kann. Über meinem Kopf wölbt sich die Decke in Bögen wie in der Kirche. Säulen stützen die Decke und es scheint immer etwas hinter ihnen zu stehen. Ich kann an keinem Punkt den Raum ganz überblicken.

Unsere Küche aus der Beurdsestraat fehlt mir. Die neue Küche ist groß und zugig. Tientje mag sie auch nicht. In der alten Küche hat der Feuerschein bis zu den Mauern gereicht. Wenn es draußen dunkel ist, dann bleibt jenseits des Feuers immer noch eine finstere, unbestimmte Höhle. Ich glaube, dass sich in diesen dunklen Ecken etwas verbirgt. Wenn man zum Hinterhaus will, muss man durch einen schmalen Gang gehen, der zwischen unserem und dem Nachbarhaus hindurchführt. Es riecht eigenartig dort, feucht und kalt. Die Wände ragen hoch auf, sie versperren den Blick auf den Himmel. Eines Tages werden die beiden Häuser sich über mir schließen, so wie ein großes Tier das Maul schließt.

Dieses Haus hat unser Vater schon im Winter des letzten Jahres gekauft. Er hat noch etwas getan, er hat wieder geheiratet. Seine neue Frau heißt Mechteld, sie ist jung und blond. Ich schaue sie nicht an. Nur der kleine Jan lässt sich von ihr tragen und kitzeln. Jetzt wohnt sie mit uns in dem neuen Haus.
Ich versuche, nicht an Mutter zu denken.
Vater ist zufriedener als früher. Er schaut nicht mehr so finster. Wenn wir in der Küche beim Essen sitzen, ruht sein Blick immer wieder auf Mechteld. Sie lächelt ihn dann an. Ich bin froh, dass ich in die Schule gehen kann.

•

Der Bauplatz der Kathedrale ist leer. Die Zimmerleute und Steinmetze sind in der Stadt, um die notwendigsten Arbeiten auszuführen. Niemand stört mich. Überall liegen die halbfertigen und fertigen Steine herum, die Gerüsthölzer, Taue, Kalktröge, Eimer und Kellen sind fort. Ich klettere über die Blöcke, durch die behauenen, aufgeschichteten Steine, vorbei an halbfertigen Fialen und Kreuzblumen, um den Einstieg zu meinem Lieblingsplatz zu finden. Heute ist ein guter Tag. Über das Gerüst erreiche ich die niedrige Holztür, die immer unverschlossen ist, halte mich an Steinen und rauen Vorsprüngen fest, um in die Höhe zu gelangen.
Als Goossens mir diesen Weg gezeigt hat, da war mir schwindelig geworden. Jetzt macht mir die Höhe nichts aus, im Gegenteil, je höher ich gelange, je größer der Abstand zur Erde ist, umso leichter wird mein Herz. Vorsichtig setze ich die Füße und gelange zu der Tür, die auf das Dach des Mittelschiffs führt. Ich öffne die knarrende Tür und trete in den Wind hinaus. In eine Ecke des Daches gekauert, weit weg von der Dachkante, sehe ich die Schwalben, die schrill kreischend vorbeifliegen. Der Wind macht eigentümlich klagende Töne, während er um das Maßwerk, die Gesimse und die Kreuzblumen weht. Tief atme ich ein und aus. Der Himmel erscheint mir so nahe. Die Stadt mit ihren Brandruinen, Häusern und Menschen

ist weit weg. Mit der rechten Hand halte ich mich am Stein der Wand fest, während der Wind an mir zerrt. Ich starre die Figuren auf den Lichtbögen an, wie immer. Noch vor kurzer Zeit waren sie auf dem Boden, in der Bauhütte. Hier oben, rittlings auf den Bögen sitzend, sehen sie sehr lebendig aus. Ich habe ja gesehen, wie man von diesen Figuren den Steinstaub abgeblasen, an ihnen gearbeitet hat. Sie sind größer als ich und sitzen in kleinem Abstand voneinander mit dem Rücken zur Stadt. Sie blicken alle zum Himmel hinauf. Eine Figur ist eigenartiger als die andere.

Da sitzt ein Bär, der aus einem Bienenkorb frisst, ein heulender Wolf, dessen Vorderpfoten an einen Pfahl gefesselt sind, ein Lautenspieler, der auf einem Bratrost spielt. Ein schrecklicher Hund beißt in sein eigenes Vorderbein, er hat damit begonnen, sich selbst aufzufressen, ein rundes, froschbeiniges Ungeheuer mit zwei Köpfen, ein lesender Teufel, der wie aufgeschreckt herüberblickt, alle schauen mich an. Sie sind nicht ganz an ihren Plätzen, ich weiß das. Sie rücken immer ein kleines Stück vor, heimlich, bei Nacht, wenn niemand es sieht. Bei Tag wirken sie wie Stein, ich sehe den verstorbenen Nachtwächter mit seinem Horn, sehe Jacob von Borch, den Maurer. Wenn die Sonne sinkt, wenn es nebelig oder dunstig dämmerig wird, bei Regen, scheinen die Figuren miteinander zu sprechen, Bewegung kommt in den Stein, eine verstohlene Bewegung, die ich aus dem Augenwinkel sehe. Wenn ich sie direkt ansehe, dann halten sie still, aber wenn ich den Kopf abwende, dann flüstern sie und rühren sich.

In der Nacht, wenn ich in unserem großen Haus im Bett liege, erreicht mich oft ein Bild davon, wie alle Dachreiter ausschwärmen, wie sie versuchen, über Fenster und Lücken in das Innere der Kirche zu kommen, zum Altar. Ich sehe vor mir das Gewimmel der Bären, Teufel, der Greife und Monster, höre dann ihre Stimmen. Diese Nacht habe ich geträumt, dass sich alle Steinfiguren bewegen, sie sind versammelt, um die Kirche zu stürmen, sie sind bewaffnet. Der Heilige Johannes steht mit erhobenem Schwert unter dem Kreuz, um sie zu hindern. Ich sah in meinem Traum, wie er unter ihrem Ansturm begraben wird.

●

Der Herbst geht langsam in einen trüben Winter über. Das Licht des Tages vermindert sich. Morgens früh liegt oft ein Nebel über allem, die Gegenstände haben unsichere Konturen. Die Luft riecht feucht, wassergesättigt. Es ist klamm im Haus, auch in unserer Küche. Der Bauplatz der Kathedrale ist schon auf Winter eingestellt. Wenige Steinmetze werden noch beschäftigt. Ich verlasse mit Alart die Bauhütte, in der wir uns jetzt ständig herumtreiben. Es gibt bei der hereinbrechenden Dunkelheit etwas Besonderes zu sehen. Tientje hat uns eingeschärft, das auf keinen Fall zu verpassen. Wie könnten wir? Die ganze Stadt hat sich versammelt, um den alljährlichen Totentanz zu sehen. Eine dichte Traube von Menschen umlagert das Kirchenportal, dort finden wir keinen Platz mehr. Alart drängt sich entschlossen durch die Menge auf die Kirchenmauern zu, zum Baugerüst. Wir erklettern es und lassen uns nieder. Ein leichter Nieselregen setzt ein, schluckt die Reste des Tageslichtes und überzieht alles mit durchdringender Feuchtigkeit. Die Leute unter uns hüllen sich fester in ihre Umhänge und ziehen die Kapuzen vor ihre Augen. Es ist empfindlich kalt. Dort auf dem Vorplatz steht auch Tientje, neben ihr Mechteld. Es geht los. Erwartungsvolle Stille herrscht.

Das Portal wird aufgestoßen und sechs Männer mit Fackeln stellen sich feierlich im Kreis auf. Das flackernde Licht, das sie auf den Kircheneingang werfen, wird von zwei Stadtmusikanten begleitet, die auf ihren Trommeln dumpfe Wirbel schlagen. Jetzt tritt aus dem Tor als erste Figur des Spiels der Papst, erkennbar an seiner Tiara und dem Hirtenstab. Dann kommen die anderen, ein Kaiser mit einer schönen Krone, ein König, der einen Reichsapfel in der Hand trägt, ein reicher Mann, behängt mit vielen klingelnden Beuteln, die er schüttelt, ein Bauer, ein Bettler, ein Blinder und eine Jungfrau. Ihr Haar, das in einem dicken Zopf über den Rücken fällt, schimmert im Schein der Fackeln. Ein Kind fehlt in diesem Jahr. Sie haben wohl keines überreden können. Die Figuren stehen sich gegenüber und beginnen einen vorsichtigen Tanz. Sie drehen sich umeinander, verbeugen sich und wechseln die Plätze. Die Trommeln dröhnen. Plötzlich kommt eine neue Gestalt aus der Kirchentür und verharrt, so dass man sie genau sehen kann, es ist der Tod. Das weiße Tuch, das die Gestalt bedeckt, ist mit einem Skelett bemalt, Würmer ringeln sich um Knochen. Ich schaudere. Der Tod dreht sich gravitätisch um seine eigene Achse, erhebt den langen Pfeil, den er in der rechten Hand trägt, und das Uhrglas in der anderen und spricht laut und deutlich:

„Ich bin der Tod, der allen Kreaturen gewiss ist!"

Stille antwortet ihm. Sein Totenschädel wirkt gespenstisch echt. Ob jeder Mensch so aussieht, so knöchern, so weiß?

Nacheinander fordert der Tod jetzt die Mitspieler auf, ihm zu folgen. Widerstrebend legen sie ihm die Hand auf die Schulter und reihen sich ein. Langsam und gemessen sind ihre Bewegungen, vorwärts und rückwärts schreiten sie im Takt der Trommeln. Verstohlen blicke ich zu Alart. Sogar sein Gesicht ist ernst.

„Alle seid ihr gleich vor mir, meine Beute. Bevor der Geist entflohen ist, hebt das Herz, das brechen will, im Leib die Brust in die Höhe."

Ich fasse unwillkürlich an mein eigenes Herz, das unruhig schlägt. Ist es noch an seinem Platz?

„Der Tod macht euch erzittern, erbleichen, die Nase sich krümmen, die Adern sich spannen, den Hals sich blähen, das Fleisch sich auflösen. Euer Antlitz ist blau und bleich", rezitiert der Tod die alten Worte, während alle in seinem Gefolge hinter ihm her schreiten, der König und der Kaiser neben dem Bettler, neben dem Blinden. Nur die Jungfrau steht noch außerhalb.

„Du Frauenleib, der so zart ist, so glatt, so weich, so köstlich - musst du auf solche Schrecken gefasst sein? Ja, oder lebendig zum Himmel eingehen!"
Zögernd reiht sich die Jungfrau ein. Der Tod bewegt den Pfeil, schwingt ihn zum Rhythmus der Trommeln, während er auf das Kirchenportal zuschreitet, seine Opfer hinter sich. Der Reiche gerät etwas aus dem Gleichschritt und lächelt verlegen zu den Zuschauern hin, bevor er mit den anderen in dem Tor von der Schwärze verschluckt wird.
„Hast du schon einmal ein echtes Gerippe gesehen, Joen, von einem Menschen?, fragt Alart in das sich jetzt erhebende Gemurmel hinein.
„In der alten Kirche und in einer Ecke des Kirchhofs liegen ganz viele. Sie sind wirklich ganz hell."
Unter meinem Hemd fühle ich meinen Schlüsselbeinknochen. Fast kann ich ihn mit zwei Fingern umfassen.

•

Ich sitze mit den anderen im Chor von Sint Jan und warte auf den Beginn der Sext. Die Kirche ist noch ziemlich leer. Die Kapitelherren lassen wieder auf sich warten. Das Kirchenschiff über meinem Kopf wird immer dunkler, die Wände und Pfeiler verschwimmen nach oben. Ich fühle mich wie in einem steinernen Wald, weit weg von allem Alltäglichen. Die anwesenden Priester rücken ihre warmen Umhänge um sich und schauen bewegungslos vor sich hin. Von ihnen blickt keiner nach oben. Der Organist, der die große Orgel an der Westseite der Kirche spielt, intoniert schon das Hauptmotiv der Messe, die wir heute singen werden. Die Töne hallen von den hohen Mauern wider.
Nach und nach treffen die restlichen Geistlichen ein, mit flatternden Röcken wie große Vögel im Zwielicht. Der Chor füllt sich. Das Gesangbuch liegt schwer auf der Kirchenbank vor mir. Alart neben mir rutscht ebenso unlustig hin und her wie die Kleinen. Um ihn aufzuheitern, suche ich unser Lieblingsbild. Aus dem großen D von Deus

ragt ein Missetäter in einem Schandblock hervor. Füße und Hände sind eingeschlossen, aber der Mund unter der spitzen, überlangen Nase ist weit aufgerissen. Als würde ein Verurteilter Choräle singen. Alart kichert pflichtschuldigst. Wir warten.

In der Bank vor uns, bei den Kleinen, entstehen Unruhe und Getuschel, zwei der Jungen fangen an, sich gegenseitig den Ellenbogen in die Seite zu rammen. Ich greife ihnen entschlossen in den Nacken und zische sie an. So verhält man sich nicht.

Es riecht nach Weihrauch und Holzfeuern. Die Schlusssteine der Gewölbe, deren Figuren man auch bei hellem Licht nur schwer erkennen kann, erahne ich im Dunkeln, wenn ich den Kopf in den Nacken lege. Dort oben sehen die Propheten auf uns herab, Gottvater sitzt dort, Engel und Heilige. Direkt vor meinen Augen sehe ich einen besonders schönen Bankabschluss, an den sich jetzt ein müder Chorherr lehnt. Die Spirale der Schnitzarbeit erinnert mich immer an die Apfelschalen von Tientje. Die Heilige Barbara steht da, ein Buch in der Hand und sie lächelt eigentümlich. Sie kann ja das geflügelte Ungeheuer nicht sehen, das über ihr die Brust unter dem furchterregenden Schnabel vorreckt. Sonst würde sie nicht lächeln. Die Heilige ist bedroht.

Meister Mattheus steht jetzt auf und stellt sich vor uns. Wir sind komplett. Die Orgel spielt die erste Strophe, die Töne verlieren sich hallend im weiten Kirchenschiff, geben uns die Tonhöhe vor. Als wir die zweite Strophe a capella anstimmen, fühle ich mich glücklich, mein Herz wird leicht. Der Cantus Firmus des Chorals erklingt, unsere hellen Stimmen singen mit Inbrunst den lateinischen Text. Die Contratenöre der Erwachsenen singen vielstimmig unterhalb und oberhalb des Chorals, ihre Tiefe gegen unsere Kinderstimmen, sie umspielen die Melodie, wie die Cadellen die Buchstaben umspielen. Meine Seele entspannt sich im Ton des Gesangs, begeistert singe ich, vergesse alles. Alart neben mir lächelt mir zu.

•

Es ist der 28. Dezember, der Tag der unschuldigen Kinder. Schon jetzt fühle ich mich schlecht. Ich werde aber wohl hingehen müssen, um zuzusehen. Schließlich bin ich Schüler der Schule. Jedes Jahr ist es dasselbe. Als ich mich dem Platz an der Kathedrale nähere, kann ich schon das erwartungsvolle Lachen und den Krach der wartenden Jungen hören. Alart freut sich auf diesen Tag, das weiß ich wohl. Ich seufze auf, als er auf mich zustürzt und mich heftig umarmt.

„Jetzt geht es los, Joen, der Kinderbischof wird jetzt gewählt, und ich weiß auch schon, was dann passieren wird!" Widerstrebend folge ich dem Freund auf den Kirchenvorplatz. Dort sind die Schüler der Lateinschule versammelt und einige Fremde aus der Meierei, eigentlich nur Bauernburschen. Alle Erwachsenen haben sich davongemacht. Einige der Umstehenden sind schon betrunken, obwohl es erst Morgen ist. Sie schwanken leicht und stützen sich gegenseitig. Das Schauspiel beginnt.

„Wer soll in diesem Jahr unser Bischof sein?", fragt ein dicker, rothaariger Junge, den ich aus einer tieferen Klasse kenne, zu den Zuschauern gewandt.

„Andries Morre soll es sein!", grölt eine Stimme aus der Menge. Gelächter antwortet ihm. Der verlegen grinsende Andries wird nach vorne geschoben. Ich kenne ihn, Andries ist ein unglücklich aussehender Dreizehnjähriger, der sich dadurch auszeichnet, dass er kein Kinn hat.

„Du bist der Bischof!", sagt der Rothaarige und überreicht dem Errötenden Mitra und Zepter. Ich bin erleichtert, dass es mich nicht getroffen hat, dabei hatte ich Alart schon verdächtigt, etwas gedreht zu haben.

Die Mitra ist provisorisch auf einen alten Hut gestülpt worden, seitlich hängen zwei ausgefranste Bänder herab, Narrenschellen sind angenäht. Andries' rundes, kinnloses Gesicht leuchtet unter der rutschenden Kopfbedeckung. Als Zepter drückt man ihm einen Narrenstab in die Hand.

„Nun musst du dir einen Kaplan und einen Gesangsmeister wählen, o Andries!"

Andries blickt auf seine Füße und flüstert zwei Namen. Alart kichert heftig.

„Nun denn, ich werde dein Kaplan sein und Alart du Hameel, dein Gesangsmeister", schreit der Rothaarige.

„Man bringe uns die Insignien!" Unter Gegröle werden aus den umstehenden Reihen ein weites Tuch und eine Mütze gereicht, die als Abzeichen dienen sollen. Alart drängt sich nach vorne, um neben dem Rothaarigen Aufstellung zu nehmen. Er richtet sich gerade auf und stimmt das „Magnificat" an. Unter den zögerlichen Klängen dieses Chorals formiert sich die Zuschauerschaft zu einer Prozession, die Kurs auf den Eingang der Kathedrale nimmt. Andries scheint langsam Gefallen an seiner neuen Rolle zu finden. Er schreitet feierlich daher, seine Hand zum Segen nach allen Seiten erhebend. „Gott sei mit euch, Gott sei mit euch!" Der Rothaarige flüstert ihm etwas ins Ohr, worauf der neue Kinderbischof hastig ausruft: „Der Teufel verlasse euch nie, nie verlasse euch der Teufel!". Dazu fuchtelt er wüst mit dem Narrenstab.

Die Zugteilnehmer singen inzwischen „Deposuit potentes de sede!", hinter ihnen trete ich mit in den Kirchenraum ein, der verlassen vor uns liegt, „et exaltavit humiles".

Als ich kleiner war, habe ich dieses Spiel noch aufregend gefunden, bis wir vor drei Jahren den alten Pater Wilhelm getroffen haben, der versucht hat, uns vom Altar wegzuhalten. Ich kann mich noch genau erinnern, wie der Pater, von einem Eimer Wasser durchnässt, entsetzt aufgestöhnt hat. Ich habe den Pater immer sehr gerne gemocht. Vor dem Altar angekommen, hält der Zug an. Andries dreht sich mit seinen Gehilfen langsam um und blickt in die Menge. Am hinteren Rand torkeln die kichernden Bauernlümmel. In die eintretende Stille kann man einen lauten Rülpser hören.

„Silentium!", tönt die Stimme des Bischofs, ein lautes Lachen antwortet ihm aus den hinteren Reihen. Die Messe beginnt. Wie jedes Jahr gibt der Kaplan einen Text in

Brabbellatein von sich, vermischt mit obszönen Anspielungen. Ich habe keine Lust mehr zuzuhören, lasse mich zu Füßen einer Säule nieder und stütze resigniert den Kopf auf die Hände. Plötzlich erschallt ein Kreischen, Bewegung kommt auf. Als ich mich erhebe, sehe ich, wie ein Junge Schuhsohlen in das schöne Weihrauchfass steckt, es qualmt und stinkt ekelhaft. Die Kleineren sind sich unsicher, ob sie das noch lustig finden sollen. Das ist nicht das Fest der verkehrten Welt, von denen ihnen ihre Mütter erzählt haben. Unsicher blicken sie sich um. Wo sind die Erwachsenen? Jetzt sehe ich, wie ein Bauernjunge in den Weihwassertopf pissen will. Schon hat er die Hose heruntergezogen. Kalte Wut überkommt mich. Erzürnt ergreife ich ihn und zerre ihn weg. Inzwischen wird wieder gesungen, der schöne neue Choral, den wir gelernt haben. Die Jungen singen in den höchsten Tönen, kreischen einzelne Vokale und lachen schallend. Auf der Flucht zum Ausgang höre ich, wie in der plötzlich eintretenden Stille das „Ita missa est" erklingt. Andries spricht, gefolgt von einem lauten Furz. Zurückblickend sehe ich, dass Andries die Mitra über die Augen gerutscht ist. Hastig schließe ich die Tür hinter mir.

•

Ich sitze am Ufer der Dieze, die Sonne scheint und gibt ein trübes Licht. Alles ist wirklichkeitsgetreu und doch auf schreckliche Weise anders. Plötzlich bewegt sich der Kieselstein, auf den ich blicke. Er hat runde Augen, die mich anblinzen. Langsam kriecht der Stein auf winzigen Beinen zur Seite, auf eine schlafende Ente zu, die am Ufer liegt. Als der Stein die Ente erreicht, erhebt sie sich quakend und ihre Federn schüttelnd, aber sie läuft in die falsche Richtung. Da, wo man den Kopf erwartet, ist nichts. Die Augen blicken aus dem Hinterleib, watschelnd bewegt sie sich rückwärts. Vorn und hinten sind verdreht.

•

Ich erwache mit einem dumpfen Schrei und höre im Erdgeschoss an der Eingangstür ein Pochen, ein unterdrücktes Lachen, schwere Schritte, die sich entfernen. Verschlafen starre ich in die Dunkelheit, horche auf die vertrauten Atemzüge von Jan neben mir. Ist der Lärm an der Tür echt gewesen oder Teil meines Traumes? Ich erhebe mich vorsichtig, im Zimmer ist es kalt und ich fröstele, als ich langsam die steile Treppe hinuntergehe. Angestrengt lausche ich auf andere Geräusche im Haus. Nichts. Ich nähere mich der Haustür. Um mich ist es schwarz, tiefschwarz. Die Gegenstände sind nur wirklich, wenn ich sie fühle, sie in die Hand nehme. Als würden sie in der Dunkelheit nicht existieren. Ich strecke meine Hand aus und drehe den schweren Schlüssel im Schloss, löse den Riegel. Die Tür zum Markt schwingt auf. Sie hinterlässt im einfallenden Mondlicht eine Spur von dunklen Flecken auf dem Boden, Blutstropfen. Dort hängt etwas Großes. Ein ausgeweidetes Reh ist an die Tür genagelt worden. Die aufgerissenen Augen des Kopfes starren mich an. Die Ohren stehen steif in die Höhe, das Maul ist von Blut verschmiert. Der Hals, an dem das ausgeweidete Fell baumelt, erscheint unnatürlich lang, er dehnt sich endlos unter dem Gewicht. Der rechte Lauf des toten Rehs ist über die Klinke gelegt worden, der linke hängt steif herab. Die beiden hinteren Läufe hat man abgeschnitten und über dem Kopf angenagelt. Oben und unten stimmen nicht mehr. Es stinkt. Ich trete vorsichtig einen Schritt hinaus auf den Marktplatz. Von den Tätern ist nichts zu sehen. Der Platz liegt stumm und unbelebt im Licht des von Wolken bedeckten Mondes Es nieselt leicht. Hinter mir höre ich leise Schritte, Vater erscheint neben mir und starrt wortlos auf den Tierkadaver. Tientje kommt dazu und bringt ein Licht mit. Sie stößt kleine, jammernde Laute aus, bückt sich dann, um den Boden zu beleuchten. Daher riecht es so eigenartig. Vor die Tür ist eine undefinierbare, dunkle Masse gekippt worden. Es stinkt nach

Blut, Eingeweiden und menschlichem Kot. Angewidert drehe ich den Kopf zur Seite. Übelkeit steigt in mir hoch.
Vaters Gesicht sieht grau und eingefallen aus, während er sich hastig hin- und herwendet. Panik liegt auf seinen Zügen.
„Wo sind sie, diese feigen Kerle? Wo sind sie hin?"
Er wendet sich an uns. „Ihr bleibt da und passt auf, dass Mechteld und Jan das nicht zu sehen kriegen!"
Tientje und ich, wir schauen uns in die Augen. Das ist er, der Charivari. Jemand hat Vater ein Zeichen gegeben, irgendwelche Lümmel, die die Zeit des Fastenabends zum Vorwand nehmen, um ihm zu zeigen, dass Mechteld zu jung, dass er zu alt ist.
Tientje verschwindet hinter dem Vater im Haus, um Besen und Eimer zu holen. Fröstelnd stehe ich vor der Tür. Warum hat man das so gemacht? Ist Vater wirklich zu alt für Mechteld? Hätte er sie nicht heiraten sollen? Tientje kommt zurück und drückt mir den Besen in die Hand, während sie selbst den Mistkübel hält.
„Elende Schurken, besoffene Bauernlümmel, ehrbaren Leuten einen solchen Schreck einzujagen!"
Voller Abscheu fege ich die erste Ladung Dreck in den Eimer.
„Niemals hat es bei uns in Vught so etwas gegeben. Immer war es anständig. Hier kriegt man ja Angst!" Zornig blickt sie zu dem toten Tier auf, das hoch über ihrer kleinen Gestalt im Dunkeln aufragt.
Der Vater kehrt mit Onkel Thomas zurück, beide mit einem Knüppel ausgestattet. Kurz bleiben sie an der Tür stehen, das angenagelte Reh bewegt sich leicht im Wind, Onkel Thomas schnauft verächtlich. Dann verschwinden beide in die Dunkelheit.
Es dauert lange, den Dreck vor der Haustür wegzufegen. Das Blut kann man immer noch riechen. Ich fühle mich schlecht, mir ist übel.
Nach einer Weile kommen die beiden zurück, unverrichteter Dinge. Die Stadt ist wie ausgestorben, der Nachtwächter hat nichts gesehen. Sie nehmen den Rehkadaver von der Tür ab und schaffen ihn als Beweisstück

in den Schuppen hinter dem Haus. Es bleiben die Löcher im Holz der Tür, die an den Charivari erinnern. Es bleibt auch der üble Geruch, obwohl Onkel Thomas zum Abschluss noch einmal zwei Eimer Wasser über der Schwelle ausleert. In dieser Nacht sehne ich mich besonders nach unserer alten Küche in der Beurdsestraat. Unruhig sitze ich am Tisch und warte darauf, dass Tientje mir den Trank macht, der gegen die Übelkeit helfen soll. Vater und Onkel sind wieder oben. Die anderen haben nichts gemerkt. Gott sei Dank.

„Bei uns zu Hause hat man das ganz anders gemacht. Die Leute, die einen Charivari bekamen, die hatten das auch verdient, nicht so wie dein Vater", flüstert Tientje, während sie in dem Kessel die Kräuter sieden lässt. „Einmal wurde ein Mann bestraft, der seine Frau mit ihren sechs Kindern aus dem Haus treiben wollte. Er hatte vor, eine junge Schlampe in sein Haus zu nehmen, eine unmögliche Person aus dem Nachbarort!" In der Erinnerung an diesen Vorfall schnauft Tientje.

„Eines Morgens dann war sein Haus von Baumstämmen total verrammelt. Die Stämme waren sogar durch die Fenster gestoßen worden, es war ein Riesenwirrwarr." Sie lächelt befriedigt.

„Nachdem das passiert war, ist er aus der Gegend verschwunden, mit seiner Schlampe."

Das Wasser sprudelt in der Hitze des Feuers auf. Tientje greift zum Haken, um den Kessel aus der Flamme zu rücken.

„Das hier ist etwas ganz anderes. Dein Vater hat nichts Böses getan, er hatte schon seine guten Gründe."

Vorsichtig, ein dickes Tuch um den Schöpflöffel geschlungen, gießt sie die heiße Flüssigkeit in einen Becher.

„Die Menschen hier sind schlecht. Sie gönnen den anderen nichts."

Dankbar nehme ich den Becher entgegen, der so gut riecht, und wärme meine klammen Hände daran. Nachdenklich schaue ich durchs Fenster. Der Himmel ist schon grau geworden, bald wird die Sonne aufgehen. Der Regen ist jetzt heftiger.

●

Ende Februar schneit es noch einmal. Es ist tagelang ungewöhnlich kalt. In der Kälte ändert sich alles. Die Geräusche der Stadt sind gedämpfter als sonst, sie sieht auch ganz anders aus. Ich beobachte die Veränderungen der Gegenstände durch die Schneeflocken. Die alten Fässer im Hof erscheinen wie riesige, gestrandete Wale. Die Leiter, die daneben lehnt und nur teilweise aus der Schneedecke herausragt, bekommt ein eigentümliches, ganz fremdes Aussehen. Äste, die im Herbst dürr und schwarz gegen den Himmel standen, tragen eine glitzernde, vollkommen runde Schneelast, die alle Konturen weich macht, unscharf. Die Grenzen der Gegenstände verschwinden. Alles, was im Laufe der letzten Monate durch die Kälte und den Regen zu einem übelriechenden Matsch geworden war, bekommt durch den Frost und Schnee ein nobles Aussehen. Die unberührten Schneeflächen erreichen eine Glätte, eine Perfektion, die ich bestaune. Wenn die Sonne darauf scheint, glitzert es wie tausend Edelsteine. Ich hasse es, wenn Alart oder Jan sich mit Gejauchze auf so ein unberührtes Stück Weiß stürzen, um es durch ihre Schneebälle und ihr Getrampel zu verwüsten. Mit diesen Gefühlen bin ich aber wohl allein. Ich hüte mich davor, sie zu äußern.

Der Himmel ist schwefelig gelb und es schneit erneut. Ich stehe in unserer Küche. Heute ist arbeits- und schulfrei. Eisvergnügen sind für alle angesagt, das Schneebilderbauen wird stattfinden, ein Fest. Die Mägde und Hausfrauen sind mit den kleinen Kindern unterwegs, vor unserem Haus sieht man schlindernde Kinder und Erwachsene. Schneebälle fliegen. Die Flüsschen und Kanäle der Stadt sind bestimmt mit Schlittschuhläufern voll.

Ich nehme die Schlittschuhe mit, Kathrin und Jan werden mich begleiten. Tientje steht hinter uns und überschüttet uns mit Ermahnungen zur Vorsicht. Dann steckt sie jedem einen heißen Stein in die Tasche, um die Hände zu wärmen.

„Ich alte Frau werde auch noch meine Knochen riskieren da draußen!", wehrt sie Jans stürmisches Bitten ab. „Nein, nein, ich bleibe hier und passe auf eure Mutter auf, beim schönen, warmen Feuer. Bis nachher, Kinder!"

Wir drei ziehen vorsichtig los und stehen bald auf dem Eis, den Kleinen in der Mitte haltend. Das Eis trägt gut, wir werden schneller und kühner. Auf den Stadtrand zu, in der Nähe der Stadtmauer, hat der Wind den neu fallenden Schnee schon fortgeweht, man ahnt unter dem Eis das dunkle, tiefe Wasser. Jan aber kreischt vor Vergnügen, seine Wangen sind rot vor Kälte und innerer Hitze.

Auf dem Eis trifft man alle Welt. Kathrin hat schon Kollegen aus ihrer Werkstatt gesehen und ihren Meister. Als sie den jungen Dionysius trifft, ist sie errötet, das habe ich genau gesehen. Dionysius war allein, er hat seinen Hut vor uns gezogen, ist aber dann weiter gefahren.

„Magst du ihn, Kathrin?", fragt Jan. „Sicher mag ich ihn, warum nicht? Er ist ein guter Handwerker und ein freundlicher Mensch. Ich mag ihn gern."

Ich frage mich, wie lange Kathrin noch bei uns wohnen wird. Bald wird sie sicher heiraten und ausziehen. Alt genug ist sie. Nachdenklich blicke ich sie von der Seite an. Als Ehefrau kann ich mir Kathrin überhaupt nicht vorstellen. Wann wird man überhaupt erwachsen?

Es schneit heftiger, die Flocken fallen lautlos. Jan will nicht länger Eis laufen. Seine Füße sind wie Eisklumpen. Das Stroh, das ihm Tientje zum Schutz in die Schuhe gesteckt hat, ist ganz bereift und raschelt eisig. Kathrin bringt ihn nach Hause, während ich mich auf den Weg zu Sint Jan mache. Ich bin sowieso spät dran.

Als ich auf dem Vorplatz eintreffe, ist der Bau der Schneebilder schon in vollem Gange. Das Wetter ist in diesem Jahr hervorragend, viel besser und kälter als es letztes Jahr war. Der Vorplatz der Kathedrale ist schwarz von Menschen, viele Gruppen nehmen teil, die Klassen der Lateinschule, die einzelnen Zünfte. Die Steinmetze und Goldschmiede haben sich die besten Plätze besorgt. In verschiedenen Gruppen wird eifrig gebaut, von Mitgliedern der Brüderschaft überwacht, damit sie nicht zu viel Platz beanspruchen. Viele Zuschauer sind da. Geneverflaschen kreisen, Krapfen und Waffeln werden verkauft. Das Stadtorchester ist in kleiner Besetzung erschienen und spielt. Mit Gejohle begrüßt mich meine Klasse. Alarts Hand, die in einem schneeverkrusteten Handschuh steckt, schlägt mir krachend auf die Schulter.

„Schön, dass du auch mal kommst. Wir brauchen dich dringend für den Fischschwanz."

Die anderen haben ein schönes Motiv gewählt, einen Ritter mit Helm und Schwert, in einen Harnisch gekleidet, der in einen elegant geschwungenen Fischschwanz auslaufen soll. Alart hat den Entwurf dazu gezeichnet, nach einem Bild in unserem Gesangbuch.

„Im letzten Moment haben die Jungs sich doch noch gegen den scheißenden Bauern entschieden", kichert Alart. Sein Atem riecht nach Schnaps.

Alle Gruppen sind eifrig bei der Arbeit. Ständig rollen Karren mit frischem Schnee an, die neben die Baustellen gekippt werden. Kannen mit Wasser stehen daneben, um die fertigen Teile zu härten. Ich blicke mich um.

Die Klasse aus der Minderbrüderschule baut offenbar den wilden Jäger mit seinen Hunden. Die Gilde der Bäcker macht einen König Klapperzahn, den Winter selbst. Die Steinmetze kneten an einer Jungfrau mit Einhorn, wobei das Horn einfach nicht halten will. Es fällt immer wieder ab und wird jedes Mal mit lautem Gelächter an ganz unpassender Stelle wieder angesetzt. Nah an der Kirchenmauer, da, wo der Wind nicht so einfällt, sehe ich sogar den Grafen von Nassau mit seinem Gefolge. Er hat sich höchstpersönlich aufgemacht, um an unserem Volksfest teilzunehmen. Er baut sogar selbst in seinem prächtigen Pelz mit. Was sie bauen, das kann ich noch nicht erkennen. Grinsend deutet Alart in eine Ecke des Platzes. Dort ist eine Gruppe Bauernjungen dabei, einen Menschen in eindeutiger Haltung zu formen. Da ist er ja, der Scheißer. Hat Alart ihnen den Entwurf gegeben?

Der Nachmittag verrinnt und es wird langsam dämmerig. Meine Hände sind Eisklumpen, aber ich kann jetzt nicht aufhören. Die Schuppen auf dem Fischschwanz des Ritters, das ist meine Aufgabe. Mit einem Messerchen ritze ich immer wieder das gleiche Muster in den Schnee, schwitzend und frierend zugleich. Die meisten Gruppen sind schon fertig, trinken Genever oder heißes Bier und begutachten die Werke der anderen. Ich sehe Dionysius neben Kathrin stehen. Sie lachen. Mechteld kommt mit Jan vorbei, um mir etwas Heißes zu trinken zu bringen. Endlich sind wir fertig.

Mit Alart, der beständig von einem Bein aufs andere hüpft, begutachte ich die fertigen Bilder, die im Licht des vergehenden Tages und der Fackeln leuchten wie blaues Glas. Es ist schön.

Wer wird wohl den Preis bekommen? Ah, der Graf hat einen Teufel bauen lassen, mit langem Schwanz, Pferdefuß und Hörnern auf dem Kopf, der sich über eine winzige Kirche zwischen seinen Beinen bückt. Nicht schlecht. Auch Alart nickt anerkennend. Der Graf lächelt zufrieden. Da, jetzt kommt die offizielle Jury. Feierlich nehmen die fünf ausgewählten Mitglieder der Bruderschaft die Schneebilder in Augenschein, umkreisen sie, nicken, flüstern und ziehen sich anschließend zur Beratung ins Kirchenschiff zurück. Der Schnee fällt nicht mehr. Es ist windstill geworden. In den Schenken am Rand des Platzes herrscht Hochbetrieb, Lärm dringt auf die Straße, die Stadtmusikanten spielen noch eins. Einige Paare tanzen ausgelassen zu ihren Klängen und drehen sich schwindelerregend schnell. Da, dort hat der Vater den Arm um Mechteld gelegt und spricht auf sie ein. Ich wende mich ab. Da kommen die Juroren, das Ergebnis! Alles wird still.

Zwei Fackeln sind in der Vorhalle der Kirche entzündet worden, die die Figuren der Männer beleuchten.

„Hiermit verkünden wir den Sieger des diesjährigen Wettbewerbs im Bauen von Schneebildern. Erster ist", der Sprecher macht eine dramatische Pause, „Pieter von Moerkerke und seine Gruppe für die Darstellung von

Sankt Michael und dem Drachen!" Beifall braust zögerlich auf. Haben die Juroren doch wieder ein kirchliches Motiv gewählt, ganz so wie letztes Jahr. Ich schaue dem empörten Alart in die Augen. Obwohl, man muss zugeben, dass dieser Drache nicht schlecht ist, wenn auch etwas klein. Niemand hat so recht auf diese Gruppe geachtet. Pieter und seine Männer drängen sich strahlend nach vorne, um ihren Preis entgegenzunehmen, eine Flasche Genever und ein Goldstück.

„Zweiter ist", erhebt der Juror erneut seine Stimme, „der Graf von Nassau und seine Gruppe für die Darstellung von Teufel und Kirche!" Wieder ertönt Klatschen und Johlen. Alart verdreht die Augen, der Graf ist Zweiter, ungerecht ist das. Es geht das Gerücht um, dass sie sich extra einen berühmten Holzbildner aus Brügge geholt haben.

„Dritter ist die Gruppe um Jan de Meij für die Darstellung eines Einhorns mit Jungfrau!"

Jetzt wird das Jubeln frenetisch. Diese Entscheidung wird geschätzt, die Skulptur ist gut, wirklich gut. Plötzlich legt sich eine Hand auf meine Schulter, es ist Mechteld, die mir strahlend ein Päckchen überreicht.

„Ich erkenne euch den Preis zu für das originellste Schneebild!" Zögernd halte ich das Päckchen in der Hand, Alart stößt mich in die Seite.

„Mach schon auf, Joen!"

Das Päckchen enthält eine glatte, weiße Muschel an einem Lederband.

●

Ich sitze mit Alart am Hafen von Hertogenbosch. Es ist ein milder Frühlingstag, der Himmel ist blau, weiße Wolken ziehen. Möwen fliegen kreischend über das Wasser, dabei streifen sie immer wieder mit den Spitzen ihrer Flügel die Wellen. Der Hafen ist um diese Zeit des Tages belebt. Kisten, große Tonnen und Ballen mit Handelsware stehen auf den Kais. Es riecht nach Fisch und Wein.

Karren drängen sich, um die Waren aufzunehmen, Menschen wimmeln herum.

Von dieser Stelle aus kann man weit schauen. Vor uns liegt die Einfahrt zur Stadt, eine Öffnung, die die Dieze hineinströmen lässt, frisches Wasser vom Meer, mit kräftiger Strömung, auf dem Enten und Möwen schaukeln. Der schwere Baumstamm, der nachts die Zufahrt für Schiffe verschließt, ist zur Seite gezogen. Auf ihm sitzen wir mit baumelnden Beinen. In der Ferne kann man die Maas erahnen. Der Strom führt Seeluft mit, bevor er sich in den Mauern der Stadt teilt und weiterströmt. Ich seufze. Von hier aus kann man deutlich sehen und riechen, dass es eine weite Welt gibt. Schiffe kommen in den Hafen. Wir spielen eigentlich das alte Spiel, zu erraten, was die Ladung ist. Heute sagt keiner von uns ein Wort. Alart dreht mit den Zähnen den Grashalm, den er im Mund hat, und schweigt.

Von unserem hohen Sitzplatz aus können wir an der Stadtmauer entlang sehen, auf die Grachten davor, die eine strenge Trennung zwischen der Stadt und dem Land markieren. Die Baumeister haben gute Arbeit geleistet. Hertogenbosch macht einen wehrhaften Eindruck. Die Stadttore sind voller Menschen und Wagen, Leute strömen ein und aus. Von weitem sehen sie alle gleich aus. Die Segel der Schiffe und ihre Taue knattern im Wind, der Lärm des Hafens legt sich über alles.

Die Stadt erscheint mir so wirklich, ich kann mir nicht vorstellen, dass ich sie verlassen werde. Der Eindruck der Ferne, das Band des Flusses, das zum Horizont führt, immer hatte ich mir gewünscht, weggehen zu können. Wäre ich eine Möwe oder auch nur eine Ente, ich hätte mich schon lange in diese Ferne aufgemacht. Das Grün der Wiesen und Äcker wird immer bläulicher, je weiter entfernt sie liegen. Die Kopfweiden am Ufer und die Pappeln tragen auf ihren Blättern Lichter, das Sonnenlicht fängt sich in ihren vom Wind bewegten Kronen. Mühlenräder drehen sich.

Jetzt, wo meine Tage in Hertogenbosch gezählt sind, schmerzt mich plötzlich der Gedanke an Abschied. Ich drehe meinen Kopf, um die Silhouette der Stadt mit Sint Jan zu sehen. Überall ragen die Turmspitzen der Klöster heraus, ich kann meine Schule erkennen, das Orthenkloster. Dort hinten liegt unser Haus, die Werkstatt, dort arbeiten mein Bruder Goossens, mein Vater und die Onkel. Warum wurde denn Goossens nicht zur Ausbildung geschickt? Ich finde das ungerecht. Brügge, wie das schon klingt. Ich muss in diese fremde Stadt gehen. Ich spucke ins Wasser. Schön soll es sein, eine lebendige Stadt. Onkel Thomas hat gestrahlt, hat so getan, als ob ich das große Los gezogen hätte. In der Sankt Georgs Straße liegt die Werkstatt des Meisters Memling, ein berühmter Maler. Mein Vater hat viel Geld bezahlt, damit ich dort aufgenommen werde. Onkel Thomas hat regelrecht geschwärmt von den Bildern dieses Memling.

Ich bohre mit dem Zeigefinger im rechten Ohr. Von Brügge aus werde ich nicht mehr heimkommen, drei oder vier Jahre lang. Kathrin ist dann schon lange fort. Goossens wäre ein Mann. Der kleine Jan wird groß sein und Tientje, sie ist ja schon jetzt so schlecht zurecht. Vielleicht wird der Meister mich ja nicht wollen. Trotz des Geldes. Und Alart wird weit weg sein. Nie mehr werde ich einen solchen Freund finden. Meine Augen werden nass, ich drehe den Kopf, damit Alart das nicht sieht. Er räuspert sich und zieht etwas aus der Tasche.

„Ich habe ein Abschiedsgeschenk für dich, Joen. Es wird dir helfen, ohne mich zurechtzukommen, bis wir uns wiedersehen.

Auf seiner Handfläche liegt ein flaches Medaillon, es sieht aus wie die Pilgerzeichen, die man von Wallfahrten mitbringt. Ich beuge mich über seine Hand. Das kupferne Bild stellt ohne Zweifel einen riesigen Penis auf zwei menschlichen Beinen dar. Flügel wachsen ihm. Auf seiner Spitze, die nach vorne gebeugt ist wie ein Reittier, sitzt eine Krone, unter der Spitze hängt eine Narrenglocke. Ich blicke dem Freund fassungslos ins Gesicht.

„Das habe ich beim letzten Fastenabend ergattert. Es war nicht leicht, dranzukommen, glaub mir!" Alart lacht.

„So einen Talisman hast nur du. Er wird dich immer an mich erinnern, deinen Freund. Warte nur ab." Tröstend legt er mir die Hand auf die Schulter und rückt auf dem Baumstamm näher. „Es wird schneller vorbeigehen als du denkst, und dann werden wir beide berühmt!"

Jeremias

Jeremias erwachte früh am nächsten Morgen von den Geräuschen, die aus der Hotelküche in sein Zimmer drangen. Irgendwo lärmte ein Staubsauger. Er fühlte sich erstaunlich erholt, sein Schlaf war noch immer traumlos gewesen. Als er beim Frühstück saß, schaute er beeindruckt die dunklen Tonnengewölbe an, zwischen denen das Büffet aufgebaut war. Dieses Gebäude stammte wirklich noch aus der Zeit, es war kein Nachbau, sondern diese Fundamente erschienen sehr echt. Heute würde er sich dem Zentrum seiner Reise nähern. Er würde die Kathedrale besuchen.

Der Weg durch die Stadt zeigte ihm zum ersten Mal seine Umgebung bei Tageslicht. Er hatte nicht ahnen können, dass es solche Städte in Europa gab, so altertümlich, so niedrig, so verschwenderisch geschmückt. Die Menschen bewegten sich in ihrer Bilderbuchstadt, als wäre das alles normal, selbstverständlich, als könnte man mit solchen Fassaden ohne weiteres ein modernes Leben verbinden. Brabant, das war Brabant. Die Kathedrale sah anders aus, kleiner als in seinen Träumen. Die Figuren auf den Lichtbögen, die rittlings dort hochzurutschen schienen, bis zur Spitze des Daches hinauf, die erkannte er von den Schwarzweiß-Photos in seinen Büchern. Die Kirche war verwirrend. Es gab eine Überfülle von gotischem Zierrat. Aber die Figuren, die auf den Strebebögen saßen, die waren ihm vertraut, er hatte sie im Traum gesehen. Langsam umkreiste Jeremias das wuchtige Gebäude, ein Gefühl der Vertrautheit stellte sich ein. Es war Markt. Ein Platz auf der einen Seite der

Kathedrale war bedeckt mit Marktständen. Es herrschte reges Geschäftsleben. Fischbuden, Gemüse- und Obststände, riesige Blumenstände, alles war da. Neben dem Markt saßen die Menschen in Glasveranden, die zu Cafés gehörten, und sprachen gestenreich aufeinander ein. Auf der anderen Seite der Kirche war ein Garten angelegt, der auf ein riesiges Haus zuführte, den Bischofspalast wahrscheinlich. Jeremias umkreiste die Kirche langsam. Er sah an einem Pfeiler die Skulptur eines Säuglings in einem Rollgestell. Dieses Motiv kannte er von der Rückseite eines Boschbildes. Er würde noch viel mehr finden, da war er sicher. Die Kirche war sorgfältig restauriert worden, der Säugling war frisch gemeißelt oder gesäubert worden. Der Stein war ganz hell. Andere Partien waren dunkel und verwittert. Da sah er es, ein Bild, das ihm aus seinem Traum vertraut war; an einer Seitenkapelle waren als Abschlusssteine zwei Gargoils angebracht, ein schlappohriger Hund und ein verschlagen blickender Vogel mit übergroßem Schnabel. Die beiden Wesen blickten sich an. Genau hier an dieser Stelle hatte Hieronymus in seinen Träumen gestanden und sich gefürchtet, dass diese Wesen sich aus dem Stein lösen und wegfliegen könnten. Er hatte Alpträume gehabt, weil er dachte, dass sich diese Wesen auf das Grab seiner Mutter setzen würden, um sie zu bedrohen. Er fror. Jeremias musste sich an die kalte Mauer lehnen. Seine Beine wollten nachgeben. Der Hund und der Vogel grinsten ihn triumphierend an. Er war angekommen.

Jeremias hatte die nächste Kneipe aufgesucht, offenbar gab es sie wie Sand am Meer. Er saß jetzt in einem hohen, dunkelbraunen Schankraum mit riesigen Fenstern, die ihn auf die Rückseite der Kathedrale blicken ließen. Er konnte sie von seinem Tisch aus sogar sehen, die beiden Figuren. Es herrschte reger Betrieb, trotz der vormittäglichen Stunde. Man las Zeitung, schwieg, unterhielt sich. Er entspannte sich sofort, die dunkle Beleuchtung, die warmen Farben, der Geruch nach Tabak taten ihm wohl. Es überfiel ihn plötzlich ein wildes Verlangen nach Zigaretten, obwohl er sehr lange nicht mehr geraucht hatte. Wie viele Jahre waren das, fünfzehn oder zwanzig? Nein, es wäre unvernünftig. Vor dem Genever sitzend, den er ohne zu zögern bestellt hatte, und der ihm auf angenehme Weise den Magen wärmte, überlegte er. Genau diese beiden Steinfiguren hatte er in seinen Träumen mehrfach gesehen, das war eine Tatsache. Er musste seinem Arzt von dieser Begegnung schreiben. Es war etwas ganz anderes, etwas wiederzufinden, von dem er geträumt hatte, oder es in einem Buch zu lesen.

Der bernsteinfarbene Schnaps im Glas vor ihm übte eine beruhigende Wirkung auf ihn aus. Er atmete durch. Die Sonne schien frühlingshaft mild. Er war umgeben von offensichtlich unaufgeregten und freundlichen Menschen. Der Krampf in seinem Magen löste sich. Jeremias beschloss, zunächst die Bauhütte zu besuchen, und erhob sich.

Vorbei an einer weiteren einladenden Kneipe und einer groß angelegten Fahrradstation strebte er zum Eingang der Bouwloods, der Bauhütte. Er fand es höchst seltsam, dass die Leute hier bereit waren, Geld auszugeben für das Parken ihrer Fahrräder. Fasziniert blickte er auf den dafür abgeteilten Platz. Unmengen von altertümlich aussehenden, aber offenbar neuen und blitzenden Fahrrädern standen an der Seitenwand der Kathedrale, ordentlich in Ständern abgestellt, mit Zettelchen versehen. Solche Räder hatte er sein ganzes Leben lang noch nicht gesehen. Die Räder aus Boston sahen vollständig anders aus, chromblitzender, schneidiger. Kate und er besaßen auch so ein Sportgerät. Die Leute hier nutzten die Räder auch anders. Gravitätisch, mit geradem Rücken, Einkaufskörben und einem leeren Kindersitz kamen eben zwei junge Frauen an, blond, heiter, in eigentümlich bunten Farben gekleidet. Heftig miteinander plaudernd, bogen sie langsam in die Einfahrt, stiegen auf graziöse Weise ab und überließen ihre Fahrräder dem Wachmann mit Nonchalance. Sie waren offenbar zum Einkaufen gekommen. Eine erwiderte den Blick von Jeremias offen und verwundert. Lachend sagte sie etwas zu ihrer Freundin. Verlegen wandte er sich ab und betrat das unscheinbare Gebäude.

Dieses Bouwloods genannte Museum war sein erstes wirkliches Ziel. Hier hatte im Mittelalter die Bauhütte gestanden, hier hatte man einen großen Teil der Steinmetzarbeiten geleistet, hier hatte Alart, der Freund von Hieronymus, die Bauleitung innegehabt. Die Aufmachung dieses Museums kam Jeremias wenig professionell vor. Hinter dem Tresen in dem winzigen Flur saß eine grauhaarige holländische Dame, ganz offensichtlich eine ehrenamtlich tätige Frau. Sie war in ein Gespräch vertieft mit einem neben ihr sitzenden, ebenfalls grauhaarigen Herrn. Zwei Tassen mit Kaffee standen auf dem Verkaufstisch zwischen den ausgelegten Broschüren. Das Thema ihres Gesprächs war offenbar fesselnd, erst als er sich räusperte, blickte die Dame auf. An ihren Ohrläppchen sah er blinkende Ohrringe schaukeln, die winzige Uhren darstellten. Über eine steile Treppe gelangte er in den ersten Stock, die eigentliche Ausstellung. Es herrschte trübes Licht in dem gemauerten Raum, der überraschend groß war. Die Lichtbögen der Kathedrale waren stückweise nachgebaut, und Jeremias erkannte, dass sie hier oben die Originalfiguren trugen, die schon lange nicht mehr auf dem Dach der Kirche zu sehen waren. Hier waren sie alle, das Monster mit dem janusköpfigen Schädel, der Hund, der sein eigenes Hinterbein fraß, der Dudelsackspieler, Zeichen für die Narrheit der Welt, wie er es aus seiner Lektüre gelernt hatte. Fasziniert näherte er sich. An der Decke summte leise eine Überwachungskamera, sonst war er allein mit diesen unglaublichen Exponaten. In wachsender Erregung betrachtete er die Steine um sich, die Abschlusssteine, die im Gewölbe der Kirche hoch oben gehockt hatten, die die Evangelisten und Propheten zeigten, fast schwarze Statuen, ein thronender Christus Salvator, dem der Kopf abgeschlagen worden war, Außenreliefs, sogenannte Wimberge. Er näherte sich einer Lichtbogenfigur, die einen Lautenspieler darstellte. Vorsichtig legte er seine Fingerspitzen auf den Stein, als fürchte er, einen elektrischen Schlag zu bekommen. Dann legte er die ganze Hand auf die Steinfigur, bedeckte ihr Gesicht. Als er die Augen schloss, hörte er sein Herz unnatürlich laut klopfen. Das Geräusch verstärkte sich, Schwindel ergriff ihn wie bei einem unverhofften Wiedersehen. Er rettete sich auf den in der Mitte des Raums stehenden Stuhl, der vor einen einfachen Schultisch gestellt war. Darauf fand sich ein altertümlich aussehendes Buch, das die Geschichte der Kathedrale zum Gegenstand hatte. Zerstreut blätterte er in den Schwarz-Weiß-Abbildungen, ließ das Buch dann sinken. Die Kraft, die ihn über den Ozean gezogen hatte, die ihn gezwungen hatte, diese Kraft spürte er ganz deutlich in diesem Raum. Er befand sich jetzt genau im Zentrum des Sogs.

Jeremias öffnete seine Augen. Direkt vor ihm war der steinerne Rahmen eines gotischen Fensters aus der Bauphase aufgerichtet. Er hatte etwas gehört, einen hellen Ton. Als er aufstand und zwei Schritte auf das Fenster zu machte, erkannte er den Grund. Vor ihm lag ein Stückchen des Fensters, ein behauener Stein, Teil eines Spitzbogens, der sich gerade gelöst hatte. Jeremias blickte nach oben zu der Kamera, die ihn beobachtete. Er griff nach dem Stein, der federleicht war, die Bruchstelle hell, der übrige Teil fast schwarz. Jeremias schluckte und steckte den Stein in seine Jackettasche. Er gehörte ihm. Als Jeremias die Bauhütte verließ, saß die Türhüterin alleine an der Kasse. Sie blickte Jeremias finster an, ihre Ohrgehänge blitzten und schwangen heftig hin und her. Vor dem Museum stehend, blickte er sich gehetzt um. Während er das Steinstück triumphierend in seiner Tasche umklammerte, hatte er das Gefühl, flüchten zu müssen. Er wandte sich um und lief planlos fort.

Diese Stadt war offenbar wohlhabend. Die Häuschen atmeten Gediegenheit, die Schaufenster zeigten Ungewöhnliches und Erlesenes. Er kam in eine Gegend mit vielen Antiquitätengeschäften. Glänzende Kirschbaummöbel waren ausgestellt, über denen Kronleuchter hingen, in deren Kristall sich das Licht brach. Handgemalte Kacheln waren aufgereiht, auf denen seltsame Figuren in jenem berühmten Blau abgebildet waren. Jeremias ging näher an das Schaufenster heran, ja, es waren ganz offenbar spanische Soldaten, die auf den Fliesen paradierten. Spanien hatte ja die Niederlande erobert, aber das war lange nach Hieronymus geschehen. Als sich sein Blick vom Schaufenster löste, blieb er an einem Schild hängen, das auf die rotbraunen Klinker geschraubt war. Die Inschrift war natürlich niederländisch. Er erkannte die Jahreszahl 1463 und das Wort „brand". Das hier war die Verwerstraat, von der aus sich das Feuer verbreitet hatte. Die Tücher hatten zum Trocknen aus dem Fenster gehangen. Jeremias blickte um sich. Er ging weiter. Jetzt beachtete er die Straßenschilder genau. Da war sie, die Vughterstraat. Hier hatte Hieronymus bis zu dem Brand gewohnt. Eine nüchterne Mauer, geklinkert in den Erdfarben, luxuriöse Gartenhäuschen, so klein waren sie. Und da war es, das Flüsschen, von einem ordentlichen, grün gestrichenen Geländer abgeteilt, floss das Wasser tief unten. Als Jeremias an das Geländer trat, sah er, dass die Häuser alle noch ein Stockwerk zum Wasser hin hatten. Ein Baum streckte seine kahlen Äste in den bleichen Himmel, das Laub vom vergangenen Herbst raschelte, als der Wind auffrischte. Jeremias klammerte sich mit beiden Händen an das Geländer. Er kannte diese Stelle. Für einen Moment verlor die Realität ihre Farbigkeit, wurde monochrom. Dann war es vorbei. Zwischen Gruppen von holländischen Hausfrauen, die schwarze Schirme und Plastiktüten trugen, flüchtete er in sein Hotel.

Hieronymus

Wir drängen uns in einem Knäuel von Menschen auf das Stadttor zu, mein Vater und ich haben die Reise nach Brügge überstanden. Mein Bündel hängt mir schwer am Arm. Fremde Sprachen schwirren um mich herum, Italienisch, Französisch, Spanisch ist dabei. Es ist voll. Die Menschen sehen ganz anders aus als bei uns zu Hause.

Kaufleute überall, Warenbündel, Transporte, ich weiß nicht, wohin ich zuerst schauen soll. Auch Vater ist nervös, ich sehe es an seinem Nacken. Die Torwächter haben prächtige Uniformen an, sie versehen ihre Aufgabe mit enormem Selbstbewusstsein. Als wir uns in das Stadtinnere von Brügge durchgekämpft haben, zeigt die Stadt ihre ganze Pracht. Die „Sieben Wunder" Brügges sind tatsächlich atemberaubend. Der riesige Belfried am Markt, die Wasserhalle, alles erscheint mir gigantisch. Die Federhüte, die Samtwämser, die Stoffe, Vater zerrt mich immer wieder hinter sich her. Ich darf mein Staunen nicht so zeigen. Nur die Dienstmädchen, die mit ihren Körben unterwegs sind, die sehen aus so wie bei uns.

Meister Memling residiert in einem großen steinernen Haus in der Sankt Jorisstraat. Ein schönes Haus mit einem Engel auf dem Giebel, ein hübsches Viertel, abseits vom Trubel der großen Straßen. Die Werkstatt ist voll, Lehrlinge, Gesellen, Gehilfen und Kunden wimmeln durcheinander. Memling hat nicht wirklich Zeit für uns, nur seine Frau Tanne kümmert sich. Vater ist auch nicht glücklich. Zu meiner Überraschung sehe ich in seinem Gesicht einen Anflug von Abschiedsschmerz. Es fällt mir schwer zu bleiben.

Mein Bündel mit den Erinnerungsstücken an Hertogenbosch lege ich mir unter den Kopf, als ich schlafen gehe. Die Kammer ist voll und alle starren mich neugierig an. Zu viert teilen wir uns ein winziges Kämmerchen. Ich kann nicht einschlafen. Der Wind klingt ganz anders, Regen trommelt an die Schindeln. Mein Nachbar schnarcht unerträglich. Ich schließe meine Faust um das Amulett von Sankt Hieronymus, dem Einsiedler. Tientje hat es mir zum Abschied geschenkt.

Meister Memling hat uns mitgenommen in die Kapelle der Mariengilde an der Noordzandstraat, damit wir Lehrlinge die dort aufgehängten Bilder sehen. Ich weiß jetzt, warum ich hier bin, warum Onkel Thomas so glücklich war über meinen Ausbildungsplatz. Bilder dieser Art habe ich noch nie gesehen. Wir haben uns im Halbkreis aufgestellt und sagen nichts. Man meint im Bild selbst zu stehen, ein Drinnen oder Draußen gibt es nicht. Die Figuren, die Hintergründe, die Berge am Horizont mit Burgen, Schlössern und Mühlen, die Flüsse, es ist überwältigend. Niemand in Hertogenbosch hat so gemalt. Am besten gefallen mir die Bäume, in ihren Blättern fängt sich das Sonnenlicht, es flirrt, wenn man lange genug darauf schaut. Nichts wirkt flach, das Licht modelliert die Gegenstände, die Gesichter tragen Licht- und Schattenzonen. Wir alle haben ein Gefühl der Täuschung, treten ganz nah an die Tafeln, berühren sie, suchen die Spuren der Farbpigmente. Ein Bild zeigt eine Madonna mit Kind, die auf einem wertvollen persischen Teppich sitzt unter einem Baldachin, gewebt aus goldenen Löwen, Drachen und Blumenranken. Sie sitzt im Chor einer Kirche, Glasfenster lassen buntes Licht ein. Die Madonna schaut lächelnd zur Seite, ihr roter Mantel fällt in schönen Schwüngen zu Boden. So sieht es in Sint Jan aus.

Ich beginne langsam an etwas anders zu denken als an meine Heimat. Nur in der Nacht habe ich die Zeit, um sehnsüchtig zu werden. Ich muss nicht länger die einfachen Arbeiten machen, wie das Grundieren der Holztafeln mit Kreide und Leim. Ich darf bereits Bäume malen, solche, die Sonnenflecken tragen.

Mein Meister ist sehr genau, besessen von den Einzelheiten und deren Detailtreue. Die Tiere und Pflanzen sind schöner als die Wirklichkeit. Sie stellen eine Art Überhöhung des einzelnen Beispiels dar, preisen Gottes Güte, wie der Meister sagt. Wenn ich mich von ihnen abwende, dann empfinde ich einen gewissen Schmerz oder zumindest eine Ernüchterung, weil die Wirklichkeit nicht an deren Abbildung heranreicht. Keine Mauer der Welt, und wenn die Abendsonne sie noch so bescheint, kann mit dem Abbild eines Mauerstücks auf dem Bild meines Meisters konkurrieren. Das Licht auf dem Bild strahlt überirdisch.

Ein sehr reicher Kunde, Berend van Covelus, ein unangenehm riechender, dicker Mann mit rotem Gesicht, stürmt dreimal die Woche in die Werkstatt, verbreitet allgemeine Unruhe, verlangt mit beleidigter Miene ein ganz bestimmtes Bier und setzt sich schwer schnaufend ins Licht, um sich für seinen Altar als Stifter porträtieren zu lassen. Nur Memling allein darf ihn malen. Dabei jammert er fortwährend über die Geschäfte, von denen er abgehalten werde. Er argwöhnt, dass man ihn nicht stattlich genug malen könnte. Sein Doppelkinn verdeckt er mit einem Meisterwerk der Schneiderkunst, einem phantastischen Kragen. Das eigentlich Erstaunliche aber ist, dass er einen Altar bestellt hat, der ihn selbst der Muttergottes gegenüber zeigt, er, Berend van Covelus, sitzt Aug in Aug mit Maria. Das Kind auf ihrem Schoß soll lachen und die Hände zu ihm ausstrecken, der göttliche Blick soll milde auf ihn gerichtet sein. Ein anderer Auftraggeber, der auch seine Frau und alle seine Kinder auf dem Bild haben will, auch die, die schon gestorben sind, wünscht sogar, dass der heilige Michael als Schutzheiliger der Familie seine heilige Hand beschützend auf seine Schulter legt. Weil er als Stifter kniet, muss der Heilige sich herunterbeugen. In der Werkstatt empfindet das niemand als bemerkenswert, nur ich.

•

Ich erwache in meiner Kammer als letzter, alle sind schon beim Frühstück in der Küche. Heute ist die Werkstatt geschlossen, und alle werden wir teilnehmen dürfen an dem großen Ereignis, dem Begräbnis Philipps des Guten. Als Neuling werde ich mit der Meisterin Tanne und ihren drei Kindern hingehen. Wir mögen uns gerne. Die Kinder erinnern mich an zu Hause und ich erzähle ihnen viele Geschichten von Tientje. Während wir den Brei löffeln, herrscht Stimmengewirr in der weiträumigen Küche. Philipp ist bei seinem Tod einundsiebzig Jahre alt gewesen, ein biblisches Alter. Der burgundische Herrscher hätte auch ruhig in einer anderen Stadt sterben können, so muss Brügge alle Feierlichkeiten ausrichten, und das sind nicht wenige. Würden wir die Herzogin Isabella von Portugal sehen? Wann würde Karl, sein Sohn, sich zeigen? Wo würden sie alle wohnen? Der Meister war schon tagelang unterwegs, mit seinen Insignien aufgeputzt, zu den Versammlungen der Gildenbrüder, für Stifterbilder wie das des Herrn Covenus hatte er jetzt keine Zeit. Im Sommer zu sterben ist für so einen hohen Herrn auch nicht ideal, es ist zu warm, man kann sich keine Zeit lassen.

Der Himmel hat sich bezogen und ein leichter Nieselregen fällt. Seit dem späten Nachmittag stehe ich neben dem Rathaus von Brügge, wo der Zug beginnen wird. Die Sonne hat sich hinter die hohen Gebäude zurückgezogen, der Abend fällt ein. Die schwarzen Tücher, mit denen man das Stadthaus verhängt hat, wehen leicht im Wind, der kleine Neelkin, auf den ich aufpassen muss, greift aufgeregt nach meiner Hand, als die Glocken der Stadt zu läuten beginnen, vielstimmig und durchdringend. Alles schiebt und drängt nach vorne. Die Schützen der Stadt und des herzoglichen Gefolges machen den Anfang. Die Fackeln, die sie tragen, tun in der Dämmerung ihre Wirkung, Trommler schlagen dumpf ihre Wirbel, die Männer marschieren mit steinernen Gesichtern im Takt, feierlich und stumm. Die Zuschauermenge wird mit einem Schlag still, Neelkin zerrt fordernd an meiner Hand, damit ich ihn hochhebe. Es folgt eine Abordnung von Mönchen, Franziskaner und Minderbrüder, mit tief ins Gesicht gezogenen Kapuzen. Schwarze Löcher sind da, wo die Gesichter sein sollten. Dann folgt der erste Prunkwagen, auf den besondere Sorgfalt verwendet worden ist. Zwei Lehrlinge aus unserer Werkstatt haben dabei mitarbeiten dürfen. Der Wagen, der von zwei Rappen gezogen wird und mit schwarzem Tuch behängt ist, stellt den Tod dar, ein Gerippe, so auf einen schwarzen Anzug gemalt, als ob man es anfassen könnte. Ein König, kenntlich an Krone und Zepter, duckt sich unter dem auf ihn angelegten Pfeil, ein Prinz in einem mit Lilien bemalten Umhang sieht ihm zu. Er wird als nächster an die Reihe kommen. Der Tod schwankt ein wenig hin und her, während der Wagen ratternd über das Pflaster fährt. Neelkin fürchtet sich vor dem Tod. Ich tröste ihn. Zwei Trauergedichte des Magistrats werden vorbeigetragen, kunstvoll auf Tafeln geschrieben. Neelkin steckt den Daumen in den Mund und verstummt.

Die Menge um uns kommentiert lautstark die Darbietung. Ein weiterer Mann im goldbesetzten Wams trägt eine Tafel mit den Worten "Aultre n'auray" und dem Feuerstrahl, das ist die Devise des Herzogs gewesen, ist das Französisch? Neelkin nimmt den Daumen aus dem Mund und schaut unglücklich zu seiner Mutter hin. Er muss. Aufseufzend lasse ich ihn zu Boden gleiten und führe das Kind durch die Menge zu einer freieren Stelle, es ist jammerschade um diesen guten Platz. Als Neelkin fertig ist, haben sich die Reihen natürlich fest geschlossen. Erst viele Meter weiter finde ich eine Lücke, setze das Kind auf meine Schultern und bleibe dort stehen. Die Bildtafeln, die ich so gerne sehen wollte, sind vorbei, vor uns etwas Neues: Ein Kind, bekleidet mit einem langen weißen Kleid, um die Stirn einen Goldreif gelegt, steht aufrecht und starr blickend auf einem mit Blumen geschmückten Wagen. Neelkin beginnt plötzlich freudig zu krähen, das ist Jost, der Sohn des Bürgermeisters, der den Ruhm darstellt. Drei Frauen in langen Kapuzenkleidern knien mit gesenkten Köpfen und huldigen ihm. Neelkin muss kichern, so kennt er Jost überhaupt nicht. Es folgen noch zwei Kinder, diesmal die Töchter des Polizeihauptmannes, die die Eintracht darstellen. Ein als Pegasus verkleidetes Pferd folgt, von einem Mann geführt, der den linken Flügel des Pferdes, der ständig abzufallen droht, mühsam festhält. Hilfesuchend blickt er um sich, bis jemand aus der Richtung des Stadthauses angelaufen kommt, der den Flügel des Schimmels neu festschnallt. An der Spitze der kirchlichen Würdenträger schreitet der Bischof von Utrecht, David von Burgund, einen goldenen Bischofsstab in der Hand, in über und über bestickten Gewändern, eine schimmernde Mitra auf dem Kopf. Interessiert stelle ich mich auf die Zehenspitzen, obwohl Neelkin immer schwerer wiegt. Kathrin hat solche Stickereien gemacht, ich sehe die Steine, den Golddraht. Dort hinten nähert sich der Sarg, vor ihm das Wappenschild des Toten, getragen von vier Leutnants und begleitet von zwölf Rittern. Die Trommeln dröhnen, die Fackeln werfen ihren flackernden Schein, die Decke schimmert. Philipp der Gute war ein großer Mann. Alle knien ergriffen nieder, auch Neelkin duckt sich.

Hinter dem Sarg folgt die eigentliche Sehenswürdigkeit, eine schwarze Sänfte mit der Witwe, die man leider nicht zu sehen bekommt, und dann die Ritter vom goldenen Vlies. In ihren Harnischen bilden sie einen Zug, der nicht zu enden scheint. Immer neue, prächtige Pferde erscheinen, gepanzert wie Drachen, Federbüschel auf den nickenden Köpfen, silberne Einhörner auf der Stirn, gemessen, in verhaltenem Schritt, geführt von Pagen, tragen sie ihre Herren, die in ihren Rüstungen aussehen wie Wesen aus einer anderen Welt. Mit geschlossenem Visier, die nervös tänzelnden Riesenpferde beherrschend, führen sie ihre Macht vor. Wo ist wohl Karl, der Nachfolger? Wo sind seine außerehelichen Kinder, die Bastarde? Wir alle sind wie erstarrt. Solche Pracht habe ich noch nie gesehen, mir nie vorstellen können. Stärkerer Regen setzt ein. Neelkin fürchtet sich vor den Rittern. Mit dem Kleinen an der Hand mache ich mich auf den Heimweg. Der Meister wird sicher zufrieden sein. Es war eine würdige Beerdigung.

•

Es ist der Morgen danach. Der Meister ist der Küche ferngeblieben, er erholt sich wohl von dem Bankett gestern.

„Es ist nicht richtig, dass allein diese Adeligen aus Burgund, die so weit weg leben, die Macht in der Stadt bekommen", sagt Jan, der alte Geselle, zu mir. „Pah, Beschirmung der Kirche, Verbreitung des Glaubens!"

Seine Stimme wird böse und er beugt sich vertraulich zu mir. „Schutz des Volkes vor Bedrückung! Als brauchten wir dazu die Herren aus Frankreich. Als wäre nur ein Ritter dazu imstande! Ich wollte lieber, dass mich ein Herr aus meiner Stadt beschirmt. Dann müsste ich garantiert nicht so viele Steuern zahlen und keine ausländischen Kriege finanzieren, die mich nichts angehen."

Jan kaut bedächtig an dem Breiklumpen auf seinem Löffel.

„Überhaupt, was man so hört. Du hast doch den Bischof von Utrecht gesehen, als Mann Gottes in seiner Mitra. Weißt du, wie er Bischof wurde? Erst gab es heftigen Streit um den Posten, man wusste wohl, dass er nur die Interessen seines Vaters, Philipps des Guten, wahrnehmen wollte. Aufpassen sollte das Bürschchen auf uns. Der andere Kandidat war einer von uns, ein viel besserer Mann, bestimmt."

Ich bin überrascht, dass Jan so viel von Politik versteht. Ich selbst habe darüber noch nie nachgedacht.

„Was erzählt man denn, Jan?", frage ich, neugierig geworden.

„Als dieser David von Burgund nach Utrecht einzog, um der neue Bischof zu werden, da kam er inmitten eines riesigen Kriegsgefolges von lauter Adeligen. Nichts als Harnische, Schwerter und Lanzen! Und dann ist er, bewaffnet wie er war, in den Dom gegangen, um vor dem Hochaltar zu beten. Ist das ein Mann der Kirche? Wie ein Eroberer ist er gekommen, auch der Dümmste konnte sehen, was er in Utrecht wollte."

Jan schnauft missbilligend und kratzt die Schüssel aus.

„Oder Philipp, jeder weiß, dass er seine Bastardkinder mit Adeligen und reichen Bürgern verheiratet, oft gegen ihren Willen. Von den guten Beziehungen, die David zum Papst hat, will ich ganz schweigen."

Er schiebt energisch die leere Schüssel zur Seite und greift nach dem Bierkrug.

„Oder kennst du die Geschichte von den Festen der Burgunder? Man würde es nicht glauben, wenn es nicht alle Welt erzählte. Stell dir vor, es ist ein burgundisches Fest, alle sind maskiert, das Essen ist nur Nebensache, obwohl man die allerfeinsten Speisen isst. Von den Resten könnten wir alle ein Jahr leben! Die Herrschaften wollen auch noch etwas er-le-ben."

Er dehnt die Silben genüsslich.

„Einer, der wirklich dabei war, der hat mir erzählt, dass bei einem solchen Bankett ein Elefant vorgeführt wurde, auf seinem Rücken war ein Turm, in dem die Kirche dargestellt war. Ein wirklicher Elefant!"

Er schüttelt den Kopf.

„Und auf den Tischen gab es eine Wiese mit kleinen Bäumen, einer Quelle, die Wein ausschüttete, mit Felsen und einer Figur des Heiligen Andreas, ganz aus Gold. Die Fee Melusine war dargestellt, ein Schloss, ein Wald mit beweglichen künstlichen Tieren, stell dir das vor, Joen!"

Seine Stimme ist jetzt laut und zornig.

„Und glaub bloß nicht, dass ich lüge. Das ist wahr, so wahr ich hier sitze und wir arme Schlucker unseren Brei essen. Eine Kirche mit Orgel und Sänger haben sie bauen lassen, und in einer echten Pastete war ein Orchester mit achtundzwanzig Personen. So eine Verschwendung!"

Jan nimmt einen tiefen Schluck und bekreuzigt sich.

„Bei einer Hochzeitsfeier dieser Sippschaft gab es drei kostbare Automaten, natürlich mit Gold überzogen, die Kunststückchen aufführten, nur für diesen Tag!"

Durfte man das mit seinem Geld machen?

„Von den übrigen Sachen will ich ja nichts sagen, die Hauben der Frauen, das Geschirr, diese Tafelaufsätze aus Gold und Silber. Ich glaube auch, dass es nicht immer mit rechten Dingen zugeht. Wilde Tänzer haben sie, Morisken genannt, und lebendige Vögel fliegen irgendwelchen Drachen aus dem Maul, nur damit sich die Herrschaften amüsieren!"

Jan schüttelt heftig den Kopf.

„Und unsere Stadt will mithalten, tut den Herren schön. Aus der Stadt sollte man sie jagen, so wie früher!"

Es ist still geworden in der Küche. Niemand sagt etwas.

Auf einmal legt der alte Hendrik Jan die Hand auf die Schulter.

„Du solltest vorsichtig sein mit dem, was du sagst. Sie sind ja nun einmal da, und es geht dir ja nicht schlecht dabei. Jetzt ist der Herzog Philipp genau so kalt und steif und tot wie unsereins demnächst. Gott hat es eben nicht gewollt, dass wir Burgunderfürsten werden."

Alle lachen.

„Und dem Jungen, dem solltest du keine Flausen ins Ohr setzen."

Jan hat mich mit seiner Rede verwirrt. Ich muss gründlich darüber nachdenken.

●

Jan und ich begleiten den Meister bei einer ehrenvollen Aufgabe. Wir tragen die neuen Standarten des Herzogs, die Memlings Werkstatt bemalen durfte.

Brügges Straßen sind überfüllt mit fremdartig aussehenden Menschen, es sind noch viel mehr als sonst. Delegationen von überall her drängen sich durch die Stadt. Letzte Woche habe ich sogar den großen Karl selbst vorbeireiten sehen. Ich war überrascht, wie eigenartig er aussah, sein Gesicht ist dunkel, wie bei einem Fremden, obwohl er doch flämisch spricht. Er sah sehr düster aus. Als ich in der Küche von meiner Begegnung erzählt habe, wurden die Mägde ganz aufgeregt. Ich musste ihn immer wieder beschreiben. Er soll sehr jähzornig sein. Nur Maria, seine Tochter, wird angeblich auf Rosen gebettet, bewacht wie ein rohes Ei, weil sie ja keine Mutter mehr hat und weil sie das einzige Kind Karls ist. Es ist zu traurig, dass Tientje das alles nicht sehen kann.

Wir tragen unsere besten Kleider bei der Auslieferung der Fahnen, der Meister ist als Bruderschaftsmitglied ausstaffiert, man erkennt sofort, dass er ein bedeutender Mann ist. Passierscheine haben wir bekommen, um überhaupt in die Residenz vordringen zu können. Mir ist es unheimlich, dabei möchte ich den großen Herrscher zu gern sehen.

Die Wachen in den Gängen sprechen französisch. Diese Sprache kommt mir sehr fremd vor. Sie erinnert an schnell fließendes Wasser, das über rund geschliffene Kieselsteine strömt. Meine eigene Sprache kommt mir dagegen holprig und stockend vor. Jan und ich schweigen. Nachdem wir mehrere Barrieren überstanden haben, wird deutlich, dass Karl uns nicht selbst empfängt. Ein Bediensteter mit rotem Gesicht nimmt die Fahnen entgegen. Ich fühle mich als ein Nichts gegenüber diesem Blick. Dieser Mann sieht uns nicht. Sein Blick geht durch uns hindurch, während er die Empfangsbestätigung unterschreibt. Auf dem Rückweg müssen wir an den Köchen und Helfern vorbei. Der neue Hof hat alles, Menschen und Werkzeuge, selbst mitgebracht. Die heimische Küche genügt ihnen nicht.

Wir atmen auf, als wir auf dem Platz vor der Residenz angekommen sind. Der Meister schweigt. Jan hat vielleicht doch Recht.

•

Es ist warm für einen Juli. Manche Bäume tragen schon gelbe Blätter, so wenig hat es in diesem Frühsommer geregnet. Jan und ich drängen uns in der Menge, die die Hochzeit Karls mit seiner Braut, Margaretha von York, bei strahlendem Sonnenschein begeht. Die Stimmung unter den Leuten ist gut, die Ankunft der Gäste war richtig ausführlich zu sehen, diese achtzig Ritter zu Pferde, ganz in Schwarz, Weiß, Gold. Es sieht schön aus, dieses Glänzen, Schimmern. Die Stadt ist so üppig geschmückt. Das Begräbnis Philipps des Guten war nichts gegen die Hochzeit seines Sohnes! Überall hängen von den Fassaden der Häuser Tücher mit verschlungenen Mustern herab, bunte Stoffbahnen und Tapisserien wehen im Sommerwind.

Jan hat mich am Kragen gepackt, damit ich ihn im Gedränge nicht verliere, wir schieben uns an den Bühnen vorbei, auf denen die lebenden Bilder aufgebaut sind, Adam und Eva im Paradies, den Apfel in der Hand, Cleopatra, die dem großen Alexander vermählt wird, eine schmeichelhafte Anspielung auf die Brautleute. Karl ist nun einmal ein begeisterter Freund der Antike, er sieht sich in der Nachfolge der antiken Helden. Ob er auch wirklich so ist? Ich kann das unmöglich mit Jan besprechen. Er ist ganz feindselig und erlaubt mir kaum einen Blick auf die Kunstwerke. Vor dem Hotel des Herzogs scheint die Sonne auf das Wappenschild, das wir in der Werkstatt gemalt haben, da ist es: golden und azurblau leuchtend. Zwei Löwen erheben sich auf die Hinterbeine und halten das Wappenschild des Herzogs zwischen sich, „Je lày emprins", sein Wahlspruch steht zwischen den Wappen der Länder, die der Burgunder besitzt. Ja, es sieht gut aus. Der Meister kann mit diesem Platz zufrieden sein, auch Jan nickt. Gute Arbeit.

„Da vorne!", Jan gestikuliert aufgeregt. Dort findet sich das eigentliche Ziel seines Weges, die Weinbrunnen. Heftig umlagert, sieht man die zwei Bogenschützen, die jeweils einen Weinbrunnen krönen. Auf der einen Seite spannt ein lebensgroßer Grieche einen türkisfarbenen Bogen, auf der anderen Seite ein nordischer Krieger. Links kommt Wein aus Beaune in Burgund aus dem Brunnen, rechts Rheinwein. Irgendwo in der Stadt muss noch ein Pelikan sein, der sich die Brust aufreißt und Bier statt Blut verströmt. Jan bevorzugt Wein, er sagt, dass es Bier ja jeden Tag gebe. Mir ist das egal. Der Mann neben mir schüttet sich den Wein so heftig in den Mund, dass sein Bart und Wams durchnässt werden. Sein Blick ist glasig. Alles gibt es heute umsonst, das muss man natürlich ausnützen. Da kämpft sich Jan durch die Menge, zwei Becher in der Hand.

„Wollen wir hoffen, dass der Bräutigam es diesmal länger aushält, Prost, Joen! Bei der dritten Ehefrau sollte er doch eigentlich gelernt haben, dass es auf dem Schlachtfeld wirklich nicht schöner ist als im Ehebett." Er lacht dröhnend.

Ich finde, dass es sich eigentlich nicht gehört, über jemanden zu spotten, der alles bezahlt, und schweige. Jan schaut mich spöttisch an.

„Keine Angst, Joen, keiner hört uns zu. Wir wollen trinken auf eine glückliche Verbindung zwischen den Beiden. Lang leben die Burgunder!"

In dem Stimmengewirr um uns schmeckt mir der Wein besonders. Es ist, als wenn man sich in einem riesigen Fischschwarm versteckt, man ist unsichtbar, alle tun das gleiche, alle trinken, lachen, schreien. Während Jan mir zuprostet, schwadroniert er von den Feierlichkeiten, die geplant sind. Ich verstehe nur Wortfetzen, kenne das auch alles. Acht Säle sind vorbereitet, berühmte Tapisserien von Jason und dem goldenen Vlies aufgehängt. Die Geschichte von den Drachen, die Feuer und Rauch speien, glaube ich nicht. Aber die dreihundert Leute in der Küche, allein sechzig beim Brotbacken, das beeindruckt mich noch immer. Auch dass der Marktplatz für ein Turnier abgesperrt ist, dieses weite Rund, das so viel Platz bietet. Zu gerne würde ich die phantastischen Helme und Rüstungen sehen. Während Jan unsere nächste Ration erkämpft, blicke ich vor mich auf den Boden. Mir ist schwindelig. Die Geräusche sind zu einem gigantischen Summen geworden. Anneke, die Freundin von Govaert, unserem zweiten Gesellen, ist als Bedienung bei dem Fest untergekommen. Sie wird uns alles erzählen, auch wenn wir selbst es nicht sehen können. Ob es wohl stimmt, dass die Burgunder von goldenem Geschirr essen? Das werden wir ja hören. Dort hinten kommt Jan mit zwei weiteren Bechern Wein. Er stolpert über irgendetwas und verschüttet den Inhalt der Becher. Ich lächle ihm selig zu.

Ich erwache am nächsten Morgen mit einem pelzigen Geschmack im Mund und großem Durst. Das Trinken muss ich noch üben, eindeutig. In der Küche sitzen schon alle um den Tisch und starren Anneke an.

„Gestern Abend waren alle Speisen in großen Schiffsmodellen angerichtet!", sagt sie triumphierend und setzt die Schüssel mit einem Knall auf den Tisch.

„Die Pasteten, die es gab, sahen wohl so aus wie die Schlösser des Herzogs. Und …", der Finger ihrer rechten Hand geht in die Höhe, „ein Automat, ein Leopard, der aus Italien geschickt wurde, ist in den Saal gekommen und hatte in der rechten Tatze die Fahne des Herzogs Karl, in der linken eine Margerite aus Edelsteinen. Die hat er der Braut überreicht. Und ein Löwe ist hereingefahren worden, so groß wie ein Pferd."

Alle in der Küche blicken gebannt auf Anneke. Keiner isst weiter.

„Der Löwe war ganz aus Gold. Auf seinem Rücken saß die Zwergin der Herzogin, ein Geschenk, als Schäferin verkleidet. Dann öffnete der Löwe sein Maul, echte Vögel flatterten heraus und der Löwe sang!"

Ich staune. Wie kann man einen Menschen, auch wenn es eine Zwergin ist, als Geschenk überreichen.

„Anneke, ist das Geschirr denn wirklich aus Gold?", fragt Govaert in die Stille hinein.

Anneke nickt heftig. „Und die Damen haben Hüte auf dem Kopf, die so hoch sind!" Ihre Hand zeigt in schwindelerregende Höhen.

„Und Maria von Burgund sah so schön aus!" Sie seufzt sehnsuchtsvoll.

„Wenn ich nicht hätte arbeiten müssen, ich wollte sie immerzu anschauen."

•

Ich liege in meinem Bett und kann nicht schlafen. Um mich herum ist es tiefschwarz, beunruhigend schwarz. Ich weiß, dass die anderen neben mir liegen und schlafen. Ich kann sie aber nicht sehen, deshalb fürchte ich, dass es nicht wahr sein könnte. Mein Herz klopft unnatürlich laut, es schallt in meinem Brustkorb auf seltsame Weise. Ich taste vorsichtig zur Seite. Dort liegt Jan.

Es geht mir nicht aus dem Kopf, was Anneke heute Morgen erzählt hat, ich kann es nicht vergessen. Während die hölzernen Balken um mich herum knacken und knistern, wälze ich mich von einer Seite auf die andere.

Ich hätte so gern den Greif gesehen, diesen Automaten aus Gold mit den Wappen der Eheleute, der ganz alleine laufen konnte. Oder den Turm aus Gorkum, der so hoch war wie die Decke des Zeltes. Die Fenster waren nacheinander aufgegangen, Tiere waren herausgekommen und hatten Musik gemacht, Wildschweine hatten die

Trompete gespielt, Ziegen Schalmeien und Wölfe die Flöte. Ich erhebe mich und klettere vorsichtig durch die Dunkelheit. Zehn Tage lang solche Feste, Turniere, Bankette und Bälle. Ich seufze. Als ich auf dem finsteren Hof angekommen bin, blicke ich zu den Sternen am Sommerhimmel auf. Heute Nacht ist der Mond groß und rund. Er erscheint mir riesig.

•

Jan blickt mich verächtlich an. Wir sitzen allein in der Küche und vor den Fenstern fällt ein leiser und stetiger Regen.
„Du glaubst doch nicht im Ernst, dass du da unten Kundschaft finden wirst, Joen!"
Ich werde langsam böse.
„Ich muss dahin, sonst war alles umsonst, ohne in Italien gewesen zu sein, ist meine Lehrzeit nicht vollständig. Das weißt du doch auch. Schau doch, Memling hat sehr gute Beziehungen zu den Italienern hier in der Stadt. Morgen wird ein berühmter Sänger nach Italien auf den Weg geschickt. Portinari hat den Kaplan Johannes Cordier dazu überredet, gegen viel Geld nach Florenz, zu den berühmten Medici, zu reisen. Dort soll er singen, im Chor der Kathedrale."
Jan nickt unglücklich.
„Auch nach Mailand und zum Papst nach Rom wird er reisen, und ich werde mitreisen können! Was für ihn gut ist, kann für mich als Maler nicht schlecht sein. In einer solchen Reisegesellschaft ist die Fahrt nicht so gefährlich. Und weißt du, Jan, dich verlasse ich ungern, aber Italien, das würde ich zu gerne sehen!"

•

Ich sitze auf meinem Maultier, das hart ist und schlecht riecht. Wir kommen gut vorwärts. Das Rheintal ist erstaunlich breit, von Felsen begrenzt, wie ich sie bisher nur von Bildern kenne. Erst ist es hügelig gewesen, dann bergig. All die Jahre ist mir die Erde selbstverständlich flach erschienen, wie eine große Schüssel. Es war normal, nirgendwo eine natürliche Erhebung zu sehen. Während mein Maultier langsam und vorsichtig Huf vor Huf setzt, kann ich meinen Blick nicht von den Bergen wenden. Wie gigantisch die Erde ist. Ihre Monumentalität erdrückt mich.

Wir haben den ersten Pass auf das Flusstal zu überwunden und bewegen uns jetzt abwärts. Mein Maultier schaukelt und schnauft. Ich spüre, wie es innerhalb des Talkessels wärmer wird. Je höher man steigt, umso karger ist die Natur. Je mehr man sich der Ebene nähert, umso lieblicher und milder wird es. Es erinnert mich an die Erzählungen Tientjes vom Paradies. Hier hätte es liegen können.

Unsere Reisegruppe ist noch vollzählig. Wie Perlen an der Schnur bewegen wir uns über die Passstraßen von den Alpen hinunter. Jeden Tag wird es wärmer. Die Vegetation ändert sich. Heute habe ich zum ersten Mal einen Zitronenbaum gesehen, mit reifen, gelben Früchten.

In der oberitalienischen Ebene brennt die Sonne völlig anders als in Flandern. Es ist nicht mehr die bleiche Sonne meiner Kindheit. Diese Sonne ist heiß und kräftig. Sie durchdringt meine Kleidung, rötet und bräunt meine Haut. Diese Sonne gibt auch ein anderes Licht, gläsern und warm zugleich.

Es ist Winter in Italien. Ich liege auf einem feuchten Strohlager und fröstele. Heute Nacht habe ich von zu Hause geträumt, von Flandern. Im Traum habe ich unsere Landschaft wieder gesehen, diese riesige, unabsehbare Ebene aus Weiden, Wassergräben, Flüssen und roten, kleinen Städten. Das grüne Land, das allgegenwärtige Wasser mit seinem Glitzern hat mich sehnsüchtig gemacht. Kleine Dinge, das Sonnenlicht auf den Blättern der Bäume, haben mich begeistert. Die wassergesättigte Ebene gab mir das Gefühl zu treiben auf einem wenig sicheren Grund. Der Himmel ist mir so nah erschienen, das Auge verlor sich in ihm. Er war wichtiger als die Landfläche.

Zu Hause habe ich mich immer überzeugen können, dass nichts Bedrohliches sich aus der Ferne nähert. Man musste sich nur einmal um sich selbst drehen. Die Berge hier haben mir das Gefühl des Eingeschlossen-Seins gegeben. Hinter den Felsen könnte etwas lauern. Ich würde die Annäherung nicht bemerken.

Mir fehlt auch der Nebel. Die Art, wie die Sonne bleich, aber sichtbar hinter den vorbeiziehenden Wolken die feuchte Luft erhellt. Wie Nebelschleier als Fetzen über die Dinge hinwegziehen, die Umrisse unscharf machen, die Stimmen und Geräusche dämpfen, das alles vermisse ich.

Wir sind auf der Heimreise. Söldnerheere sind wohl unterwegs, aber bisher haben wir Glück. Unsere Gruppe wird von Bewaffneten gut beschützt. Man soll doch nicht allein reisen, das ist zu riskant. Wir übernachten am Bodensee, in einem kleinen Dorf. Das Abendessen ist fast beendet, als ich an meinem Knie eine fordernde Schnauze spüre. Etwas stößt dagegen. Als ich nach unten blicke, sehe ich einen dürren, abgerissenen Hund, ein schmutzig-gelbes Bündel, das falsch zusammengesetzt zu sein scheint. Der Hund reagiert auf den Blick mit zwei hastigen Rückwärtsschritten, den Schwanz zwischen die Beine eingeklemmt, und er zittert. Ich blicke in die Augen des Tieres und erstarre. Sie sind dunkel, groß und seelenvoll. Irgendetwas am Zusammenspiel dieser Augen und der entschuldigend hochgezogenen Lefzen erreicht mein Herz. Vielleicht ist es auch das Zittern. Die anderen Hunde, die zu dem Rudel gehören, drängen sich an der entgegengesetzten Ecke des Raumes beim Ausgang, knurren leise und beobachten die Esser um sich. Der Hund vor mir ist wohl besonders dumm oder besonders kühn. Ich zögere, dann nehme ich einen Knochen und halte ihn dem Hund entgegen. Er erstarrt, dann bewegt er sich zögernd darauf zu, immer wieder misstrauische Blicke auf mich werfend. Gierig schnappt er zu. Jetzt erkenne ich auf einmal, warum mich dieses Hundegesicht so anzieht. Auf geheimnisvolle Weise sieht dieser Hund so aus wie mein Freund Alart. Ich lächele und strecke die Hand aus, der Hund weicht aus, läuft aber nicht fort. Als wir uns schlafen legen, bleibt er in meiner Nähe. Er lässt sich jetzt streicheln. Das Gefühl meiner Hand in seinem Fell tut mir gut, als würde die Hand dorthin gehören. Er stemmt sich leicht gegen diese streichelnde Hand, schließt die Augen, legt sich zu meinen Füßen hin. Ein Tier, das wie Alart aussieht, das kann ich einfach nicht zurücklassen. Morgen früh werde ich ihn mitnehmen. Ich schlafe ein und fühle mich glücklich. Der Hund Alart wird mit mir kommen.

Wir nähern uns Flandern ungehindert. Allmählich nimmt die Landschaft wieder Farbe und Licht meiner Heimat an. Das endlose Grün ist wieder da. Der Dunst über dem Land, die bleiche Sonne erscheinen wieder. Als die erste Windmühle auftaucht, tue ich einen Juchzer. Der Hund Alart neben mir schaut mich aufmerksam an. Als die Silhouette von Hertogenbosch am Horizont auftaucht, bleibe ich stehen. In meiner Brust konzentriert sich die Freude wie ein gleißender Fleck.

Jeremias

Am nächsten Morgen suchte Jeremias den Weg zum Nordbrabantischen Museum. Das, was von jener Zeit übrig geblieben war, das würde er dort finden. Auf dem Weg durch die winzigen Straßen genoss er die Sprache um sich herum, die Menschen auf ihren schwarzen Fahrrädern. Boston war weit weg. Den Stadtplan in der Hand, orientierte er sich immer wieder an den Straßenschildern, er war auf dem richtigen Weg. Als ein imposantes, blau gestrichenes Gittertor vor einem herrschaftlichen Palais auftauchte, das Nordbrabantische Museum, blickte er noch einmal hinter sich, um den Rückweg nachher in die richtige Richtung einschlagen zu können. Dabei fiel sein Blick auf ein Schaufenster voller alter Bücher und Stiche.

„Antiquariat" stand auf dem Schild. Beim Nähertreten erkannte er einen Bucheinband im Schaufenster auf Anhieb. Dort lag ein sehr seltenes Buch, eine Erstausgabe von einem Werk über Bosch, das er in Boston nur im Lesesaal der Bibliothek hatte einsehen dürfen. Hier war es offenbar zu kaufen! Der Baummensch, der aus seinem seltsamen Körper auf den Betrachter blickt, der auf dem verblichenen Umschlag reproduziert war, schien seinen Blick zu erwidern.

Mit kopfendem Herzen betrat Jeremias die Buchhandlung. Ein Glöckchen ertönte und sofort roch er diesen speziellen Duft alter Bücher, ein Aroma von Staub, Zeit, Vergänglichkeit und Geheimnissen. Die Wände waren mit Regalen bedeckt, überall, auch auf den Tischen, die in der Mitte des kleinen Raumes standen, lagen Bücher, Kunstbücher, wohin man blickte, alte und neue. Ein Mann mit ungebändigten weißen Haaren und schmaler Goldrandbrille saß in einem Sessel in der Ecke und las. Er blickte nur kurz zu Jeremias auf. Ein Vorhang aus Teppich wurde an Messingringen zur Seite gezogen und eine kleine, rundliche Frau tauchte aus den Tiefen des Ladens auf. Sie lächelte ihn strahlend an und sagte etwas auf Niederländisch, das er nicht verstand. Jeremias trat zur Auslage und zeigte aufgeregt auf das Buch, das ihn hereingelockt hatte.

„Das da!"

Ah, sie zog anerkennend die Luft durch die Vorderzähne ein, als sei sie Schiedsrichterin bei einem Sportwettkampf, stieß einen weiteren Schwall Niederländisch aus und reichte ihm das Buch. Es lag schwer in seinen Händen. Während sie weiter auf ihn einredete, zeigte ihr Arm in die Höhe, und dort oben sah er ein ganzes Regal voller Bücher, die auf ihren Buchrücken immer wieder die Worte „Hieronymus Bosch" trugen. Offensichtlich wollte sie wissen, ob er noch mehr Bücher zu Bosch sehen wollte, er nickte heftig, sie rückte eine Bücherleiter an das Regal, kletterte behände hinauf und reichte ihm ganze Stapel von oben, unentwegt plappernd und scherzend. Überwältigt blickte er auf seine Beute. Nie hätte er gedacht, dass man an einem einzigen Ort so viele, eigentlich vergriffene Bücher versammeln würde. Wieder auf dem Boden angelangt, schleppte die Antiquarin die Bücher auf den Tisch in der Leseecke, deutete einladend auf den zweiten Sessel, der dort stand, und bot ihm ein „Kopje Koffie" an. Das verstand Jeremias wohl. Begeistert nickte er. In die eintretende Stille hinein grüßte sein Nachbar ihn vorsichtig, „Mijnheer", mit einem leichten Nicken des Kopfes. Dieses Gesicht kam Jeremias vage bekannt vor, aber woher kannte er es? Kaffeeduft umwehte die agile Ladenbesitzerin, als sie beiden Herren eine Tasse mit einem Stück Spekulatius auf der Untertasse bereit stellte. Dann lächelte sie Jeremias noch einmal breit und wissend an und verschwand hinter ihrem Vorhang.

Andächtig blätterte er den Schutzumschlag des ersten Buches um. Es war, wie er vermutet hatte, eine Ausgabe von 1938. Der Vorbesitzer hatte in lila Tinte - oder war sie nur verblasst? - seinen Namen hineingeschrieben. Das Buch war niederländisch geschrieben, er seufzte. Das würde er lernen müssen, er hatte ja sein Lexikon dabei. Das sollte kein unüberwindbares Hindernis sein. Der Preis des Buches war bezahlbar. Das würde er auf jeden Fall kaufen. Methodisch arbeitete er sich durch den Bücherstapel. Es waren viele Bücher dabei, die vor allem Abbildungen enthielten, von der Zeit blass geworden, gelbstichig oder rotstichig wie alte Filme, das war uninteressant, aber andere Exemplare ließen ihm das Blut in den Kopf steigen. Es gab zum Beispiel eine sehr gut erhaltene Ausgabe des Katalogs der berühmten Bosch-Ausstellung, die im Jahre 1967 stattgefunden hatte, beide Teile des Katalogs waren noch zusammengebunden, zwei Bücher des berühmten Pater Gerlach, ein Band von Bax, viele unbekannte Autoren waren vertreten und natürlich Marijnissen. Es gab auch neue Bücher, die nach 1990 erschienen waren. Jeremias versuchte die Exemplare herauszusuchen, die am Vielversprechendsten zu sein schienen. Er würde viel lesen müssen. Am Ende hatte er sechs Ausgaben herausgenommen, die er kaufen wollte, die anderen würde er später noch einmal ansehen, wenn sein Niederländisch besser war. Ein tiefes Glücksgefühl breitete sich in ihm aus. Als er sich im Sessel zurücklehnte, traf sein Blick den Mann gegenüber, der ihn interessiert beobachtete, sein Buch zur Seite gelegt.

„Sie interessieren sich für Bosch?"

Das Englisch des Fremden trug den Tonfall der Niederländer, er veränderte die Sprache, ein rauer und doch anziehender Klang ging von ihm aus. Die Frage traf Jeremias. Seit Tagen hatte ihn keiner in seiner Heimatsprache angesprochen, der ihn wirklich etwas fragen wollte.

„Oh ja", stotterte er, „ich bin begeistert von dieser Auswahl, es ist für mich eine phantastische Gelegenheit, an diese Bücher heranzukommen. Bei uns in Boston gibt es das nicht."

„Gestatten Sie, dass ich mich vorstelle, ich bin Joost van Dijk", wieder deutete der Fremde eine leichte Verbeugung an, „und ein Stammgast in dieser Buchhandlung."

„Jeremias Forrester aus Boston."

„So sehen Sie aber gar nicht aus, Mr. Forrester, wenn ich mir die Bemerkung erlauben darf. Ich würde Sie eher nach Oerschot oder Vught setzen. Dort wird man mit solchen Haaren oder solcher Nase geboren"

Der Blick des Herrn van Dijk ruhte freundlich prüfend und leicht spöttisch auf Jeremias, der sich auf einmal unwohl fühlte, durchschaut.

„Ich weiß, meine Vorfahren kommen wohl aus Brabant, ich will etwas Familienforschung treiben und mich auch mit i h m befassen." Sein Blick wanderte zu dem Bücherstapel.

Van Dyck nahm eine Pfeife aus der Jacke seines Jacketts und begann umständlich, sie zu stopfen.

„Dann müssen Sie aber unbedingt noch die Buchhandlung im Zentrum besuchen, die hat eine große Abteilung von Brabantia. Und waren Sie schon im Stadtarchiv? In der Bücherei?"

Verwirrt schüttelte Jeremias den Kopf.

„Sie müssen mir verzeihen, wenn ich so aufdringlich bin, aber Bosch ist mein Spezialgebiet, und es ist ein seltsamer Zufall, dass Sie hier neben mir sitzen."

In seinem hageren, gebräunten Gesicht eines vornehmen Pensionärs glomm echte Begeisterung auf.

„Was wollen Sie zu Bosch wissen?"

Jeremias hatte den Besuch des Museums längst verschoben. Das konnte warten. Dieses Zusammentreffen war eine weitere Fügung des Schicksals. Nachdem er seinen umfangreichen Kauf bezahlt und die Antiquariatsbesitzerin ihn freudestrahlend zur Tür begleitet hatte, war er mit van Dijk in eine Gastwirtschaft gegangen und hatte mit ihm gesprochen. Über seine eigenen Motive sagte er etwas Unverbindliches, van Dijk beharrte aber auch nicht darauf, Genaueres zu wissen, sondern war offenbar froh, jemanden gefunden zu haben, der seine Passion teilte. Mijnheer van Dijk hatte nach seiner Pensionierung im Archiv der Stadt Hertogenbosch systematisch die alten Akten bearbeitet auf der Suche nach der Familie von Hieronymus. Und er war fündig geworden. Während sie einen Kohleintopf mit einer scharfen Wurst verzehrten sowie mehrere Genever, erzählte er.

Der Großvater, ein Jan van Aken, auch schon Maler von Beruf, zieht etwa 1427 aus Nijmjegen nach Hertogenbosch, weil er sich von dieser aufstrebenden Stadt bessere Geschäfte verspricht. Er wohnt in der Vughterstraat, einem eher bescheidenen Viertel, umgeben von mehreren Schmieden, die dort arbeiten, als Nachbarn. Das Gefängnis grenzt an das Grundstück. Als die Brüderschaft, eine im städtischen Leben zentrale Organisation, erste Aufträge gibt, stabilisiert sich seine Lage, es folgt die städtische Armentafel als Auftraggeber, es geht bergauf. Meister Jan sollte 73 Jahre alt werden, er stirbt 1454.

Sein Sohn Thomas, der Erstgeborene, wird ihm nicht viel Freude gemacht haben. Er leiht ständig Geld, bleibt unverheiratet, hält aber eine Parzelle in Oyen für eine Geliebte, wohnt bei seinen Eltern. Im Jahre 1449 soll er ein Altarbild malen, tut es aber nicht und muss das Auftragsgeld zurückzahlen. Er ist kinderlos.

Der Zweitgeborene, Johannes, hat zunächst auch als Maler bei seinem Vater Jan gearbeitet, wird aber am 21.2.1430 Bürger von Brügge, dem zentralen Marktplatz der Zeit für künstlerische Produkte. Er hat wohl Karriere gemacht, van Eyck gesehen. Er ist verheiratet, bleibt aber kinderlos.

Der dritte Sohn ist Hubertus, geboren 1415, ab 1447 mit Luitgard van der Perre getraut, einer reichen Partie. Nach dem Tode seiner Frau zieht er im Jahre 1452 aus Eindhoven nach Hertogenbosch zurück, mit seinen drei Kindern. Er stirbt fünfzigjährig. Als Hubertus stirbt, ist Hieronymus 15 Jahre alt. Die beiden Söhne sind natürlich Maler und ziehen nach Antwerpen, die Tochter wird in Hertogenbosch verheiratet, bekommt einen außerehelichen Sohn.

Der nächste Sohn, Goeswinus, 1418 geboren, ist auch Maler, verheiratet, aber kinderlos.

Dann, im Jahre 1420, wird Anthonius geboren, der Vater von Hieronymus, der 1449 Aleid van der Mynnen, eine als uneheliches Kind geborene Frau, heiratet. Als seine erste Frau stirbt, heiratet er eine Mechteld, Hieronymus ist damals 28 Jahre alt.

Mit Aleid hat er die Kinder Goossens, Jan, Hieronymus und mit Mechteld Herbertke.

Während van Dyjk mit sparsamen Gesten die Namen und Daten nannte, sich immer weiter in seinen Akteneinträgen verlor, erstarrte Jeremias zunehmend. In seinen Träumen war der Großvater nie aufgetaucht. Aber die Onkel hatten ein Gesicht, jeder, außer Hubertus, trug deutliche Züge. Vor allem aber hatte der Name Aleid ein deutliches Echo in seiner Erinnerung gefunden. Er sah sie auf dem Totenbett liegen, bleich, starr, noch nie hatte er solche Trauer empfunden, eine solche Wucht der Schwärze. Es stimmte. Seine Träume stimmten überein mit den Akten der Stadt. Aber wo war Kathrin? Diese Figur fehlte ihm.

„Mijnheer, haben Sie keine Erwähnung über ein Kind namens Kathrin gefunden?"

„Wieso?"

Die Frage kam scharf und misstrauisch.

„Wie kommen Sie auf eine Kathrin?"

„Und, Mijnheer, was ist mit Spuren einer Reise? Haben Sie dazu etwas in den Akten gefunden?

Beim Stichwort „Reise" streckte sich van Dycks Körper heftig. Zum ersten Mal unterstrich er seine Worte mit heftigen, großräumigen Gesten.

„Sie müssen wissen, dass die Frage von einer oder zwei Reisen des Hieronymus in der wissenschaftlichen Literatur sehr, sehr umstritten ist. Zu diesem Punkt gibt es Kontroversen, die äußerst verletzend ausgetragen werden. Ich habe aber jetzt eindeutige Belege gefunden. Noch ist es nicht veröffentlicht, ich muss meine Beweislage noch verbessern, aber Ihnen will ich es anvertrauen."

Er beugte den hageren Kopf mit den wirren weißen Haaren verschwörerisch auf Jeremias zu:

„Am 26. Juli 1474 leiht Hieronymus mit seinem Vater zusammen Geld. Am 3. Januar 1481 taucht er in den Akten erst wieder auf. Das heißt", triumphierend zog er die buschigen Augenbrauen in die Höhe, „Hieronymus war zwischen seinem 25. und 30. Jahr nicht in der Stadt, er war auf Reisen! Und ..."

Van Dyck betrachtete Jeremias' Gesicht auf die Wirkung dieser Mitteilung hin, „zwischen dem Mai 1498 und 1508 hat er die Stadt auch verlassen für eine Reise. Ich habe Anlass zu glauben, dass unser Freund in Italien war, über Venetien gereist ist."

Während van Dyck über die Forschungslage redete, fiel es Jeremias schwer, diesem Mann nicht sofort seine ganze Geschichte anzuvertrauen. Hieronymus war ja in Italien gewesen. Er wusste das. Mühsam widerstand er der Versuchung, sich zu offenbaren, murmelte irgendetwas von Müdigkeit. Man wollte sich wiedersehen.

Es wurde schon dunkel, als Jeremias zum Hotel wankte, seine kostbaren Bücher unter dem Arm. Nachdem er den Alkohol durch ein kurzes Nickerchen neutralisiert hatte, fing er sofort mit der Lektüre des ersten Buches an. Er hatte das Gefühl, dass er den Text in der fremden und sperrigen Sprache eigentlich viel zu schnell verstand. Er schlug zwar viele Wörter nach, vor allem Konjunktionen, Adverbien, er lernte aber überraschend schnell. Einzelne Wörter und Sätze sprach er halblaut vor sich hin, ihr Sinn enthüllte sich ihm häufig schlagartig. Die Liste, die er sich mit den ungeklärten Begriffen anlegte, blieb eher kurz. Vor dem Abendessen hatte er bereits 30 Seiten eines Buches bearbeitet, das den Titel trug: „Opstellen over leven en werk door P.Gerlach, nieuw zicht op Jeroen Bosch".

In dieser Nacht träumte er zum ersten Mal wieder, seit er Europa erreicht hatte. Er war wieder das Kind Hieronymus und sah seine tote Mutter. In seinem Traum weinte er herzzerreißend. Er brachte es nicht über sich, diesen Traum aufzuschreiben.

Der nächste Morgen fand ihn bei düsterer Stimmung. Sein Schädel brummte, vor allem aber war er über den zurückliegenden Traum entsetzt. Offensichtlich war er in eine neue Phase eingetreten. Der Albtraum über den Tod von Aleyd war eine Wiederholung oder Erweiterung gewesen. Er hatte dieses Begräbnis eigentlich viel früher in einem Traum erlebt. Jetzt hatte er, durch das Gespräch von gestern aufgewühlt, eine neue Szene aus diesem Zeitabschnitt geträumt. Der Tod seiner eigenen Mutter, die in Boston vor langer Zeit gestorben war, erschien ihm kaum erinnerlich, seltsam verblasst, während Aleyds Tod die Spur tiefer Verzweiflung in ihn gegraben hatte.

Ob er seinen Arzt anrufen sollte? Der Blick auf die Uhr machte ihm schnell klar, dass es in Boston wohl kaum gut aufgenommen werden würde, wenn er um diese Zeit anriefe.

Beim Frühstück in dem ihm jetzt schon vertrauten Gewölbe überlegte er, was besser sein würde. Sollte er den neuen Traum auch aufschreiben? Oder sollte er ihn ignorieren? Er hatte zum ersten Mal außerhalb der Chronologie geträumt. Während er unschlüssig in seinem

Rührei stocherte, glitt sein Blick über die anderen Gäste. Das Hotel war von Geschäftsreisenden, aber auch von Familienverbänden besetzt. Ganze Sippen waren an beieinander stehenden Tischen versammelt, plaudernd, rauchend. Im hinteren Teil des Gewölbes saß eine einzelne Frau an einem Tisch allein, die seine Aufmerksamkeit erregte. Wer war das? Dann erkannte er sie. Die Frau war klein und rundlich, sie saß gebückt, und als sie ihren Kopf leicht drehte, sah Jeremias die Falten in ihrem Gesicht, die blitzenden Augen unter den sorgfältig gelegten grauen Haaren, es war Tientje, es gab keinen Zweifel. Jeremias erstarrte. Die Frau drehte den Kopf ein weiteres Mal, bis sie ihm durch den Speisesaal hindurch in die Augen sah. Dann wandte sie ihm erneut den Hinterkopf zu. Jeremias stürzte von seinem Tisch weg auf den Saalausgang zu, stieß dabei sein Glas mit Orangensaft um, das Klirren erreichte sein Ohr kaum, die Blicke der anderen Gäste störten ihn nicht. In seinem Zimmer angekommen, lehnte er sich schwer atmend gegen die Tür. Eigentlich konnte es nicht sein. Das eben war ein klassischer Fall von selektiver Wahrnehmung gewesen. Tientje saß nicht im Frühstücksraum, um ihn zu erwarten. Das alles gab es nicht.

Beständig im Zimmer auf und ab schreitend, rekapitulierte er einige Dinge, die ihm sein Arzt gesagt hatte. Er war fixiert auf diese Geschichte. Er glaubte Dinge zu sehen, die in Wirklichkeit ganz anders waren. Da unten saß eine ältere, holländische Dame im grauen Kostüm, deren Mann oder Tochter gleich hinzutreten würden. Sicher.

Er würde sich jetzt weiterhin sinnvoll und methodisch verhalten, alles aufarbeiten.

Seufzend setzte er sich in den Stuhl vor seinem Schreibtisch, strich über das raue Leder des Einbandes und las.

Hieronymus

Es ist der 24. Juni, Sint Jans-Markt. Die Stadt ist voller Händler aus anderen Städten, die die Zollfreiheit ausnutzen. Der Markt ist überfüllt. Gestern Abend haben sie in der Küche erzählt, dass es an einem Stand für Merkwürdigkeiten ein besonderes Ding zu kaufen gibt, ein armlanges, elfenbeinernes Horn, das über und über mit seltsamen Zeichen verziert war. Das Horn eines Einhornes, sagt der Verkäufer. Der Nassauer hat es gekauft, für seine Wunderkammer. Tientje fehlt mir sehr, aber ich bin glücklich, wieder mit Kathrin sprechen zu können. Ich habe sie all die Jahre sehr vermisst. Martha ist kein Ersatz für Tientje, auch meine junge Stiefmutter, Mechteld, kann mir nicht helfen. Nur Alart, mein Hund, er tröstet mich über Tientjes Verlust.

Am Abend des dritten Jahrmarktstages gehen wir zusammen auf einen Rundgang, Kathrin, Martha, die kleine Herberta und ich. Man muss sich zwischen den Verkaufsbuden hindurchdrängen, so voll ist es. Der Abend ist mild, die untergehende Sonne steht am Horizont, groß und rot. Auch die Nebenstraßen sind mit Buden bestückt, aber je weiter man sich vom Markt entfernt, umso bescheidener sind sie. In einer Nebenstraße erregt ein Stand unsere Aufmerksamkeit, der von vielen Menschen umlagert wird. Energisch schieben wir uns nach vorne, die leise quengelnde Herberta auf Marthas Arm.

Es ist ein Heilkünstler, der seine Dienste anbietet, erkenntlich an dem Aushängebord über ihm: Ein Wurm durchbohrt ein schönes rotes Herz. Der Mann steht auf einem Wagen, von einem bizarren, fremdländischen Schirm mit Troddeln behütet. Eine zugeklappte Truhe mit Eisenbändern, ein großartig aussehendes Schriftstück, ein Siegel daran, all das ist auf einem orientalischen Teppich aufgebaut, der den Wagen bedeckt.

„Dies ist", erhebt der Mann eine seltsam hohe Stimme, „ein Trank, der jeden innerhalb von drei Tagen von jeglichen Schmerzen des Leibes befreit!". Triumphierend blickt er auf die violett gefüllte Phiole in seinen Händen, hebt sie hoch wie der Priester die Hostie. In diesem Augenblick trifft ein Strahl der untergehenden Sonne das Mittelchen. Die Zuschauer seufzen auf.

„Drei Tropfen pro Tag von diesem Geschenk des Himmels", ein breites Lächeln trifft die Zuschauer, „und euer Leib fühlt sich leicht und frei! Für nur zwei Stuiver bekommt ihr Tropfen, die die ganze Familie versorgen!"

Die Zuschauer sehen sich verstohlen an, eine Bauersfrau mit einem eiergefüllten Korb dreht sich um und will gehen. Stille breitet sich aus. Offenbar hat der Mann seine Zuschauer noch nicht genügend gewonnen. Noch sind sie nicht bereit, seinen Heilkünsten so viel Geld zu opfern. Kathrin und ich lächeln uns an. Wird er aufgeben?

Er blickt über die Menge, runzelt die Stirn unter dem Samthut, kratzt sich mit einer Hand zwischen den etwas schmuddelig aussehenden Spitzen des Kragens und greift dann entschlossen zu der Urkunde, die vor ihm liegt.

„Diese Urkunde ist der Beleg für meine außergewöhnlichen Heilkünste, geehrte Damen und Herren. Wie ihr alle lesen könnt." Er schwenkt das Pergament in der Luft, das schwere Siegel baumelt von rechts nach links. „Die Professoren von Leuven haben höchstselbst gestaunt über meine Fähigkeiten. Vertraut mir!"

Er kneift die Augen zusammen und schaut in die Menge.

„Jetzt werde ich eine Probe meines anerkannten Könnens ablegen. Ist jemand unter den Zuschauern, der, na ja, ein bisschen dumm ist? Leidet jemand unter Anfällen?"

Die Menge kichert, man betrachtet sich verstohlen, als aus der hintersten Reihe ein Ruf kommt.

„Hier, der Lambert ist richtig für euch!" Ein dicklicher Mann wird nach vorne geschoben, begleitet von seinem Kumpanen, einem lang aufgeschossenen Bauern. Lambert zieht den Kopf ängstlich ein.

„Und es wird nichts kosten?", fragt der Begleiter misstrauisch.

Unter energischem Kopfschütteln drückt der Wunderheiler Lambert in den herangezerrten Stuhl. Die Menge rückt näher. Auch wir stehen jetzt kaum zwei Schritte entfernt.

„Ich werde aus diesem Kopf den Stein der Dummheit schneiden, diesen Menschen heilen von seinen Gebrechen."

Bei dem Wort „schneiden" ruckt Lamberts Kopf von einer Seite zur anderen, er rutscht unruhig hin und her.

„Dieses Messerchen", das Metall der Klinge glitzert in der Abendsonne, „wird nun unter meinen kundigen Händen die Krankheit entfernen."

Wehlaute dringen aus Lamberts Mund, während sein Kumpan ihn auf den Stuhl presst, verzieht sich sein Gesicht krampfhaft.

„Zunächst verabreiche ich dem Patienten einige Tropfen von meiner Wundertinktur."

Langsam zählt er zwölf Tropfen aus der Phiole, die er dem sich sträubenden Opfer einflößt.

„Jetzt, meine Damen und Herren, werde ich beginnen!"

Es schaudert mich, als ich das erneut erhobene Messer sehe. Es sticht zu. Kathrin schaut weg. Während Lambert gewaltsam in den Stuhl gepresst wird, beugt sich der Heiler über den Schädel, man kann nichts Genaues sehen, ein gewaltsames Ringen. Dann ertönt ein markerschütternder Schrei, der Heiler löst sich von seinem Patienten und hält begeistert etwas in der Hand: einen glatten, schwarzen Stein.

„Hier ist er, der Stein der Dummheit, in ihm steckt alles Böse, mit ihm habe ich alles Schlechte entfernt!"

Lambert wimmert verblüfft, greift zu seinem strähnig grauen Haar und verstummt, als er eine blutige Hand zurückzieht. Probeweise dreht er den Kopf vorsichtig hin und her. Es geht. Der herausgeschnittene Stein wird langsam und ehrfürchtig in der Zuschauermenge weitergereicht. Er ist vollkommen glatt und ganz warm. Schwer und pulsierend liegt er für Augenblicke in meiner Handfläche.

Befriedigt schaut der Wunderheiler über die vor ihm versammelten Menschen. Lambert und sein Begleiter verlassen die Szene stumm und eilig, leicht schwankend und einen intensiven Geruch nach Schnaps hinterlassend. Zustimmendes Gemurmel ertönt, alle reden aufgeregt über das Gesehene.

„Jetzt, meine Damen und Herren, erhalten Sie Gelegenheit, dieses Wundermittel, das unserem armen Freund so plötzlich zur Heilung verhalf, für zwei Stuiver zu erwerben. Drei Fläschchen gibt es für nur fünf Stuiver!"

Martha drängt nach vorne. Sie hält das Geld bereits in der Hand.

•

Die Löffel und Schüsseln des Abendessens werden mit Geklapper weggeräumt, die Bänke zur Seite gestellt, da zeigt mir Kathrin, dass sie mit mir reden will. Auf dem Weg in den Hinterhof wächst meine Unruhe. Was wird sie mir mitteilen? Sie hat sich in der letzten Zeit verändert, ist schweigsam und verschlossen gewesen wie eine zugeklappte Muschel. Nur mit Alart, dem Hund, hat sie oft gesprochen, wenn sie sich unbeobachtet glaubte. Wir stehen uns gegenüber, Alart sitzt zwischen uns und blickt uns abwechselnd aufmerksam an, als würde er alles verstehen. Kathrin zupft verlegen an ihrem Tuch. „Ich muss dir etwas Wichtiges sagen", beginnt sie zögerlich. „Bald werde ich ausziehen, in ein Haus mit einigen Freunden."

Ich entspanne mich, also ist sie doch nicht so einsam.

„Wir gründen ein Brüder- und Schwesternhaus, Jacob Wittecoep, Thomas Coep, seine Mutter, Josijntje und Judith aus der Werkstatt, du kennst sie doch. Wir werden in das Haus von Thomas und seiner Mutter ziehen, dort ist genug Platz."

„Du willst uns verlassen und mit fremden Menschen zusammenziehen?" Ich bin verblüfft.

„Das sind keine Fremden, wir sind uns ganz einig, wie wir leben wollen, all das haben wir immer wieder besprochen. Ich möchte wirklich, dass du mich verstehst, die anderen werden sowieso nur schimpfen." Sie blickt gequält zum Haus hinüber, aus dem Stimmen ertönen.

Ich weiß ja, dass in Hertogenbosch und den Dörfern rundum die unterschiedlichsten Gemeinschaften leben. Ganz Hertogenbosch ist voll von Mönchen aller Art, Nonnen, Beghinen, Sonderlingen, die ihr Leben in irgendeiner Weise Gott weihen wollen. Aber meine eigene Schwester?

„Mir ist klar, dass ich nie heiraten, nie eine eigene Familie haben werde. Damit habe ich abgeschlossen."

Ihre Stimme ist jetzt fest und bestimmt.

„Ich werde nicht weiterhin als verlassene, unnütze Schwester in diesem Haus leben. Ich werde etwas Sinnvolles aus meinem Leben machen!"

Unwillkürlich greife ich nach Kathrins Händen und drücke sie liebevoll.

„Ich brauche euer Mitgefühl nicht, ich brauche vor allem auch keinen Mann. Ich will den alten Wilhelm Hobbe nicht heiraten, einen Witwer mit vier Kindern, die fast so alt sind wie ich. Als du weg warst, da hat Vater mich dazu gedrängt, auch Onkel Thomas ist wohl überzeugt davon, dass es gut für mich sein würde." Sie befreit ihre Hände mit einer energischen Bewegung.

„Ich werde nicht die Magd für einen schlecht riechenden und übellaunigen Kerl und seine Kinder abgeben. Egal, wie viel Geld er hat. Geld ist nicht alles im Leben!"

Es entsteht Stille zwischen uns. Alart winselt leise. Auf diese Art habe ich ihre Situation noch nicht gesehen. Sie hat Recht. Obwohl Kathrin sich zur Seite gedreht hat, sehe ich die Tränen in ihren Augen glitzern. Sie wischt sie mit ihrem Ärmel weg und schnieft.

„Wir werden ein wirklich gottgefälliges Leben führen, ein schönes Leben!" In ihren Augen sehe ich jetzt die aufglimmende Begeisterung.

„Die Welt ist kaltherzig und schlecht. Sieh dir doch die Menschen um dich herum an, die Priester, das Kapitel, pah!" Angewidert spuckt sie aus. So kenne ich meine sanfte Schwester gar nicht.

„Kirchenämter werden vergeben als Geldquelle, Kirchenmänner nehmen nicht mehr an der Messe teil, kaufen sich Stellvertreter, saufen und huren! Und die Bischöfe sind die Schlimmsten. Die sind nicht besser als die weltlichen Herren. Und wie sie mit den einfachen Leuten umgehen! Ablass für die Sünden soll man kaufen, je reicher einer ist, desto besser versorgt ist seine Seele."

Ich denke unwillkürlich an die Dauergebete, die in Brügge für den toten Burgunderherrscher gehalten worden waren. Wie lange muss ein solches Gebet wohl dauern, um die Qualen der Seele, ihre Schuld spürbar zu lindern? Was ist mit den Seelen von Mutter und Tientje? Müssen sie jetzt noch Tausende von Jahren im Fegefeuer brennen, bloß weil für sie keine wirklich großen Summen gestiftet worden sind?

„Wir werden alle arbeiten, Thomas' Mutter wird den Haushalt führen. Nach der Arbeit werden wir ein gottgefälliges Leben haben, Selbstverachtung, Weltverachtung, Armut, Demut und vor allem Kontemplation. Niemand wird uns stören, uns etwas vorrechnen, uns verächtlich ansehen."

Kathrins gerötetes Gesicht hat jetzt den gequälten Ausdruck vollkommen abgelegt, ihre Augen leuchten freudig.

„Wir wollen nach innen schauen, nicht länger in der Oberflächlichkeit der Welt leben."

Diese Gedanken kenne ich, Devotio Moderna heißt diese Bewegung, schon oft habe ich davon gehört. Sind das nicht alles Spinner? Alle machen sich lustig darüber. Auf dem letzten Jahrmarkt haben wir in einer Theaterbude eine Parodie auf einen Devoten gesehen. Ein dürrer Mann im Büßerkittel hatte beständig zum Himmel geschaut, während er mit langsamen, feierlichen Schritten über die Bühne stakste, nie nach unten blickte, auch nicht, als man ihm die Börse abschnitt. Dicke Tränen aus Glas hatten an seinem Kopf gehangen, klirrten leise an ihren Fäden. Sie waren der „Wein der Engel", die „Flügel des Gebetes", so hatte der Ansager sie genannt. Die

Zuschauer hatten schallend gelacht. Hatte Kathrin auch gelacht?

„Jeder einzelne muss wieder die Tugend Christi leben, so wie die Kartäuser es machen. Wir werden ein einfaches Leben führen, ohne schlechtes Gewissen werde ich nachdenken dürfen, die Wunder der Schöpfung betrachten, mich an der Sonne freuen, den Blumen!"

Kathrins Stimme ist lauter geworden, ihre Wangen leuchten rosig. Ich freue mich über die Veränderung der Schwester. Schon lange hat sie mir nichts mehr von dem preisgegeben, was sie bewegt. Aber zu den Devoten überzugehen, war das nicht gefährlich? Die Kirche predigt oft gegen diese Entwicklung. Gott ohne Zuhilfenahme der Kirche spüren zu wollen, ohne Vorschriften, Kontrollen und Ängste! Ich erinnere mich noch an einen kleinen, schwarz gekleideten Mann auf der Kanzel, wie er im dunklen Kirchenraum von oben auf die zusammengesunkenen Gläubigen unter sich hinredet. Die Worte sind verschwunden, an den verächtlichen Ton erinnere ich mich. Kathrin blickt mich ängstlich an.

„Mir gefällt dein Plan. Ich wünsche dir alles Glück dafür!" Vom Haus her hört man Schritte, die sich nähern. Wir lösen unsere Umarmung.

●

Ich sitze am Tisch. Das Frühstück ist vorbei. Mein Blick kehrt immer wieder zu dem Platz zurück, den Kathrin leer gelassen hat. Auch der kleine Jan vermisst sie und fragt ständig nach ihr, sonst wagen wir alle nicht, von ihr zu sprechen. Kathrin ist stur, sie hat ihren Kopf tatsächlich gegen Vater durchgesetzt.

Martha wartet darauf, dass ich ihr von meinem gestrigen Besuch bei den Devoten erzähle. Es muss erst ganz leer im Raum sein.

„Nun, erzähl schon", wispert sie und schiebt ihr Gesicht nah an meines. „Wie war es? Wie geht es ihr?"

„Das Haus ist schön gelegen, vor den Toren der Stadt, zwischen Wasser und Grün. Die Devoten wirken alle sehr befreit, ganz glücklich, auch unsere ernste Kathrin."

Marthas rundes Gesicht entspannt sich.

„Und wird ordentlich für sie gesorgt?"

Während ich Martha von meinem Besuch erzähle, sehe ich den kleinen Haushalt wieder vor mir. Thomas Coep, der Vorsteher, hat mich am meisten beeindruckt. Ein Mann von etwa 40 Jahren mit einer Tonsur auf dem Kopf, so wie die Mönche sie tragen, strahlend blauen Augen und einer sehr intensiven Art zu sprechen. Ich verstehe gut, dass Kathrin diesem Mann gefolgt ist. Er wirkt vollkommen gelöst und in seiner Gegenwart fühlte ich mich auf unbestimmte Art wohl. Er hat mich so angelächelt, dass ich mir wünschte, er möge keinen anderen Menschen so anlächeln. Als dann Andries Morre in das Zimmer getreten war, da hatte ich meinen Augen kaum trauen können. Den unglücklichen, kinnlosen Jungen von damals erkannte ich nicht wieder. Ein kräftiger Bart bedeckte sein fliehendes Kinn, sein Lächeln war offen, sein Händedruck fest. Es ging ihm gut, genau wie es der Schwester gut ging.

Marthas Neugier ist befriedigt. Sie wendet sich ihren täglichen Arbeiten zu und schiebt aufseufzend die Bänke zusammen. Ich stehe am Fenster und blicke auf den Markt hinaus. Der Himmel ist grau. Regenschleier wehen über den Platz. Ich fröstele. Seit ich in Italien gewesen bin, ist mir eigentlich ständig kalt. Als ich noch klein war, dieses Gefühl von starker Sonne noch nicht kannte, habe ich nie dieses Gefühl gehabt, das mich an jedem kalten Morgen ergreift. Wenn ich mich aus meinem Federbett schäle, treffen mich Kälte und Feuchtigkeit. Ich möchte dann bewegungslos bleiben, das Gefühl von intensiver Wärme auf meiner Haut spüren. Mutlosigkeit ergreift mich. Im Paradies wird ein ewiger Sommer herrschen. Davon bin ich überzeugt.

•

Ich erwache und lausche nach draußen. Es regnet nicht, das erste Mal seit Wochen. Sonnenlicht fällt in Streifen in meine Bettstatt.

Wieder habe ich einen von diesen Träumen gehabt. Mechteld kam darin vor und ein Teufel, ein katzengroßes, schwarzes, blitzschnelles Wesen mit dem Kopf einer Wasserratte. Es hat mich verfolgt. Kurz bevor es mich einholte, fing ich an mit den Armen zu schlagen, als wären sie Flügel, ich flog. Sie schmerzen noch immer, das Fliegen war anstrengend. Die feinen Härchen auf meiner Haut sind aufgerichtet wie bei Alart, wenn er sich bedroht fühlt. Ich massiere leicht meinen rechten Oberarm. Von der Decke aus habe ich den Teufel mit seinen gefletschten Zähnen gesehen, wie er über die Bettstatt zur Decke hin zu klettern begann. Dann bin ich aufgewacht. Ich seufze. Dieses Bild darf ich nicht vergessen, ich muss eine Skizze davon machen.

Nach dem Frühstück kann ich nicht sofort an die Arbeit gehen. Ich muss an die Luft. Der Frühherbst war so kühl und regnerisch gewesen. Dieze und Dommel führen so viel Wasser. Mit Alart an meiner Seite gehe ich zur Kathedrale. Noch ist die Baustelle belebt, jetzt so kurz vor dem Winter muss noch vieles beendet werden. Steinstaub liegt in der Luft.

Vor dem Eingang zur Marienkapelle sitzen zwei Bettler, die ich noch nie gesehen habe. An die Kirchenmauer gelehnt, haben sie es sich in einer Nische fast bequem gemacht. Der eine, ein junger Mann mit störrisch abstehendem, blond-fahlem Haar, hat unterhalb der Knie keine Beine mehr. Die Stümpfe, mit Lappen umwickelt, ruhen auf zwei Brettchen, an die sie angeschnallt sind. Die Hände stützt er auf zwei Holzgestelle, mit denen er sich wohl vorwärts zieht. Der andere, viel älter aussehend, trägt einen merkwürdig unpassenden Hut mit breiter Pelzbordüre, der sein faltiges Gesicht fast verdeckt. Ein verdrehtes, steifes Bein von sich gestreckt, wie falsch zusammengeschraubt, hockt er auf dem Boden, sein anderes Bein bequem angewinkelt. Die Krücken lehnen an der Mauer. Ein struppiger Hund liegt bei den beiden, in der Sonne zusammengeringelt. Alart stürzt auf ihn zu, sein Schwanz wedelt, er beschnuppert den Neuen freundlich, der vorsichtig den Kopf hebt. Ich folge meinem Hund auf die abenteuerlichen Gestalten zu. Eigentlich sind die Plätze zum Betteln genau verteilt, vor allem die in der Nähe der Kirchenpforte. Kein Fremder hat die Chance, dort länger als ein paar Minuten zu sitzen. Irgendwie haben diese beiden sich durchgesetzt. Und jetzt betteln sie noch nicht einmal richtig. Genau besehen, sehen sie sogar richtig zufrieden aus.

Ich bleibe vor ihnen stehen, gehe in die Hocke, die Hand auf meinen Hund legend. Der Mützenmann schiebt seine Pelzkrempe nach oben und blinzelt in die Sonne.

„Ein herrlicher Tag, den Gott uns schenkt. Es ist eine Lust zu leben, junger Herr. Meint Ihr nicht auch?"

Ich schlucke. Von Bettlern bin ich andere Töne gewöhnt. Jammern, Klage, Leiden, Verfluchen, das ist üblich. Ich setze mich. Der zweite Mann nickt strahlend und kratzt sich an seinem rechten Stumpf.

„Das ist Godevaart, ein guter Junge, ihr müsst nur wissen, dass er nicht sprechen kann."

Vertraulich beugt er sich mir entgegen und flüstert: „Wir waren Anno 1468 bei der Strafexpedition gegen Lüttich dabei, als Söldner. Damals konnten wir noch alles. Es war nicht gut für Godevaart, was er da gesehen hat. Das hat ihm seine Sprache verschlagen. Er war schon als kleiner Junge so empfindlich." Bedenklich schüttelt er den Kopf und die Pelzmütze wackelt.

„Wovon lebt ihr denn jetzt?"

„Wir machen ein bisschen Musik", er weist stolz auf den zerkratzten Hals einer Gambe hin, die unter seinem Bündel steckt, „und hoffen auf die Mildtätigkeit der Leute. Bei euch in der Stadt gibt es sehr gutes Essen", er weist in die Richtung des Gasthauses, „wirklich sehr gutes Essen. Wir waren am richtigen Wochentag da, und deshalb haben wir Roggenbrot bekommen. Danach durften wir sogar in die Kapelle, die Bilder der Heiligen Barbara und des Sankt Anthonius ansehen. Wie im Paradies!"

Sein Freund nickt feierlich. Er zieht einen durchlöcherten Schuh aus und ordnet das Stroh, das zur Auspolsterung darin liegt, sorgfältig neu. Halm für Halm versucht Godevaart zu glätten. Hartnäckig kneten seine starren Finger das Stroh.

Offenbar haben die beiden auch in dieser Hinsicht Glück gehabt. Ich weiß, dass nur Bürger aus Hertogenbosch selbst Anrecht auf die Speisung haben. Erleichtert lächle ich ihnen zu.

„Ich heiße Antonis, Herr." Mit großer Geste zieht er den Pelzhut vom Kopf und deutet eine Verbeugung an. „Für einen Soldaten, der nicht mehr laufen kann, für den hat keiner der hohen Herren mehr Verwendung." Sein Gesicht verdüstert sich, während wir den Hunden nachblicken. „Dabei braucht gerade Godevaart jemanden, der sich um ihn kümmert. Er ist wieder wie ein Kind seitdem, müsst Ihr wissen", er beugt sich vor und senkt die Stimme. „Sein Hauptmann, der hat ihn gezwungen, einen lebendigen Mann auf ein herausgebrochenes Türblatt zu nageln, so wie unser Herr ans Kreuz genagelt wurde. Und dann wurde der arme Teufel in den Fluss gelassen, und er schwamm auf diesem elenden Türblatt mit der Strömung, und alle mussten zusehen." Antonis schwieg. Die Strohhalme lagen jetzt ordentlich der Länge nach sortiert nebeneinander.

„Aber eigentlich hat es auch gute Seiten, so zu leben wie wir. Wir sind frei, kein Hauptmann kann uns schreckliche Dinge befehlen. Manchmal scheint die Sonne." Seine Hand liegt auf Antonis' Schulter. „Man findet ein trockenes Plätzchen, ab und an. Man kann für sich sein und sich seine Gedanken machen." Antonis lächelt mich strahlend an. „Und manchmal bekommt man ein Almosen von einem netten jungen Herrn, wie Ihr es seid!"

Zwei Stuiver sind in meiner Tasche, die ich ihnen reiche. Alart leckt mir stürmisch den Hals und schnaubt in den Nacken.

„Der Herr danke Euch tausendmal, wir werden für Euch und Euer Seelenheil beten!"

Armut ist in Hertogenbosch nichts Ungewöhnliches. Es gibt jede Menge Bedürftige, aber sie kommen alle aus der Stadt. Nachdenklich streiche ich über meinen Nasenrücken. Diese Zwei sind ausgeschlossen von all den Almosen, dem Martinswein, den Erbsen, Heringen und dem Brot. Ich schaue auf den Boden vor mir, dann lege ich den Kopf in den Nacken und suche den blauen Himmel.

„Ich weiß eine gute Stelle für euch, wo man euch freundlich aufnehmen wird. Dort könnt ihr bestimmt für den Winter bleiben."

Ich werde die beiden zu Kathrin und ihrer Gemeinschaft bringen. Ungläubig schauen mich Antonis und Godevaart an. Ein heftiges Lächeln verzieht mein Gesicht.

•

In unserer Werkstatt haben wir drei ganz besondere Stoffe liegen. Ein Kaufmann hat sie aus dem fernen Persien mitgebracht. Er hat uns zwar nur kleine Stücke überlassen, aber sie werden auf dem Porträt einen enormen Effekt machen. Die Stoffwirker der Stadt haben sich die Proben genauestens angesehen. Der erste Stoff, mit Goldfäden durchwirkt, glitzert metallisch und ist durchscheinend, wie eine goldene Wolke. Der zweite zeigt geheimnisvolle geometrische Ornamente auf einem tiefen Blau, und der dritte Stoff ist der schönste von allen. Dunkelrot ist der Untergrund, in silbernen Fäden sind eigenartige Tiere eingewebt, bei denen aus einem Körper je zwei Köpfe schauen, Rücken an Rücken. Es sind Basilisken und Drachen, drohend erheben sie die Klauen, öffnen ihre Mäuler. Die Braut Margarethe, die in Brügge eingezogen war, sie hatte solche Stoffe getragen. Ich erinnere mich. Dieses Gewebe aus Persien, ist es über riesige Berge und Ebenen gebracht worden, von exotischen, nie gesehenen Tieren?

Die Werkstatt ist fast leer. Ich trete ans Fenster und blicke in die beginnende Dunkelheit.

In fernen Welten soll es Bäume geben, an denen lebendige Lämmer wachsen, langsam reifen, so wie eine Knospe zur Blüte wird. Es gibt auch Bäume, die Menschen tragen. Zuerst sollen die Füße aus der Knospe schauen, dann der Leib. Am Ende hängen die Menschen an ihren Haaren herab. Wenn man sie vor der Reife abpflückt, dann sterben sie. Warum sollen diese Wesen mit den zwei Köpfen nicht auch an einem solchen Baum wachsen? Ein alter Steinmetz auf dem Bau, der viel herumgekommen war, hat mir diese Geschichten erzählt. Ich schließe meine Augen und sehe vor mir eine sturmdurchtoste und menschenleere Einöde. Ein eigenartiger Baum steht dort, seine Knospen sind angeschwollen, dick zum Platzen. Plötzlich öffnen sich die Blätter einer Knospe, der Ast schwankt leicht, zwei winzige Köpfe mit geschlossenen Augen schieben sich heraus. Die Geschöpfe rufen etwas. Immer, wenn der Wind auffrischt, werden die Stimmen lauter.

Ein Baum, aus dem das Leben hervorbricht, so ein Baum ist auch im Sint Jan gemalt, die Wurzel Jesse, alle Vorväter aus dem Alten Testament sprießen aus einem Stamm. Auch Bücher zeigten ständig solche Wesen, als Initiale oder am Rand, Köpfe oder ganze Menschen und Tiere wachsen aus Pflanzenstengeln. Wer das gezeichnet hat, der kennt sicher auch die Geschichten von den fernen Ländern. Immer schon habe ich Knospen und Blumen aller Art ganz genau betrachtet. Es erschien mir von jeher als ein Wunder, dass in dieser winzigen Schale alles beschlossen sein sollte. Die Blüten, die Blätter, eine enorme Kraft ist darin verborgen. Tientje hat es immer ein Mirakel Christi genannt. Ich habe ihr das nie ganz glauben können. Wenn im Frühjahr im Hof und an den Wegrändern auf geheimnisvolle Weise sich spitze, dicht zusammengerollte Blätter durch die Erde schieben, wenn sie wachsen, die Teile der Pflanze vollkommen entfalten, habe ich immer eine Unruhe gespürt. Die Erde ist hart und schwer. Wie kann ein so zerbrechlicher Spross sie durchstoßen? Wie kann in einer so winzigen Hülle alles enthalten sein, was sich später entfaltet? War das wirklich von Gott gemacht? Als Kind habe ich manchmal eine Knolle, einen Wurzelstock ausgegraben und ihn dann lange in der Hand gehalten. Ich erwartete eigentlich Wärme, pulsierendes Leben. Aber jedes Mal lag die Wurzel kalt und sandig in meiner Hand, am anderen Ende die frischgrünen Blätter austreibend.

Wenn man seine Augen einem Spross nähert, dann erblickt man ein überraschendes Wesen, lebendige Häutchen schieben sich übereinander, glänzen ölig, sondern harzige Flüssigkeiten ab. Innerhalb nur weniger Tage sind diese Formen verschwunden, haben sich vollkommen geändert, sind in geheimnisvoller Weise in neuen phantastischen Formen aufgegangen. Zum ersten Mal habe ich das an einem Kastanienstamm in unserem Hof gesehen. Die Äste haben wie aus dem Nichts große, glänzende Knospen gebildet, große Knoten, in denen geheimnisvolle Dinge vorgingen. Im Verlauf weniger Tage hatten sich die Knospen wie lebende Wesen entfaltet, gedehnt, gestreckt, bis sie endlich zu den Blättern, den Ästchen geworden waren. Jeden Morgen habe ich sie genau betrachtet, meine Hand auf die schwellenden Formen gelegt, den klebrigen Saft gespürt. Jeden Morgen habe ich auch insgeheim gefürchtet, dass etwas anderes aus diesen Knospen platzen könnte, etwas Fremdartiges. Oder würde es aus dem Boden kommen? Damals habe ich von riesigen Pflanzen geträumt, unaufhaltsam schieben sie ihre Triebe aus der Erde, winden ihre Stängel und Blätter zu bizarren Gebilden, haben meine Füße umschlungen und festgehalten. Ich schaudere noch bei der Erinnerung.

Niemals habe ich das Tientje erzählen können, aber diese Dinge machen mir Angst. Insgeheim fürchte ich, dass das Böse in ihnen stecken könnte.

Einmal habe ich vor der Stadt in einem Wäldchen einen Pflaumenbaum entdeckt, er war ganz klar an seinen Blättern zu erkennen. Die Früchte aber waren entstellt, schotenähnlich, lang und verkrümmt hingen sie an den Ästen, farbig wie normale Pflaumen. Das war ein Baum, von dem der Teufel Besitz ergriffen hatte. In panischer Angst bin ich weggelaufen, habe keinem davon erzählt. Noch heute löst die Erinnerung an die unheimlichen Früchte ein Gefühl des Ekels in mir aus. Ich drehe mich entschlossen zur Leinwand um.

Für einen Maler, der in Brügge gelernt hat, dürften diese Basilisken doch nicht zu schwierig zu malen sein.

•

Der Winter ist in diesem Jahr besonders lang. Der Schnee will nicht schmelzen. Die frühe Dunkelheit lastet uns allen auf den Gemütern, so wie es die Kälte tut. Das Paradies ist so fern.

Vaters Gesicht ist düster, während er Onkel Thomas anblickt. „Fastenabend! Das habe ich schon immer gehasst, immer gehasst!"

Wir alle blicken betreten auf unsere Löffel. Keiner sagt ein Wort. Sogar der kleine Jan hält den Mund.

„Wozu soll das gut sein? Die halbe Meierei drängt sich in unserer Stadt, besäuft sich und macht endlos Krach. Karneval! Haben sie beim Sankt Martinsfeuer nicht wieder die halbe Stadt unsicher gemacht mit ihren Fackeln? Haben sie einen Mann nicht fast zu Tode verbrannt?" Er schnauft verächtlich.

„Wozu muss man Feuer herumschleppen und sich gegenseitig die Haare anzünden?"

Goossens sieht man die Anstrengung an, die es ihn kostet, keinen Kommentar abzugeben. Mein großer Bruder ist eben ein leidenschaftlicher Anhänger dieser Ereignisse. Ich bin kein Freund des Karneval, ich fühle mich in diesen Tagen eigentlich genauso beunruhigt wie Vater.

„Heidnisches Brauchtum ist das, nichts als heidnisches Brauchtum!" Brüsk erhebt er sich und verlässt die Küche. Die anderen verstehen ihn nicht. Mechteld lächelt besänftigend.

Dadurch, dass Vater gegangen ist, muss er nicht mit ansehen, wie mich Goossens heute zum Karneval mitschleppt. Ich tue es nur meinem Bruder zuliebe. Dieses Blindengefecht ist ganz neu, dazu findet es fast vor unserer Haustür statt. Und frei haben wir ja sowieso.

Wir begeben uns in das Gewirr von Menschen, die den Marktplatz vor unserer Tür verstopfen, Musik spielt, Goossens hat sofort Freunde gesehen, mit denen er verschwindet.

Der Schauplatz des Geschehens liegt genau vor mir. Ein Viereck, etwa vier Meter im Quadrat, ist mit Seilen abgesperrt worden. Sand bedeckt die Fläche. Ein unruhig hin und her ruckendes Schwein, dessen Schlappohren heftig über den winzigen Augen zittern, wird von einem Stadtbediensteten am Strick festgehalten. Das ist der Preis. Mit begehrlichen Augen und anerkennendem Schnalzen wird sein Gewicht taxiert. Man würde reichlich Würste und Braten aus ihm machen können.

Dann kommen die Teilnehmer des Wettbewerbs. In meiner Brügger Zeit habe ich davon gehört. Zur Belustigung schien mir die Sache schon damals nicht zu taugen, jetzt hat man auch in unserem Hertogenbosch dieses Schauspiel inszeniert. Ungläubig schaue ich zu.

Mit übertriebener Fürsorge werden fünf stadtbekannte Blinde in den Ring geführt, von städtischen Bediensteten geleitet, die rechts und links in die Zuschauermenge strahlendes Lächeln und Grimassen verteilen. Jeder kennt diese Blinden von ihren Stammplätzen an Sint Jan. Sie sind aufgeregt, grimassieren heftig und unbeherrscht, zittern etwas. Ihre Gesichter mit den weißlich-trüben Augen wenden sie unsicher dem Lärm der Menge zu, von rechts nach links. Als sie das Quieken des Schweines vernehmen, erstarren sie, halten kurz inne. Die fünf Kombattanten werden im Ring eher unsanft nebeneinander gestellt. Sie bieten einen trostlosen Anblick. Ein Windhauch erfasst ihre Lumpen. Sie haben das Aussehen von Krähen.

„Hier, meine Damen und Herren, sehen Sie unsere fünf tapferen Kämpfer!", ruft jetzt ein Mann in bunter Phantasieuniform in der Manier des Stadtausrufers.

„Diese Herren", das Publikum lacht und grölt ein wenig, „werden jetzt in den ehrenhaften Kampf um den fetten Braten eintreten. Mit diesen Knüppeln", er zeigt auf die am Rand des Ringes liegenden wuchtigen Holzknüppel, „werden die hochedlen Kämpen den Kampf bestreiten. Sieger ist, wer das Schwein totschlägt. Derjenige darf es behalten."

Die Gesichter der Bettler verziehen sich unwillkürlich und sie entblößen ihre Zahnstummel, es sieht aus, als wenn sie knurren.

„Falls der eine oder andere aus Versehen", er legt eine wirkungsvolle Pause ein, „einen Mitstreiter erwischen sollte, dann ist das als ein bedauerliches Missgeschick anzusehen."

Die Menge schweigt. Ich sehe auf der Stirn des mir am nächsten stehenden Bettlers einen Schweißtropfen, der sich löst und langsam das Gesicht herunter läuft. Mit unsicherer Hand wischt er den Tropfen weg. „Um die Folgen eines solchen Missgeschicks zu begrenzen, werden die Kämpfer wie echte Ritter einen Helm tragen!"

Der Ausrufer weist auf fünf bereitliegende, verbeulte Soldatenhelme, die Gänsefedern aufgesteckt haben. Die Blinden bieten einen grotesken Anblick, den Helm auf dem Kopf, ein Band um das Kinn und die nickenden Federn, die sich im Wind bewegen. Ich bin froh, dass Antonis und der sanfte Godevaart nicht dabei sind. Die Leute gaffen und kichern unbändig. Eine dicke Frau, die vor mir steht, presst die Hand vor den Mund, prustet aber dennoch durch die Finger hindurch. Feuchtigkeit sprüht. Das Schwein entleert sich unter Knattern. Es stinkt. Die Frau krümmt sich vor Lachen. Eine Kapelle, die auf dem Balkon des Rathauses platziert ist, spielt eine flotte Weise, ein Waffelverkäufer drängt sich durch die Menge, während die letzten Vorbereitungen getroffen werden.

Das inzwischen panisch quiekende Schwein wird an den in der Mitte eingeschlagenen Pflock gebunden. So kann es nicht entwischen. Im Ring werden die Blinden rundum mit je einem Knüppel aufgestellt. Die Musik verstummt. Stille tritt ein.

Jeder Kämpfer wiegt vorsichtig und prüfend die Waffe in seiner Hand. Man hat dicke Knüppel ausgesucht, solche, mit denen man sehenden Auges ohne weiteres ein Schwein erschlagen könnte. Die Blinden sehen jetzt anders aus. Ein Ausdruck des Lauerns ist in ihre Züge getreten. Hastig wenden sie ihre Gesichter hin und her, wollen offenbar hören, wo sich ihre Konkurrenten befinden. Es geht los.

Auf einen Trompetenton hin bewegen sich die Männer unsicher, ihre schweren Knüppel heftig um sich schwenkend. Nur einer von den Fünfen drängt sich in eine Ecke, bleibt dort. Die anderen haben offenbar Mut gefasst. Die Leute schreien, feuern die Kämpfer an, ein Mann neben mir fängt plötzlich an heftig zu atmen und unverständliches Zeug zu brabbeln.

„Aufpassen, Jan, hinter dir!", ertönt eine Stimme. Jan dreht sich um, sein Gesicht vor Anstrengung verzerrt, der Knüppel saust nieder, schlägt krachend auf die Schulter des Zweiten, der einen jammernden Laut ausstößt. Das Schwein, das bisher erstarrt war, rast jetzt los, bringt mit seinem Strick zwei Blinde zu Fall, stürzt selbst und liegt mit zappelnden Beinen auf dem Rücken, bevor es einen verzweifelten Anlauf nimmt und erneut losläuft. Das erste Blut fließt. Ein Blinder hat das Schwein getroffen. Ein seltsam dumpfer Laut ertönt, das Tier knickt in den Vorderbeinen ein. Beifall braust auf. Jetzt plötzlich geht alles sehr schnell. Drei der Blinden sind so schwer gestürzt, dass sie nicht mehr aufstehen können. Dennoch versuchen sie verzweifelt, mit ihren Knüppeln das Schwein zu erreichen, tasten blindwütig umher. Einer der Männer liegt dabei so unglücklich, dass er alle Schläge abbekommt. Er stöhnt. Blut fließt aus einer Wunde am Hinterkopf, wo sich der verbeulte Helm verschoben hat, und aus seiner Nase. Der Blinde, den man eben Jan genannt hat, erhebt sich plötzlich, geht gezielt auf das angeschlagene Schwein zu und erhebt seinen Knüppel. Also kann er doch sehen! Das Holz saust nieder, trifft das Tier am Kopf, es fällt um, zuckt noch einmal und liegt still. Nach einem Moment der Irritation erhebt sich Jubel. Bravorufe erklingen, die Kapelle spielt erneut. Die anderen Bettler werden weggeführt, hinkend und jammernd, derjenige, der in seiner Ecke geblieben war, ist schon verschwunden. Triumphierend reißt der Sieger die Arme hoch.

Die Menge zerstreut sich, fröhlich schwatzend. Gegenüber, an der anderen Seite des Rings, der jetzt von Blut und Schweineexkrementen bedeckt ist, steht eine Frau mit schreckgeweiteten Augen. Ihre blonden Haare ringeln sich unter einer blauen Haube hervor. Die Augen haben den gleichen Farbton wie der Stoff, ein Blau, wie das Wasser es bei Sonnenschein hat. Sie rührt sich nicht, blickt abwesend vor sich hin, ohne etwas wahrzunehmen. Ich kenne sie, sie heißt Aleyd, Aleyd von der Meervenne. Ich habe sie schon oft aus der Ferne betrachtet und darüber nachgedacht, was mich an ihr so beunruhigt. Jetzt, als sie so unbeweglich vor mir steht, fällt es mir plötzlich ein. Sie sieht aus wie meine Mutter.

●

Ich mache mir Sorgen um Kathrin. Sie haben ernsthafte Schwierigkeiten da draußen. Schon seit längerer Zeit haben sie es vermutet, jetzt verdichten sich die Ahnungen. Josintje, die immer so friedlich und ruhig mit den anderen zusammengelebt hat, zeigt Anzeichen von Besessenheit. Es hat mit beunruhigenden Träumen begonnen. Eines Nachts hat sie geträumt, dass sie unter die Erde gehen kann, durch einen dunklen Spalt hindurch. Dort unten hat sie Wege und Straßen gesehen, ganze Dörfer, in denen sie ihre gesamte verstorbene Verwandtschaft angetroffen hat. Sie schwört Stein und Bein, dass sie ihre Tante dort traf und dass diese mit ihr gesprochen hat, klar und deutlich. Eine Unmenge von fremden, unbekannten Menschen war auch dort unten gewesen, es war düster und die Geräusche hallten. Auf einem Thron, mitten auf einer Kreuzung von zwei Wegen wollte Josintje sogar den verstorbenen Bürgermeister von Hertogenbosch gesehen haben. Er saß auf einem Nachtstuhl, der sich beim Näherkommen in einen Thron verwandelte, das Gesicht des Bürgermeisters verformte sich in einen Vogelkopf. Josintje ist durch ihre Träume völlig verängstigt und versucht verzweifelt nicht zu schlafen. Sie beteuert auch, dass es sich nicht um gewöhnliche Träume handelt. Die Erscheinungen seien so echt gewesen, sie habe manche Dinge auch angefasst. Es ist merkwürdig.

Ihre Mitbewohner nehmen das zu Anfang nicht ernst. Erst als Josintje den Traum immer wieder hat, jeweils andere Teile der unterirdischen Stadt sieht und noch viel mehr erstaunliche Dinge erzählt, entschließt sich Thomas Coep, einen Priester zu fragen. Dieser sucht die kleine Gemeinschaft auf und führt im Beisein von allen eine hochnotpeinliche Befragung der Unglücklichen durch. Es zeigt sich bald, dass dieser Priester vor allem an den geschlechtlichen Einzelheiten von Josintjes Traum interessiert ist. Er befragt sie immer wieder nach solchen Dingen, und zum Erstaunen der Gemeinschaft kommt dabei heraus, dass es sehr wohl solche Szenen gibt. Die heftig weinende Josintje hat nichts davon erzählen wollen. Der Priester führt dann einen leichten Exorzismus aus und rät den bestürzten Bewohnern, ein Amulett um den Hals der Kranken zu hängen. Das Amulett ist im Sint Jan geweiht worden und soll drei Stuiver kosten. Zufällig hat er gerade noch ein solches Exemplar dabei. Zum Abschied segnet er die heftig schluchzende Josintje und geht.

Alle sind ratlos. Es ist eine erschreckende Vorstellung, dass ein böser Geist Josintje in Besitz genommen haben sollte. Godevaart, der von der Prozedur besonders beeindruckt war, zieht sich von ihr schon zurück. Er meidet ihre Gegenwart, sie ist ihm unheimlich. Auch die handfeste Anna, die Mutter des Thomas, die eigentlich alles immer sehr nüchtern und pragmatisch sieht, hat das Gefühl, dass die Augen von Josintje einem anderen Wesen gehören. Es ist, als könne man durch diese Augen hindurch in etwas Finsteres, Fremdes blicken. Alle fürchten die Nächte und Träume. Die Schreie von Josintje haben den alten Klang. Man hört, dass sie es ist, die sich windet und leidet. Das Amulett hat nicht geholfen.

In den Tagen nach dem Besuch des Priesters weitet sich die Sache aus. Anna, die aus der Milch ihrer Kuh Butter macht, erlebt, dass ihr diese Butter zum zweiten Mal in ihrem Leben nicht gelingt. Ratlos starrt sie in das Butterfass, das nur geronnene Milch enthält. Als junges Mädchen war ihr das passiert. Am nächsten Tag und am übernächsten ist es genauso. Die Milch gerinnt. Jetzt sind alle überzeugt, dass es hier nicht mit rechten Dingen zugehen kann. Misstrauisch wartet man auf ein weiteres Zeichen.

Am fünften Tag zeigen sich im Haar von Josintje, die meist apathisch daliegt, zusammengefilzte Haare, Nester. Kathrin vertritt zwar die Ansicht, dass das vom Liegen kommt und vom Haare-Raufen, aber es ist doch ein bekanntes Merkmal von verhexten Personen. Wer verbirgt sich in der armen Josintje? In der folgenden Nacht verschwinden Antonis und der stumme Godevaart. Der immer fröhliche Antonis und der Hund hinterlassen eine deutlich fühlbare Lücke in der Gemeinschaft.

Am nächsten Tag wird die Kuh krank. Sie kann nicht mehr auf die Beine kommen, liegt auf der Streu und hält die Augen geschlossen. Der herbeigerufene Priester macht ein bedenkliches Gesicht und besprüht Josintje und die Kuh mit geheimnisvollen Substanzen. Dazu murmelt er Latein. Nichts ändert sich.

In dem Devoten-Haushalt herrscht seitdem offene Verzweiflung. Gerade dort hat man sich so sicher gefühlt. Wie soll man noch gottgefälliger leben, als sie es tun? Als es unerträglich wird, entschließt sich Kathrin, die alte Griet zu rufen. Sie erinnert sich gut an die Geschichte mit dem verloren gegangenen Opal. Ich begleite die Alte aufs Land hinaus.

Sie sieht schrecklich aus, abgerissen und zerlumpt, zusammengeschrumpft, fast winzig. Es ist ein Wunder, dass der starke Wind sie nicht davongetragen hat auf unserem Weg. Ihre Stimme aber ist wie früher, hell und krächzend. Sie nimmt, so wie früher, alles sorgfältig in Augenschein, lässt sich zunächst mit Bier und Brot bewirten und wirft, während sie heftig kaut, abschätzende Blicke um sich. Sie hockt dort wie ein kleines, nervöses Tier.

Jacob und Thomas stehen schweigend am Kamin. Kathrin und Judith haben sich hinter das Lager der Kranken gestellt, Anna hält entschlossen ihre Hand, den verschwitzten Kopf Josintjes auf dem Schoß. Wir alle blicken Griet erwartungsvoll an. Diese erhebt sich schließlich ächzend und betrachtet Josintje lange, hebt ihre geschlossenen Augenlider hoch und murmelt dabei unverständliches Zeug. War es doch ein Fehler gewesen, sie zu rufen? Vielleicht hätte man ja doch gleich den Bischof von Luik um Beistand bitten sollen. Eigentlich waren nur Bischöfe für solche Fälle zuständig. Ich schlucke.

„Habt ihr ihren Urin gesammelt, wie ich es euch aufgetragen habe?", fragt Griet plötzlich mit überraschend klarer Stimme. Judith nickt und holt den irdenen Topf aus der Ecke. Griet beugt sich darüber und schnuppert. Ihr Gesicht verzieht sich. Jetzt zeigt sie herrisch auf den neuen Topf, den Kathrin extra auf dem Markt hat kaufen müssen. Dieser Topf ist ganz sicher noch nie benutzt worden.

Jetzt schüttet Griet den übel riechenden Urin in den neuen Topf und hängt ihn über dem Küchenfeuer in die Flamme. Sie gibt drei Eisennägel dazu.

„Samor", ertönt es leise aus ihrem Mund, „Malafar, Caop". Es ist ganz still in der Küche. Die Kranke wimmert leise.

„Murmur Fortes, Malafar." Die Beschwörung beginnt von Neuem, wird lauter und leiser, während die Flammen um den Topf lecken.

„Murmur Fortes." Ihre Stimme erstirbt, Griet wird reglos, ihre Augen blicken glasig auf die Flüssigkeit, sie blinzelt nicht. Endlose Minuten verstreichen, die Flüssigkeit brodelt jetzt und kocht, doch kurz vor dem Rand des Topfes zieht sich die siedende Oberfläche immer wieder zurück. Auch als Griet den Topf noch näher ins Feuer rückt, will die Flüssigkeit nicht überkochen. Es schaudert mich.

Müde dreht Griet den Kopf und blickt Thomas ins Gesicht.

„Es ist eine Besessenheit, keine Krankheit. Sonst wäre ihr Saft übergekocht, aber so..."

Sie taucht zwei Finger in den Topf und malt das Kreuzzeichen auf die Stirn der Kranken. Dreimal fahren ihre Finger das Zeichen ab. Leise Beschwörungen einer neuen Art sprechend, holt sie aus ihrem Umhang umständlich und ächzend eine Flasche mit einem Becher heraus.

„Sie muss Weihwasser trinken, Weihwasser ist darin und ein Geheimnis!"

Die totenbleiche Josintje hustet und würgt in Griets Griff. Endlich schluckt sie krampfhaft.

„Und jetzt sagst du ein Gebet, Josintje!" Griets Augen sind starr auf sie gerichtet, ihr feindseliges Gesicht nähert sich immer mehr dem der Kranken, bis sie unmittelbar vor ihren Augen verharrt.

„Ave Maria", hört man ein Wispern, gequält klingt es. „Gratia plena", die Stimme wird lauter und freier. „Ora pro nobis!" schreit es plötzlich gewaltsam. Griet seufzt befriedigt und lehnt sich zurück. Die Kranke hat sich halb im Bett aufgerichtet, ihre Augen weit aufgerissen. „Jetzt und in der Stunde unseres Todes, Amen!" Da ist sie wieder, die alte Stimme von Josintje. Ein Aufseufzen geht durch den Raum. Kann das wahr sein? Kathrin und Judith drücken sich aufgeregt die Hände. Mit einem Seufzer fällt Josintjes Oberkörper zurück. Ihr Gesichtsausdruck hat sich geändert. Sie sieht auf.

„So, das war's. Nicht schlecht, wie? Ihr solltet aber auf jeden Fall noch das hier nehmen."

Sie nestelt aus ihren Röcken ein Päckchen hervor, das von alten Stoffstreifen umgeben ist. Als sie es ausgewickelt hat, sieht man eine daumengroße Wachspuppe.

Griet lächelt triumphierend in die Runde und erhebt sich. „Hängt ihr das um den Hals. Für alle Fälle. Und dann könnt ihr noch das nehmen." Sie holt ein gewachstes Papier aus der Tasche, das winzig klein gefaltet ist.

„Wenn ihr diesen Zettel über die Eingangstür hängt, dann kann er nicht zurückkommen. Es ist eine Beschwörung der Dämonen. Es kostet aber etwas, beide zusammen gebe ich euch für zehn Stuiver."

Lauernd blickt sie ihr Publikum an. Thomas schweigt erbost und fährt sich über die Tonsur. „Wenn es nur hilft, dann meinetwegen."

Auf einmal ist der dunkle Raum von Stimmen erfüllt. Erleichterung breitet sich aus, als ich plötzlich sehe, wie Thomas erstarrt und mit unsicherem Finger auf etwas zu seinen Füßen zeigt.

„Da!"

Hinter dem Lager der jetzt friedlich daliegenden Josintje hat sich eine riesige schwarze Katze hervorgequetscht. Die scharfen Zähne zeigend und bedrohliche Töne ausstoßend, den Schwanz steil in die Höhe gereckt, rast sie auf die Tür zu.

Jeremias

Am nächsten Morgen frühstückte Jeremias, ohne etwas Beunruhigendes zu sehen. Im Speisegewölbe herrschte dezent lärmende Betriebsamkeit. Anschließend brach er entschlossen zum Museum auf.

Der Eintritt in die Ausstellungsräume brachte sein Herz zum Klopfen. Als er vor einem Modell des mittelalterlichen Hertogenbosch stand, suchten seine Augen sofort die alten Wohnstätten auf. Er musste nicht lesen, was die Orientierungstafel anbot, es irritierte ihn aber der enorme Kontrast. Hier lag das Stadtbild wie eine Puppenstube, ordentlich und aufgeräumt. Die Stadt in seinen Träumen aber sah düster aus, eng, verfallen. Im nächsten Raum erkannte er das Holzrelief, das über der Armentafel gehangen hatte, der Tür, wo man Bedürftige gespeist hatte, das hatte Onkel Thomas geschnitzt. Fasziniert betrachtete Jeremias die Figürchen, wie neu waren sie auf ihrem Untergrund zur Parade der Wohltätigkeit aufgereiht. Körbe von Brot, Schuhen und dicke Ballen von Stoffen wurden an die Bedürftigen mit vollen Händen ausgeteilt, diese Bedürftigen wurden zur Seite des Giebelbildes hin immer kleiner, sie verschwanden sozusagen vor der Großzügigkeit der Geber, die mit verzückt gen Himmel gewendetem Kopf ihr gottgefälliges Werk erfüllten. Jeremias schmunzelte. So war es nicht gewesen. „Dirck de maelder en Jan de beeldsnijder, 1500 - 1525" stand da. Diese Schnitzerei war über dem Eingang der Verteilungskammer gewesen, das stimmte schon, aber die Zahl war falsch. Das wusste er. Bruchstückhaft erinnerte er sich der bösen Kommentare seines Onkels Thomas. An der anderen Ecke des Ausstellungsraums erkannte er die „Schandhuik", eine hölzerne Glocke, mannsgroß, kunstvoll mit Kröten, Schlangen und Fledermäusen übersät. Von der glattpolierten Oberfläche angezogen, umrundete Jeremias das Exponat, ja, da war sie, die Tür, da wurden sie hineingesetzt, auf dieses Bänkchen im Inneren, und dann wurde die Tür geschlossen, die Nägel im Inneren stachen zu. Für einen Moment sickerte aus seiner Erinnerung ein Geruch an die Oberfläche nach Blut und Exkrementen, aus der Tür rann es, ein Geräusch erfüllte die Luft. Ihm wurde schwindelig, und er griff zur Wand, um sich abzustützen. Als er seine Augen öffnete, sah er wieder Farben. Die Schandhuik blitzte im Licht der sorgfältig angebrachten Punktstrahler. Als er sich hastig wegdrehte, stolperte er beinahe über den Schandpfahl und das unauffällige Wägelchen, auf dem die glühenden Kohlen herangerollt worden waren. Entsetzt registrierte er, dass er sich erinnerte.

Unter der Oberfläche seines Bewusstseins schwammen Bilder, Töne und vor allem Gerüche, die er nicht auftauchen lassen wollte. Er durchschritt eilig die Abteilung. Im nächsten Raum ging es um die Organisation der mittelalterlichen Märkte. Auch einige der Goldschmiedearbeiten kamen ihm vage bekannt vor, andere wiederum waren ihm völlig unbekannt. Eine große Ehrenweinkanne, aus der er zweimal hatte trinken dürfen, die erkannte er.

Die Ausstellung erfüllte ihn mit einer heftigen, ungezielten Panik, einer rational nicht zu erklärenden Unruhe. Hastig durchwanderte er die Räume, von holländischen Rentnergruppen mit Käppis begleitet, die lärmige Betriebsamkeit verbreiteten. Er verließ das Museum. Das Antiquariat gegenüber dem Ausgang hatte heute andere Bücher ins Schaufenster gelegt. Mit einem kurzen Blick vergewisserte er sich, ob van Dyck dort saß. Nein. Er stellte fest, dass er ihn vorerst nicht mehr treffen wollte. Er hätte zu viel preisgegeben.

Planlos wanderte Jeremias durch die Gassen und Straßen der Altstadt. Er musste sich Bewegung verschaffen. Der Himmel war grau und die Wolken hingen tief. Er war unschlüssig über das, was er tun sollte. Die Menge der Texte auf seinem Schreibtisch im Hotel machte ihn mutlos. Hatte das Sinn? Sollte er nicht einfach aufgeben? In einer Kneipe am Markt bestellte er sich einen Tee und einen alten Genever. Um ihn herum saßen Hausfrauen und Handwerker, die Pause machten. Eine Gruppe an einem Tisch in der Ecke erregte diffus seine Aufmerksamkeit. Zwei der drei Männer waren außerordentlich hässlich, einer hatte ein mildes Gesicht, ein schönes sogar. Während Jeremias in seinem Tee rührte und seine Hände am Glas wärmte, fiel es ihm plötzlich ein. Diese drei Gesichter kannte er von der Kreuztragung, dem Bild in London. Und von diesem Bild kannte er auch das Gesicht von Minheer van Dyck. Schweißtropfen traten auf seine Stirn. Sein Herz klopfte gewaltsam. In diesem Moment erhoben sich die drei, der Milde warf ihm beim Hinausgehen einen verschwörerischen Blick zu. Jeremias hastete in sein Zimmer, um seine Wahrnehmung zu überprüfen. Die Reproduktion des Bildes war von bestechender Farb-Brillanz. Es gab keinen Zweifel. Sie waren es.

Jeremias ergab sich in seine Situation. Es würde keine andere Lösung geben. Er brach zu der Buchhandlung van Heijnen am Markt auf, wo es tatsächlich ein großes Regal voller sogenannter „Brabantia" gab. Die Veröffentlichungen betrafen die Stadtgeschichte, die Region insgesamt. Es gab interessante Veröffentlichungen über Volksbräuche, Herrschereinzüge und ähnliches. Mit einer neuen Tasche voller Bücher ging er in sein Hotel. Dort ordnete er sie insgesamt neu. Die kunsthistorischen Bücher hatten für ihn an Bedeutung verloren, andere, lokalgeschichtliche Werke waren jetzt wichtiger. Die würde er als erstes lesen. Anschließend besuchte er irgendeinen amerikanischen Film in der Stadt. Das moderne Gebäude, in dem das Kino gelegen war, tröstete ihn. Er kaufte sich ein Bier, um es während der Vorstellung zu trinken. Die banale Handlung tat ihm wohl, auch die Menge der ihn umgebenden Jugendlichen tat ihm gut. Keiner von ihnen erinnerte ihn an ein Boschbild. Bei der Heimkehr rief er nach kurzem Zögern seine Frau an. Die resignative Stimme war durch die enorme Entfernung kaum entstellt. Ja, es war nichts passiert. Insgeheim freute er sich über die Reaktion auf seinen Anruf. Das Telefonat rührte in ihm nichts auf. Er war froh, dass er nicht in Kanada war.

Ein Anruf bei seinem Arzt erreichte den Psychiater tatsächlich. Dr. Millar schien hocherfreut, von ihm zu hören, und legte echte Wärme in seine Stimme. Als Jeremias von den Ereignissen erzählte, wurde er still. Schließlich gab er aber den Rat, unbedingt weiterzumachen. Ganz offenbar trug die Konfrontationstherapie Früchte, die es zu nutzen galt. Jeremias sollte weiter lesen. Einen guten Teil der Strecke hatte er ja schon bewältigt. Das Tagebuch seiner Träume war nicht mehr allzu umfangreich. Bald würde er sein Ende erreicht haben, dann würden die Träume enden, die Wahnvorstellungen aufhören und er würde geheilt sein. Dann könnte er sich noch ein paar schöne Tage bei den Windmühlen und den Tulpen machen, oder auch in den Museen. Dr. Millars breiter amerikanischer Tonfall überschwemmte Jeremias wieder einmal mit Zuversicht. Er bedankte sich herzlich für die

Konsultation, versprach, bald wieder anzurufen, und schlief gestärkt und traumlos.

Am nächsten Morgen beschloss Jeremias, zunächst den ärztlichen Rat umzusetzen. Er würde jetzt erst einmal sein Tagebuch zu Ende lesen. Im Traum war er als Hieronymus schon deutlich älter. Es konnte nicht mehr viel Lebenszeit kommen. Nicht mehr das Kind oder der Jugendliche träumte, er war jetzt ein Erwachsener. Mit dem Ende der Aufzeichnungen würde die Sache vorbei sein. Er strich mit dem Daumen über das vertraute Leder des Einbandes und begann.

Hieronymus

Das Haus um mich herum schlingert und stöhnt im Griff des Sturms. Ich sitze aufrecht im Bett, starre in die Dunkelheit hinein und fühle mein Herz wie rasend klopfen. Seine Töne erfüllen den niedrigen Raum. Ich habe wieder einen von diesen Träumen gehabt. Es war ein Traum und nicht die Wirklichkeit. Ich weiß das genau.

Es ist dunkel in meinem Traum, ein durchdringendes Schwarzgrau bedeckt den Himmel. Ich stehe auf einem menschenleeren, riesigen Platz. Es ist der Platz des Belfrieds in Brügge. Der Turm ist noch im Bau, er ist von Gerüsten und Leitern umstellt, nach oben hin verlieren sich die Konturen im Nebel. Die Gerüste sind menschenleer, so wie der Platz ohne eine Bewegung ist. Überall sind Spuren der Arbeit zu sehen, Eimer und Kellen stehen herum, aufgeschichtete Ziegelsteine stapeln sich auf Brettern. Mit hallenden Schritten nähere ich mich dem Gerüst und beginne hochzuklettern. Meine Finger spüren die Sprossen, das raue Holz. Als ich immer höher gelange, sehe ich vor mir eine Bewegung, ein schwarzes Wesen mit einem langen Rattenschwanz. Es mauert, ohne mich zu beachten, streicht es Speis mit einer Kelle auf die Steine. Das Kratzen der Kelle macht mir Gänsehaut. Dann dreht sich das Wesen um und sieht mich an. Unter einem schwarzen Schlapphut sehe ich ein Rattengesicht, die Schnurrbarthaare zittern und es bleckt die Zähne unter der spitzen Schnauze. Ich drehe mich um, um zu fliehen. Unter mir liegt ein Labyrinth von Leitern, Nebelschwaden ziehen unter mir vorbei, den Boden kann ich nicht erkennen. Ich stürze los, auf der nächsten Ebene sitzt Maria von Burgund, die wie eine Holzstatue in die Ferne blickt. Ich höre das Geräusch des sich nähernden Rattenwesens und renne weiter. Da sehe ich auf einmal Tientje. Sie ist es wirklich. Ihr freundliches, runzeliges Gesicht ist besorgt, sie wedelt mit den Händen und ruft etwas, das ich nicht verstehe. Ich renne auf sie zu und erkenne zu spät, dass ich in der Luft schwebe. Kein Boden ist unter meinen Füssen. Ich stürze in die Tiefe.

Durch den gewaltsamen Aufprall bin ich erwacht. Ich bin hart aufgeschlagen auf dem Marktplatz von Brügge. Mein Atem geht jetzt langsamer. All das ist nicht wahr. Ich liege in unserem Haus in Hertogenbosch. Tientje ist lange tot. Das Wesen mit dem Rattengesicht war furchterregend, aber es war nur ein Traum. Ich blicke mich in der dunklen Kammer um. An keiner Stelle wird die Schwärze von zwei gelblich leuchtenden Augen unterbrochen. Wie sehr ich diese Träume hasse.

•

Ich sitze in der Küche neben dem Tisch. Es geht mir nicht gut. Die Vorbereitungen zum Mittagessen sind in vollem Gange. Martha läuft hin und her, scheucht die beiden Mädchen. Ich wünschte mir, dass Tientje da wäre. Tientje hätte mir helfen können, sie hätte es fertig gebracht, dass ich mich besser fühle. Herberta legt mir im Vorübergehen die Kinderhand aufs Knie, bevor sie hinter Mechteld wieder eilends verschwindet.

Es ist erstaunlich, wie die Zeit vergeht. Ich erinnere mich noch genau an die Nacht des Charivari, als das tote Reh an die Tür genagelt wurde. Damals hatte Vater Mechteld gerade geheiratet. Sie war so jung damals. Jetzt hat sie Falten bekommen, Sorgenfalten. Auch Vater wirkt verbraucht heute, grauhaarig. Um seinen Mund sitzt ein unglücklicher, leicht verkniffener Zug.

Auf den Tisch legt Martha ein halbes Schaf, das sie auf dem Markt gekauft hat. Es soll wohl zerlegt werden. Auch ich fühle mich heute steinalt. 27 Jahre ist ein hohes Alter. Immer noch bin ich nicht verheiratet. Immer noch nicht habe ich die Werkstatt meines Vaters bekommen. Ich beneide Kathrin, Da draußen vor den Toren der Stadt. Sie ist frei, von ihr erwartet niemand etwas. Jetzt schärft Martha das Messer an einem Wetzstahl. Der Kopf des Tieres ist schon abgehackt, und man sieht den durchtrennten Hals. Sie nimmt an einer Stelle die Fettschicht, die unter dem Fell des Schafes sitzt, zwischen die Finger und reißt daran. Die weiße Schicht löst sich widerstrebend. Das Zerreißen macht ein hässliches Geräusch. Martha beugt sich über das tote Tier. Sie wendet Kraft auf und die Fettschicht löst sich weiter ab. Immer wieder nimmt sie das Messer und löst Stellen mit dem scharfen Metall. Eine ganz durchsichtige, weißliche Haut kommt zum Vorschein. Einzelne Blutstropfen laufen auf den Holztisch. Langsam verliert das Schaf seine Form. Wo eben noch ein halbes Tier zu erkennen war, da sieht man jetzt nur das rote Fleisch, die Sehnen, Adern, Knochen. Dieses Abbeinen habe ich schon oft gesehen. Mit einem scharfen Messer durchtrennt man das, was gewachsen ist, was zusammen gehört. Die Sehnen sind den Muskeln angepasst, sie gehören in diese Rundungen, spannen sie. Eigentlich ist dieses Zerlegen des Fleisches gewaltsam. Seufzend erhebe ich mich von der Bank und überlasse Martha ihrer Arbeit.

Ich muss noch einmal Luft schöpfen, hinaus auf den Markt gehen. Von der Treppe unseres Hauses aus überblicke ich den Platz. Wie immer erfüllt mich dieser Anblick mit Hoffnung. Alle diese Leute tun etwas, sprechen miteinander, feilschen. Als ich mich dem Stadthaus nähere, sehe ich eine Gruppe von Schaulustigen, die sich dort versammelt haben. In einem dichten Kreis stehen Hausfrauen und Händler, Dienstmädchen und Kinder. Alle recken die Hälse, um zu sehen, was der Stadtbedientete dort macht. Ich weiß es schon. Zu oft habe ich es gesehen. Der Mann hat etwas Rundes, Großes in einiger Höhe aufgehängt, jetzt nestelt er an einem Korb, der noch anderes enthält. Am Stadthaus hängt jetzt eine abgehackte Hand, die Finger gekrümmt, von einem Messer durchbohrt. Das Messer heftet die Hand auf ein rund geschnittenes Holzbrett, ein Haken zum Aufhängen ist sichtbar, der über einen großen Nagel gestülpt ist. Die Hand ist unnatürlich weiß und wirkt seltsam lebendig, unter den langen Fingernägeln sieht man den Dreck. Ekel steigt in mir auf, dabei ist es so alltäglich. Ein Dieb ist überführt worden, und man hat ihm die Hand abgehackt. Das ist so üblich. Es muss ein schwerer Fall gewesen sein. Ich schlucke. Der Stadtdiener leert seinen Korb. Er hat noch mehrere Einzelfinger darin, die für leichtere Diebstähle abgehackt wurden. Auch das wirkt schon abschreckend. Es ist ja vernünftig, dass man das macht, es ist eigentlich beruhigend. Dennoch steht mir das tote Schaf auf unserem Küchentisch vor Augen.

Die Menge zerstreut sich, der Korb ist geleert. Eine Hand oder einen Finger zu verlieren, das kann so furchtbar nicht sein. Anders ist das, wenn eine wirklich harte Strafe ausgesprochen wird. Köpfen, Rädern, Vierteilen, das alles habe ich schon gesehen. Ich weiß auch von den Beinschrauben, die angezogen werden, von einem Halsband, das Messerklingen hat, von der Schandhaube, in deren Innerem man zerquetscht wird, von einer Streckbank, die einen Menschen ganz langsam dehnt, bis Sehnen und Knochen zerreißen. Ich schaudere. Im Gefängnis am Leuvenpoort, da gibt es einen finsteren Schacht, in den die Schwerverbrecher geworfen werden. Und es gibt Räume für die peinlichen Befragungen. Schwerfällig drehe ich mich um, um an meine Arbeit zu gehen. Vater wird schon ungeduldig warten.

Onkel Thomas blickt mich von der Seite an, während er seinen Breilöffel aufnimmt.

„Kennst du nicht einen gewissen Antonis, den Bettler mit dem verdrehten Bein, Joen?"

Ich nicke.

„Da habe ich eine üble Geschichte gehört. Diesen Antonis haben sie erwischt. An der Stadtmauer hat er einen Mann erschlagen, er wollte ihn bestehlen, und der andere hat ihn überrascht. Da hat dieser Antonis zugeschlagen, und der Alte ist daran gestorben."

Onkel Thomas legt den Löffel zur Seite.

„Dieser Bettler hat doch mit seinem Freund eine Zeit lang bei Kathrin gewohnt. Ist das nicht so? Hast du ihn nicht dorthin gebracht?"

Ich nicke betreten. Alle sind still geworden.

„Er ist in den Leuvenpoort gekommen und hat alles gestanden. Am Freitag wird die Hinrichtung sein."

Der Freitag ist ein kühler, bedeckter Tag. Der Wind hat deutlich aufgefrischt. Dennoch ist die Menge auf dem Marktplatz groß, wie immer bei solchen Gelegenheiten. Kathrin ist zu Hause geblieben. Sie, Judith und Anna wollen das nicht sehen. Jacob Wittecoep und Thomas sind aber gekommen. Ich stehe bei ihnen. Schon oft habe ich Hinrichtungen gesehen, aber es war noch nie jemand, den ich kannte.

Zunächst werden die kleinen Dinge erledigt. Der Lagschout verkündet, dass der Fleischer Ghysbrecht van Deventer eine Strafe von 23 Stuivern zahlen muss, weil er das Fleisch eines kranken Ochsen verkauft hat.

„Aha, schon sechs Stuiver für den Richter!" flüstert mir Thomas zu.

Ein Bäcker hat das Brot zu leicht gemacht. Die Zuschauer hören mit Interesse zu. Ghysbrecht würde in Zukunft kein schlechtes Fleisch mehr verkaufen, der Bäcker kein zu leichtes Brot. Da konnte man jetzt beruhigt hingehen.

Unruhig blicke ich um mich. Wo ist nur der stumme Godevaart? Er ist nicht gefasst worden, das habe ich gehört.

Die Pause zwischen den leichten Vergehen und den schweren füllt man durch den Verzehr von Zuckerwerk und Bier. Verkäufer sind unterwegs, die Stimmung ist gut. Wir drei bleiben stumm und bedrückt. Die Umrisse des Galgens, der auf dem Marktplatz aufgebaut ist, lassen mich nicht los. Ich kann meine Augen nicht von ihm wenden. Er ist hoch. Man wird ihn weit sehen können.

Da kommt der Karren mit dem Verurteilten. Es ist wirklich Antonis, sein Gesicht aufgeschwollen und blutunterlaufen. Sein rechter Arm hängt in einem unnatürlichen Winkel herab, sein verdrehtes Bein wirkt auf einmal grotesk. Benommen blickt er über die Menge hinweg. Die Leute johlen und schreien bei seinem Anblick. Ich ducke mich, damit er mich nicht erkennt. Als er den Galgen sieht, verzieht sich sein dreckverschmiertes Gesicht.

„Ich hab ihn nicht umbringen wollen", greint er auf einmal, „ganz leicht nur habe ich ihn geschlagen, wir hatten doch Hunger!" Die Menschen auf dem Platz schweigen plötzlich, dann übertönen grölende Jungmänner Antonis' Worte. Mir wird kalt ums Herz. Der Hoogschout, der das Urteil verliest, steht im Wind. Die Feder auf seinem Hut weht. Er hat ein feines und intelligentes Gesicht, das freundlich aussieht. Jetzt rollt er die Urkunde zusammen und gibt den Befehl zum Anfangen. „Waltet eures Amtes!"

Der Scharfrichter legt Antonis die Schlinge um den Hals. Der Verurteilte steht jetzt ganz still und streckt seinen Kopf starr vor sich.

In diesem Moment setzt sich eine Krähe auf den Galgen. Sie legt den Kopf schief, betrachtet alles und schüttelt ihre Flügel. Die Zuschauer sind verblüfft. Das gab es noch nie. Die Prozedur stockt. Alle schauen zu dem Vogel hoch, der einfach sitzen bleibt.

„Die Madonna hat die Krähe gesandt!", ertönt ein Schrei. Eine alte Frau hat das gerufen.

„Dummes Weib, schon eher der Teufel", antwortet die spöttische Stimme eines wohlgenährten Zuschauers neben mir. In diesem Moment klatscht der Scharfrichter in die Hände. Die Krähe erhebt sich protestierend und flattert weg.

Jetzt geht alles sehr schnell. Das Pferd, das den Karren zog, wird durch den Peitschenhieb angetrieben. Antonis fällt, man hört das Knacken des Genicks, er baumelt hin und her, seine Zunge wird sichtbar. Endlich kann ich meinen Blick lösen.

Einen Augenblick war es still gewesen. Jetzt sprechen alle wieder, diskutieren die Herkunft des Vogels und zerstreuen sich endlich. Die Leiche wird abgenommen und erneut auf den Wagen geladen, der sich langsam entfernt. Arbeiter kommen, um den Galgen abzubauen. Das Stroh wird weggefegt.

Die zwei Devoten und ich stehen noch immer an der gleichen Stelle. Wir sprechen nicht. Plötzlich deutet Thomas auf den Rand des Marktplatzes. Da, wo eben noch die Zuschauer gestanden haben, sieht man jetzt eine verkrümmte Gestalt. Godevaart hockt dort. Er sieht grotesk aus mit seinen Beinstümpfen. Tränen laufen über sein Gesicht. Wir blicken uns an, erleichtert. „Ich wusste doch, dass er da sein wird", sagt Thomas. Gemeinsam gehen wir auf Godevaart zu.

•

Das Jahr schreitet voran, ohne dass es besser wird. Ein früher Winter ist einem nassen Herbst gefolgt. Anfang Dezember hat es schon gefroren. Mir ist ständig kalt. In den letzten Wochen hat Alart, mein Hund, Schwierigkeiten zu laufen. Jetzt, wo alle Pfützen mit Eis bedeckt sind, weigert er sich sogar, mich nach draußen zu begleiten. Er hebt in der Kälte immer wieder anklagend die Pfoten, zittert dabei und macht mir so klar, dass die gefrorene Erde mit den harten Kanten ihn schmerzt. Dabei wendet er mir sein Alart-Gesicht so herzzerreißend entgegen, dass ich ihn nicht weiter quäle. Unsere langen Spaziergänge sind endgültig vorbei. Herberta kümmert sich viel um ihn. Sie krault sein dünnes Fell und redet leise auf ihn ein.

Auch Vater leidet. In der Werkstatt ist er noch schweigsamer als sonst. Oft steht er am Fenster und blickt einfach nur nach draußen. Immer sonntags geht er mit seinen Brüdern Thomas und Goossen in die Weinstube und sie sprechen von früher. Es interessiert ihn nicht mehr wirklich, was um ihn her geschieht. Die Drei sehen aus wie alte Männer.

Martha sagt, dass das Jahr 1497 ein Unglücksjahr ist, wir haben wirklich den schlimmsten Winter seit dreißig Jahren. Es ist so kalt, dass sich keiner mehr nach draußen traut. Die üblichen Belustigungen des Winters, das Schlittschuhlaufen, die Schneeskulpturen, Schneeballschlachten, all das findet in diesem Februar nicht statt. Einem Pagen des Nassauers sollen zwei Finger gefroren von der Hand gefallen sein, als er für seinen Herrn einen Botenritt machte. Als er den Handschuh auszog, da steckten die zwei Finger noch darin! Vögel sind tot vom Himmel gefallen. Der Baum im Hinterhof unseres Hauses ist erfroren, seine kahlen Äste stürzten mit einem trockenen Geräusch zu Boden und zersprangen. Einem Händler ist der Wein in den Fässern gefroren und man musste ihn mit einem Messer loshacken, um ihn dann am Feuer aufzutauen. Es gibt nicht viel zu essen. In Brüssel hat der Magistrat den Tod aller Hunde angeordnet. Wer seinen Hund behalten will, muss eine hohe tägliche Steuer zahlen, sonst wird er geschlachtet. Ich bin froh, dass das nicht in Hertogenbosch passiert.

Der späte April bringt uns die Erlösung. Die steigenden Temperaturen sind ein Geschenk des Himmels. Nie zuvor habe ich den Frühling so gesehen wie in diesem Jahr. Die Sonne wärmt den Boden zunehmend, und die Pflanzen sprießen wieder hervor. Aus den Keimen unter der Erde schieben sich üppige, runde Formen, schlingen sich umeinander, breiten sich aus. Die Äste der Bäume bedecken sich mit Blüten, mit Knospen. Eine unsinnige, maßlose Freude erfüllt mein Herz, trotz Vaters Tod. Tagelang fällt dazwischen ein alles überziehender Regen. Die Lücken im Hof hinter unserem Haus, die der strenge Frost geschlagen hat, sind binnen kurzem nicht mehr zu sehen. Es wächst mit aller Kraft, so als wäre nichts gewesen.

Alart, der Hund, tut jetzt nichts mehr. Er liegt nur noch in der Küche, die grummelnde Martha steigt immer wieder demonstrativ über ihn hinweg. Herberta verbringt viele Stunden neben ihm, ihn kraulend. Ab und zu hebt er träge den Kopf und schaut um sich, winselt leise und schließt dann wieder die Augen. Er stirbt.

Das Abendessen ist vorbei und die Küche leer. Ich will Alart aufnehmen und nach draußen tragen, damit er sich entleeren kann. Er kann nicht mehr alleine laufen. Als ich ihn hebe, versteift sich der Hund. Er heult leise auf, schnappt nach Luft und streckt alle Viere krampfhaft von sich. Ich erschrecke. Vor dem Hund kniend, sehe ich zu, wie sich sein Körper verändert. Gerade noch ist in dieser Küche ein zweites Wesen gewesen, hat geatmet, geschnauft, sich bewegt. Jetzt ist da nur noch eine Hülle. Er ist tot. Irgendetwas hat ihn verlassen, sich aufgemacht. Unwillkürlich blicke ich mich im Raum um. Nirgends ist etwas zu sehen, keine Gestalt, kein Schemen. Behutsam fasse ich den toten Körper und trage ihn nach draußen. Noch ist die Wärme fühlbar, doch sie wird weichen. Was genau ist es, was Alart verlassen hat? Im Hof lege ich den toten Hund vorsichtig in eine Ecke. Es ist wohl sündhaft und unverständlich, so ein Aufheben um ein Tier zu machen. Das weiß ich wohl. Ich kann mir aber nicht helfen. Alarts Tod macht mich ebenso traurig wie Vaters Tod vor zwei Monaten. Ich fühle eine tiefe Bewegung. Unsere erste Begegnung, ich kann mich genau an sie erinnern, der Ausdruck in seinen Augen, seine Träume, in denen er die Lefzen verzog, mit den Pfoten zuckte, knurrte. Unsere Spaziergänge vor den Toren der Stadt, Alart, der Möwen aufscheucht, hüpfend und springend.

Ich fühle mich auf einmal sehr einsam. Am nächsten Tag in aller Frühe begrabe ich Alart vor der Stadt. In einem Wäldchen hebe ich eine Grube aus und lege ihn hinein. Die Vögel zwitschern dazu.

•

Vor der Stadt, bei den Devoten, ist es erneut bedrohlich geworden. Die alte Anna ist eines Abends in unserem Haus aufgetaucht und hat mir alles anvertraut. Keiner weiß sonst davon.

Zwei von ihnen sind krank, Kathrin und Thomas. Es ist wahrscheinlich das Antoniusfeuer, diese gefürchtete Krankheit. Kathrin schämt sich dafür, sie würde es nie zugeben. Zunächst sind ihre Arme und Beine blass und kalt geworden, Runzeln haben sich gezeigt. Ihr rechter Arm war ganz blutleer, sie konnte auf einmal nicht mehr sticken, nicht mehr gezielt die Nadel führen. Dann ist der Arm lederartig, braun und schwarz geworden, ihr wie ein fremdes Ding erschienen. Zu diesem Zeitpunkt hatte sie schon viele Heilmittel versucht, die anderen Bewohner waren noch nicht befallen. Nur Thomas Coep, er hatte Schwierigkeiten mit seinem linken Fuß, konnte schon lange nur noch an einer Krücke humpeln.

Dann war in ihre Arme plötzlich das gefürchtete Feuer eingezogen, zuerst hatte es gekribbelt, dann breitete sich eine brennende Hitze aus. Kathrin neigt nicht zum Jammern, aber zu diesem Zeitpunkt hatte sie Schmerzen wie Feuer unter der Haut. Anna zerriss sich, um Umschläge mit kühlem Wasser, Weihwasser zum Besprengen und geweihte Tücher heranzuschaffen, aber es nützte nichts. Kathrins rechter Arm, der als einziger die Symptome weiterführte, schrumpfte ein. In den nächsten Wochen wurde er runzliger und ledriger, immer enger legte sich das Fleisch um die Knochen wie bei einem vertrockneten toten Hasen, den man am Wegesrand findet Man hatte wieder die alte Griet geholt, die den Weg ja jetzt kannte. Ihre Prozeduren hatten immer geholfen. Diesmal hatte sie sich aber schnell wieder auf den Rückweg in die Stadt gemacht, sie hatte sich sogar von Kathrin ferngehalten. Ein Priester, den man dann holte, nannte das Leiden beim Namen. Es war das ignis sacer, das Antoniusfeuer. Man wusste nicht weiter. Anna erwartet von mir Hilfe und ich bemühe mich darum.

Drei Tage später bin ich mit einem Spezialisten unterwegs zum Haus der Gemeinschaft, einem Antoniter-Mönch, der gerade in der Stadt weilt. Ich habe Glück. Er hat sich bereit erklärt, nach meiner Schwester und Thomas zu sehen. Auf seiner Mönchskutte trägt er das T-förmige Antoniuskreuz, die Kapuze fällt über sein hageres Gesicht. Bei sich hat er den Antoniusbalsam, einen heiligen Wein, in den Reliquien des Heiligen getaucht worden waren. Was sonst sollte wohl helfen? Nur die Antoniusmöche dürfen dieses Antoniuswasser verabreichen. Griet kann es ja nicht haben und deshalb kann sie nicht helfen. Als ich an der Seite dieses finster blickenden Mönchs auf das Haus vor den Toren der Stadt zuschreite, fühle ich zum ersten Mal seit langer Zeit Zuversicht. Diese Mönche kennen sich aus. Es ist ein Segen, dass er gerade in unserer Stadt ist.

Als wir eintreten, brennt in der Stube wie immer ein Feuer, aber es riecht anders als sonst. Wir begrüßen uns beklommen. Der Geruch geht von Thomas` Fuß aus, er hat sich wohl entzündet. Es riecht brandig. Der Antoniter wickelt die Bandagen ab, rümpft die Nase.

„Ihr könnt den Fuß von einem Chirurgen abschneiden lassen, er wird sonst abfallen und vorher den Rest des Beines anstecken."

Schweigen folgt dieser Diagnose. Wir alle haben schon viele Menschen gesehen, die auf diese Weise Gliedmaßen verloren haben, sie sind Krüppel geworden und sie sind noch gut dran. Das Antoniusfeuer kann auch die Eingeweide, das Gesicht, die Brust eines Menschen ergreifen und verbrennen.

Der Mönch wendet sich zu Kathrin, die aufschluchzt und unwillkürlich ihren Arm zurückzieht. Anna und ich treten zu ihr, halten sie fest. Jetzt liegt alles zu Tage. Die rechte Hand ist ebenfalls eingeschrumpft, Arm und

Schulter darüber sind braun und ledrig. Der Mönch legt seinen Finger auf den knochigen Arm. Er ist kalt.

Langsam und sorgfältig schlägt der Antoniter den Ärmel zurück. Er seufzt.

„Wollt ihr den Antoniuswein haben? Er wird nicht mehr viel nützen, fürchte ich."

Ich nicke erzürnt, natürlich wollen wir das versuchen. Ich umklammere Kathrins Hand.

Feierlich nimmt der Mönch eine Phiole aus der Kutte, nestelt sie vom Gürtel los und träufelt etwas davon in einen Löffel, den die schluchzende Anna geholt hat. Während er Kathrin und Thomas die Flüssigkeit einträufelt, murmelt er Gebete, ruft immer wieder Sankt Antonius an. Alle schweigen, blicken zu Boden. Dann ist die Zeremonie vorbei. Alles ist getan worden.

Auf dem Rückweg in die Stadt leide ich neben dem stummen Mönch. Diese Krankheit hätte nicht kommen dürfen. Man erzählte sich, dass sie das Ergebnis von Geschlechtsverkehr sei während der Regel der Frau. Das war in diesem Fall ein doppelt sündhaftes Tun. Wie können denn Kathrin und Thomas diese Krankheit haben? Was hat meine stille Schwester getan, dort draußen? Was verbirgt sich noch unter den Tüchern und Umhängen? Hat die alte Anna schon die schuppige Haut der Melusine aus der Sage? Hat der Priester recht gehabt, der schon vor Jahren gegen das zuchtlose Leben der Devoten geifert hat? Bin ich in all den Jahren von Kathrin belogen worden?

Eine Woche später stirbt meine Schwester Kathrin. Ein Priester aus der Stadt kommt, Martha mit Mechteld begleiten mich, Thomas ist nicht dabei. Er hat sich im Haus verschanzt. Anna weint unaufhörlich. Sie hat Kathrin geliebt, sie liebt ihren Sohn. Er ist in einer Ecke des Hauses verschwunden, wo er sich verbirgt. Als die Erde auf Kathrin geschaufelt wird, kann ich den Ton nicht ertragen. Ich halte mir die Ohren zu.

•

Als ich die Augen aufschlage, höre ich den Wind heulen. Dabei ist Sommer, es sollte schön sein und heiß.

Ich wende vorsichtig den Kopf in die Richtung des Fensters. Es ist noch dunkel, die Dämmerung steht bevor, ich kann es am Gesang der Vögel hören. Das Bett, in dem wir liegen, ist ganz umschlossen. Ein Baldachin aus schwerem Samt, ein Vorhang mit offenem Spalt schließen es ab wie eine Muschel. Wir liegen in einer Muschel. Aleyd neben mir. Als die Erkenntnis mein Herz trifft, werde ich unruhig vor Freude. Mein Herz weitet sich. Ich liege hier mit Aleyd im Haus „Salvator", einem Haus am Marktplatz, das uns gehört, das meine Frau in unsere Ehe eingebracht hat. Ich höre auf die Geräusche des Hauses um uns. Es knackt, es riecht anders. Ich strecke meine Hand aus und berühre die schlafende Aleyd. Sie atmet neben mir, ein warmer Duft geht von ihr aus. Ich bin ein glücklicher Mann, verheiratet mit einer Frau, die nicht so ist wie die anderen. Sie ist nicht dumm, kichert nicht, macht sich nicht über alles lustig. Meist schaut sie ernst, leicht spöttisch, abwartend. Und sie ist schön. Ich schaue sie gerne an, ihr Fellchen, die winzigen blonden Haare auf ihrer Wange, ihr Nacken, wenn sie den Kopf nach vorne beugt, ihre Kniekehlen, ihre Füße, die einen besonderen Schwung auf dem Rist zeigen. Alles an ihr gefällt mir. Und sie schätzt meine Fähigkeiten. Ich muss ihr auf kleine Papierstücke Dinge malen, die sie sich wünscht, der Eisentopf am Herd soll Tierfüße haben, der Besen hat Augen, der Suppenlöffel kriecht. Wir verstehen uns.

Vorsichtig verlasse ich das Bett, um wieder ungestört mein neues Zuhause zu betrachten. Es gehört mir, ich kann es kaum fassen. Vom Dachgeschoss bis zu den Kellergewölben tappe ich durch das stille Haus. Noch ist keiner da, der mich in meiner kindlichen Freude stört. Vor der Truhe mit dem Baum bleibe ich stehen. Aleyd hat sie von ihrer Mutter bekommen, die Schnitzarbeit zeigt lauter Säulen, die von einem Baum mit ausgebreiteten Ästen überragt werden. Die Säulen und der Baum haben das gleiche feine Geflecht, ich befühle sie ehrfürchtig. Die Küche, viel kleiner als unsere alte, hat Kupfergeschirr, schöne Spieße, Zierrat. Man sieht, dass Aleyds Familie nicht gespart hat. Wenn das nur Tientje sehen könnte. Es gibt sogar ein Waffeleisen, auf dem die Gestalt eines Ritters eingeprägt ist. Das wird den Kindern gefallen. Ich seufze.

Immer noch heult der Wind vor den Fenstern. Eigentlich ist 1480 kein gutes Jahr. Das Korn steht schwarz auf den Feldern. Es regnet viel zu viel. Ich aber fühle mich glücklich, es geht mir besser als seit langem. Es ist eine Tröstung über mich gekommen, das nagende Gefühl von Unglück ist verschwunden. Wenn ich mit Aleyd in Sint Jan sitze, kann ich ohne Schwierigkeiten die Weltgerichtsuhr ansehen. Sie bereitet mir kein Unbehagen. Es würde alles gut gehen. Aus dem Küchenfenster des Salvator sehe ich die Umrisse des Marktplatzes. Es ist eine ganz neue Sicht aus diesem Haus heraus. Dort draußen wütet die Pest, wieder einmal, es ist gefährlich. Tientje hat mir beigebracht, dass sie eine Strafe Gottes ist, eine Geißel des Versuchers. Aleyd aber ist der Meinung, dass diese Krankheit mit der Kälte, dem Hunger und der Schwäche zusammenhängt. Sie hat eine Art, diese Ansichten zu äußern, die mich vollkommen überzeugt. Sie streicht mir über die Stirn und ich glaube ihr gerne.

Die ersten Sonnenstrahlen tauchen über dem Rathaus auf und ich lächle.

•

Es herrscht Aufregung in unserem Haus, wir erwarten hohen Besuch. Die Küche blitzt und blinkt, die Speisekammern sind voll. Wir alle sind sehr gespannt auf den berühmten Kollegen Pierre Coustain, der bei uns wohnen wird. Er wird die Wappenschilder für das 14. Kapitel des Ordens vom Goldenen Vlies malen und er wird meine Werkstatt benutzen, bei uns wohnen. Dieser berühmte burgundische Hofmaler wird unser Gast sein. Aleyd lächelt mir beruhigend zu, während sie meinen Kragen richtet. Sie scheint alles im Griff zu haben. Neeltje und Judith, diese rotbackigen Bauernkinder aus Oirschot, sind dagegen völlig aus dem Häuschen. Ich kann mir nicht vorstellen, dass sie den hohen Gast entsprechend französischen Sitten bewirten werden.

„Denk immer daran, Joen, er heißt eigentlich Pieter Coustens und ist Flame!", sagt Aleyd. „Er hat seinen Namen nur verburgunderisiert, wie Alart sagt, auf Französisch getrimmt. Das schaffen wir leicht."

Sie lächelt ermutigend. Meine Nervosität wächst, als ich die Wagen mit den Materialkisten, die prächtig ausstaffierten Pferde und Menschen sehe, die vor dem „Salvator" anhalten. Dann steigt er aus, ein überdünner, nervös wirkender Mann mit einem enormen Hut aus Brokat zu seiner Uniform, der ihm ständig ins Gesicht fällt und mit einer ungeduldigen Bewegung zurückgeschoben wird. Er öffnet den Mund, grinst uns an und spricht flämisch. Es ist also wahr, natürlich hat Aleyd Recht.

Coustens ist anders, als ich ihn mir vorgestellt habe. Er hat zunächst die Plätze besichtigt, wo die Wappen hängen sollen. Die Kirche imponiert ihm, obwohl er aus Brügge kommt. Die Lichtbogenfiguren vor allem haben es ihm angetan, er umkreist die Kathedrale mehrfach, den Kopf in den Nacken gelegt, und begutachtet die steinernen Figuren. Alart, der in der Bauhütte arbeitet, erbietet sich, mit ihm auf den Turm zu steigen, um die Skulpturen aus der Nähe sehen zu können. Coustens zeigt sich beeindruckt. Er schnalzt anerkennend mit der Zunge, eine Verhaltensweise, die ich eher von einem Bewohner der Meierei erwartet hätte als von einem burgundischen Hofmaler. Nachdem wir von dem windumtosten Turm heruntergestiegen sind, begutachtet Coustens jetzt die Chorbänke unserer Kirche. Langsam schreitet er sie ab, betrachtet die Heiligen und Propheten, die Engel und Monster.

„Und ihr sagt, dass euer Onkel und euer Bruder diese Schnitzereien gemacht haben?"

Ich nicke stolz. Coustens lässt seine Hand über die Verzierung einer Lehne gleiten: Ein großer, geflügelter Drache erhebt seine Augen flehend zum Himmel, die Klauen von sich gestreckt, während die drei Jünglinge im Gebet niederknien. Eine schöne Arbeit des Onkels.

„Dieser Chor und diese Bänke werden ein prächtiger Hintergrund sein!"

Coustens blickt sich im Kirchenraum um, in dem kräftig gearbeitet wird.

„Ein angemessener Rahmen."

Man ist dabei, den fertiggestellten Chor zu bemalen, Pfeiler und Wände sind weiß, die Rippen setzen schwarze Linien in den Raum. Die Gewölbeenden werden mit Blattranken und Engeln bemalt. Diese Engel werden Fahnen tragen, auf denen die Wappen von Philipp dem Guten, Philipp dem Schönen und Maria von Burgund abgebildet sind. Die Entwürfe sind nicht schlecht, obwohl ich es besser gemacht hätte. Die Engel sind zu groß, sie sprengen den Raum. Das Gerüst zum Bemalen der Decke hängt unterhalb des Gewölbes und zittert leicht, als sich einer der Maler umdreht, um nach unten zu sehen. Ein Kopf streckt sich über den Rand der Plattform, es ist mein Bruder Goyart, der nach unten feixt. Coustens blickt freundlich und winkt sogar.

Es ist Nacht vor den Fenstern. In der Werkstatt brennen Kerzen an dem Tisch, über den sich Coustens und ich beugen. Er unterrichtet mich im Cadellen-Malen, einer Technik, in der er wahre Meisterschaft erlangt hat. Cadellen, diese Verzierungen, die die Buchstaben umflattern wie Fahnen im Wind, kunstvolle Knoten und Schnürungen, die labyrinthische Ornamente bilden. Man muss sie schreiben, ohne die Feder abzusetzen, es erfordert viel Gefühl für den Bildraum.

Coustens ist ein guter Lehrer. Dies ist unser dritter gemeinsamer Abend und er ist so freundlich wie zu Beginn. Diese Schlaufen und Biegungen der Linien faszinieren mich, manchmal erinnern sie an die Wasserpflanzen in den Gräben vor der Stadt, die von einer sanften Strömung hin und her geweht werden.

„Ach, Hieronymus, ich wünschte, ich hätte einen anderen Beruf!", sagt er plötzlich und seufzt. Ich blicke überrascht in sein zerfurchtes Gesicht. Ich habe nicht den Eindruck, dass seine Arbeit ihn unglücklich macht.

„Weißt du, es ist immer gleich, was ich zu machen habe, diesmal sind es sechsunddreißig Wappenborde und zwei Textborde, und alles ist schon festgelegt. Man muss nur sauber arbeiten. Diese Goldkette des Ordens mit ihren feinen Gliedern macht mich verrückt. Es ist langweilig. Und die Burgunder...", er seufzt tief. „Alles ist so ungewiss. Die Wünsche der Herrschaften wechseln so schnell und sie wollen Wunderwerke, die eigentlich niemand schaffen kann. Aber wie Kinder verlieren sie dann schnell das Interesse an den fertigen Stücken." Er nimmt einen tiefen Schluck aus dem Bierkrug neben sich.

„Es ist so ermüdend. Andererseits gibt es am Hof Arbeit in Hülle und Fülle, Flaggen, Wimpel, Zeltplanen, Prunkfahnen, Dekorationen aller Art sollen gebaut werden, Prunkpforten, Tribünen, Fabeltiere und Chimären, Verkleidungen, Kulissen. Mein Auskommen ist gesichert, dafür bin ich ja auch dankbar. Andererseits...", sein Blick schweift in die Ferne.

„Eigentlich wollte ich viel lieber andere Dinge machen. Weißt du, einmal habe ich eine perfekte Tragevorrichtung für die Wappenschilder erfunden, die überhaupt nicht auffällt! Und einmal habe ich für die schwangere Maria von Burgund einen gefederten Reisewagen erfunden, bei dem die Räder besonders weich aufgehängt waren. Auf diese Weise konnte sie während ihrer ganzen Schwangerschaft unterwegs sein."

Jetzt leuchten Coustens' Augen.

„Als kleiner Junge war es mein Traum, bei den Burgundern zu arbeiten. Aber es ist nicht so, wie ich es mir vorgestellt habe. Ich male heimlich Skizzen von den Menschen in meiner Umgebung. Diese Skizzen sollte lieber niemand sehen."

Er seufzt erneut und nimmt einen tiefen Schluck.

„Manchmal ist viel Böses in den Bildern, es kommt von ganz allein." Er fährt mit dem Finger durch eine Bierpfütze auf dem Tisch, seine Augen sind plötzlich feucht.

„Ich hätte damals doch ins Kloster gehen sollen, in einem Scriptorium hätte ich gut gearbeitet, an einem Pult."

Überrascht sehe ich den berühmten Mann an. Mein Vater hat Recht gehabt. Zuviel Bier ist schädlich.

Jeremias

Die Aufzeichnungen des Lederbuchs füllten fast den ganzen Band. Es war nur noch ein schmales Bündel weißer Seiten übrig. Nachdenklich ließ Jeremias das Tagebuch sinken. Diese Geschichte vom Goldenen Vlies und der Versammlung in der Stadt, das erinnerte ihn an ein kleines Buch, das er in der Buchhandlung gekauft hatte. Er erhob sich steifbeinig vom Bett, auf dem er gelegen hatte, um zum Schreibtisch zu gehen. Sein Rücken tat ihm weh, ihm war schwindelig. Seine 63 Jahre lasteten plötzlich schwer auf ihm. Ein hartnäckiger Schmerz bohrte in seinem rechten Schulterblatt. Unwillig schüttelte er den steifen Oberkörper und setzte sich aufrecht an seinen Arbeitstisch, das Lexikon neben sich. Schnell hatte er gefunden, was ihm in den Sinn gekommen war, und während aus dem Lichtschacht die Küchengeräusche der Vorbereitung des Abendessens drangen, vertiefte er sich in den Zufallsfund.

Das Heftchen, nur 32 Seiten stark, hatte in der Buchhandlung im modernen Antiquariat auf ihn gewartet. Es steckte in einem Regal von bunten Kunstbüchern und war so eingestellt gewesen, dass eine Ecke die glatten Bücherrücken überragte. Sein Griff hatte einem preisreduzierten Bildband über die flämischen Primitiven gegolten, herausgezogen hatte er dann das Heftchen, das sich mit dem Boschbild „Das Steineschneiden" befasste. Der Autor ging hier der These nach, dass Bosch sein Bild von dem Narren, der sich den Stein der Dummheit aus dem

Kopf schneiden lässt, gemalt habe unter dem Einfluss oder mit Mitarbeit des burgundischen Hofmalers Pieter Coustens, der 1481 die Ausschmückung der Sint Jan-Kathedrale organisiert hatte. Er soll Bosch auch die Cadellen, die auf dem Bild angebracht sind, beigebracht haben. In einer Vielzahl von Belegen zeigte Koldeweij, der Autor dieses erstaunlichen Textes, welche Funktion die Wappenschilder bei solchen politisch bedeutsamen Anlässen hatten, was man mit politisch Unzuverlässigen oder Überläufern tat.

Ende April 1481 fand das Großereignis statt. Bereits im Winter war der Wappenkönig, der Zeremonienmeister des Ordens, mit Coustens, dem Hofmaler, erschienen, um die räumlichen Voraussetzungen zu prüfen. Von Brügge aus, wo sie residierten, kamen sie dann mit allen nötigen Materialien angereist, um die Zurichtung zu beenden. Coustens war ein sehr praktisch veranlagter Mann, der eine sichere Tragevorrichtung für die Wappenschilder erfunden hatte, die optisch mit den gemalten Cadellen verschmolz. Der Orden war - so verstand es Jeremias - so etwas wie ein zentraler politischer Verbund gewesen, der dem Regenten ein Höchstmaß an Kooperation und Kontrolle sichern sollte. Die Politik war auch damals nicht leicht gewesen, und hatte der sichtbaren Insignien und Symbole bedurft. Trotz der umfangreichen Vorbereitungen war die Veranstaltung kein großer Erfolg gewesen. Es waren nur sechs Ritter erschienen von den 34, die eigentlich hätten kommen sollen. Einer, Philipp de Crevecoeur, war sogar zum französischen König übergelaufen, zum Feind, und hatte offen Krieg geführt gegen Maximilian. Sein Wappenschild wurde schwarz übermalt und verkehrt herum über dem Eingang der Kirche aufgehängt. Auch beim Einzug des Herrscherpaares gab es Probleme. Die Tribüne, die vor der Kirche für die Herrscher aufgebaut worden war, war angesägt worden und brach in Teilen zusammen. Am 6. Mai 1481 war dann der dreijährige Sohn von Maximilian und Maria zum Ritter des Goldenen Vlieses geschlagen worden, in einer winzigen Rüstung. Zum Abschied hatte Maximilian der Stadt ein neues Gewand für die Madonna geschenkt, einen grünen Mantel mit Rosetten, Sonnen und heraldischen Adlern; ein Stück seiner Hochzeitskleider.

Die Sonne war schon lange untergegangen, als Jeremias den Text ganz entziffert hatte. Sein rechtes Schulterblatt stach noch immer.

Die Lektüre hatte zu seinem Traum gepasst. Er wusste, wie Coustens aussah, redete. Er hatte ihn gemocht. Coustens hatte diese neuartige Aufhängung für den Reisewagen der schwangeren Maria von Burgund erfunden. Das war sein eigentlicher Stolz.

Jeremias hatte wieder die Empfindung, dass sich seine Umwelt verschob. Wessen Erinnerungen waren das? Konnte er denn nicht mehr unterscheiden zwischen den Erinnerungen des Jeremias aus Boston und den Erinnerungen des Hieronymus aus Hertogenbosch? Wie hatte das geschehen können? Er stand mühsam auf und presste seine Stirn gegen die kalte Scheibe des Fensters. Seine wirren, weißen Haare erschienen für einen Moment im Fenster. An welche Dinge aus seiner Kindheit hatte er überhaupt eine klare Erinnerung? Wo waren seine Mutter, sein Vater, seine Großeltern, die Ferien am See? Er konzentrierte sich, es funktionierte endlich. Die Erinnerung flutete sehr langsam in ihn zurück.

Er wusste nicht, wie er die Nacht herumbringen sollte, ohne zu viel nachzudenken. Er wollte das, was er gerade gelesen hatte, nicht zu genau in sein Bewusstsein dringen lassen. Mechanisch ging er nach unten, um in der Hotelhalle etwas zu essen, dann fand er sich wieder in seinem Zimmer, legte sich aufs Bett und griff zur Fernbedienung. Das Programm bestand aus dreißig Sendern, die er in schneller Folge durchschaltete. Bildfetzen blendeten ihn. Bombenexplosionen wechselten mit Quizshows, Soaps, Werbung. Nichts erreichte ihn. Dann sah er ein Bild auf CNN. Fünf Menschen lagen auf einem grasigen Hang hingestreckt. Es waren drei alte Frauen um die siebzig in Kittelschürzen und Hausschuhen und zwei alte Männer in blauer Arbeitskleidung. Die Frauen trugen Kopftücher um ihre runden Gesichter, eine hatte einen bloßen Fuß mit schwarzen Zehennägeln. Sie waren nebeneinander drapiert wie Schaufensterpuppen. An ihrer Seite lagen zwei Äxte mit schartigen Klingen. Jeremias verstand den Sprecher nicht. Offenbar waren die fünf erschlagen worden. Es war die Rede von unbekannten jugoslawischen Dörfern. Die Kamera zeigte Soldaten auf Jeeps, die in die Luft schossen und winkten. Jeremias versuchte die Sender so schnell wie möglich rhythmisch zu wechseln.

Endlich fand er eine heimatliche Sendung. Ein alter amerikanischer Spielfilm von Billy Wilder hatte gerade begonnen. Er bestellte sich eine teure Flasche Rotwein und leerte sie methodisch. Irgendwann schlief er traumlos.

Am nächsten Morgen erwachte er spät mit einem pelzigen Geschmack im Mund. Sein Kopf schmerzte, die Schultern, eigentlich der ganze Rücken taten ihm weh. Heute konnte er nicht hier am Schreibtisch bleiben. Es wollte in die Umgebung fahren. Er wollte endlich seinen blauen Corsa einsetzen. Das würde ihm bestimmt gut tun.

Als er die Stadt über die geschwungenen Straßen verließ, fühlte er sich besser. Es war ein klarer Tag, die Sonne schien zwischen den vereinzelten weißen Wölkchen. Wind war aufgekommen, der den Geruch von Meer und Gezeiten zu ihm trug. Sein Autofenster halb heruntergekurbelt, holte er aus dem Wagen heraus, was dieser hergab. Ein unerwartetes Gefühl von Stärke und Siegesgewissheit erfüllte ihn, während er die jetzt so vertrauten Laster mit ihren bizarren Aufschriften und Bildern überholte. Es gab nur noch ein kleines Stück Erinnerungsarbeit zu leisten. Bald würde es vorbei sein. Jeremias verließ die Hauptstraße und tauchte ein in die Nebenstraßen. Grün war überall, ein Schwarzgrün, ein Violettgrün und Blau. Ziegelbauten, winzige Häuser spiegelten sich farblos in den ohne Regung daliegenden Wasseroberflächen der Kanäle. Windstöße riffelten die Oberflächen, Reiher standen reglos, ein Bein angezogen. Windmühlen erstreckten sich in einer Reihe neben dem Wasser zum

Horizont. Dann plötzlich die Waal, ein großer Fluss, breit, träge fließend von aschgrauer Farbe, als wenn der Himmel dem Fluss seine Farbe heute nicht aufzwingen konnte. Jeremias parkte in der menschenleeren Stadt. Direkt am Wasser hatte eine Gastwirtschaft geöffnet. Er nahm seinen Tee und den Genever mit auf die leer daliegende Terrasse, vom Wirt misstrauisch beäugt. Er zahlte gleich.

Der Fluss und das Dorf am gegenüberliegenden Ufer sahen aus, wie sie schon immer ausgesehen hatten. Der Kirchturm, die Kronen der Bäume, die helle Lichttupfer trugen. Die Waal, sie war ein Grenzfluss gewesen gegen die Leute aus Geldern, die es mit dem französischen König hielten und nicht mit den Burgundern. Es war viel gekämpft worden auf und an dem Fluss. Während er am Geländer der verödeten Aussichtsterrasse lehnte, verfinsterte sich der Himmel. Ein Blick nach oben zeigte, dass die Bläue verloren war. Ein grauer, bedrückender Himmel hing jetzt tief über Fluss und Dorf. Plötzlich schmerzte ihn ganz deutlich ein Backenzahn. Er, der so sorgfältig mit seinen Zähnen umging, spürte auf einmal ziehende Schmerzen in seinem rechten Oberkiefer. Während er noch bedenklich und erschrocken mit der Zunge die Stelle befühlte, sichtete er einen dunklen Gegenstand auf dem Wasser. Bisher waren große Schiffe mit kräftiger Bugwelle vorbeigeglitten, beladen, tief im Wasser liegend. Das hier war etwas Anderes. Es war kein Schiff zu sehen. Als der Gegenstand näherkam, sah er, dass dort ein flaches Brett trieb, auf dem etwas lag. Als er es erkannte, wollte er instinktiv die Augen schließen. Er blinzelte heftig. Das gab es nicht. Es trieb ein Türblatt vorbei, auf dem ein toter, geschundener Körper befestigt war, ein Mann in den Fetzen einer altertümlichen Soldatenuniform. Seine Unterschenkel und Füße ragten ins Wasser, als er schaukelnd vorbeitrieb. Jeremias stand erstarrt. Das war vor 500 Jahren geschehen. Das war eine Täuschung. In Panik drehte er sich gegen die Wirtsstube, die noch immer still dalag, dann wendete er den Kopf erneut zum Fluss, der Mann auf dem Brett war verschwunden.

Möwen zogen über die Waal. Es war still. Jeremias löste seine Hände gewaltsam von den kalten Eisenstangen.

Sein Corsa brachte ihn irgendwie nach Hause, in sein Hotelzimmer, das ihm bereits als sein eigentliches Lebenszentrum erschien. Er las zerstreut in einigen historischen Werken. Der Orden vom Goldenen Vlies war ein entscheidendes politisches Instrument gewesen. In der Stadt war der erst dreijährige Philipp zum Ritter des Ordens geschlagen worden, um die Nachfolge seiner Eltern zu sichern. Der Orden hatte eine komplizierte Verwaltungsstruktur, Hertogenbosch war eine Frontstadt gewesen im Krieg gegen den französischen König und seinen Einfluss, daher die Versammlung in der Stadt.

All diese Einzelheiten und Namen überforderten ihn. Er konnte sich die verschiedenen Allianzen und Feindschaften nicht merken. Es war alles so lange her.

Als es dunkel wurde, zog er sich an und verließ das Haus. Nieselregen fiel. Er fröstelte. Bald war er wieder auf seinem gewohnten Gang. Er umrundete St. Jan zweimal, dessen Fenster erleuchtet waren, dann betrat er die Kneipe am Bischofspalast. Ein Bier vor sich, saß er reglos in dem schummerigen Raum und starrte auf die Rückseite der Kathedrale. Er hatte sich getäuscht heute Nachmittag. Es konnte nicht anders sein. Wer sich so intensiv mit einem Zusammenhang befasste wie er, der musste ja solche Vorstellungen entwickeln. Obwohl, irgendetwas stimmte nicht mit seinen Augen. Unwillkürlich schüttelte er den Kopf, presste die Lider zusammen. Hatten sich seine Augen verändert? Das Etikett auf seinem Bierglas, er musste es direkt vor seine Augen halten, um die Schrift klar erkennen zu können. „Liefde" stand dort. Ein schweres Bier übrigens, das offenbar weit mehr Alkohol enthielt als die Sorten, die er kannte. Er musste morgen zum Augenarzt gehen. Offenbar brauchte er jetzt doch eine Brille. Die erleuchteten Fenster von Sint Jan konnte er immer noch gut erkennen, auch die Steinfiguren, die Erker und Türmchen der Gotik. Dort waren sie, der Vogel und der Hund.

Plötzlich rauschte das Blut in seinem Kopf, als dränge etwas in ihn ein. Die Ohren klirrten. Das Licht um ihn veränderte sich, es wurde dunkler. Als er den Blick hob, sah er es. Eine in düsteren Farben gekleidete Menge drängte sich draußen vor der Kirche, von Männern mit Fackeln zurückgehalten. Das flackernde Licht beleuchtete etwas Karmesinrotes, Gestalten, die feierlich vorbeischritten, Ritter mit dem Andreaskreuz auf dem Mantel. Das Klappern der Pferdehufe schien unnatürlich laut. Ein Knappe führte ein riesiges Pferd am Zügel, es war gepanzert, Schuppen glänzten metallisch, ein Horn spross auf der Stirn, ein goldener Greif hockte auf dem Brustpanzer, eine Schlange wand sich um ein Wappen. Wie eine mächtige Maschine setzte das Tier vorsichtig Huf vor Huf, leise quietschend und knarrend. Der Mann auf diesem Schlachtross musste Maximilian sein, in Metall gehüllt, Lichtreflexe versendend, die Federn auf seinem unnatürlich hohen Löwenhelm nickten. Stille herrschte da, wo er vorbeigeführt wurde. Jeremias öffnete in Panik den Mund, um einen Schrei auszustoßen. Da war es wieder. Kein Ton kam aus seiner Kehle. Er schüttelte den Kopf, schloss die Augen. Als er sie wieder aufschlug, war die Wirklichkeit zurückgekehrt. Die Kirchenfenster leuchteten sanft. Am Tisch gegenüber betrachteten ihn drei Menschen sehr aufmerksam. Es waren Tientje, Kathrin und Alart, trotz ihrer modernen Verkleidung. Er erkannte ihre vertrauten Gesichter schlagartig. Er floh.

Früh am nächsten Morgen verließ er Hertogenbosch, um sich Gent und Brügge anzusehen. Man war ihm gerne mit der Reservierung von Hotels behilflich. Dort angekommen, tat ihm das Leben um ihn herum gut. Zwischen Scharen von japanischen und amerikanischen Touristen besichtigte er Gent, eine lebendige Universitätsstadt voller junger Leute. Er hatte keine Schwierigkeiten mit der Wahrnehmung, erholte sich. Sein Blick erfasste wieder alles. Als er in Brügge ankam, ging eine leise Veränderung mit ihm vor. Der Belfried, die uralten Kirchen machten ihm Angst. Er hatte ein deutliches Deja-vu-Gefühl.

Nach der ersten Nacht kehrte er vorzeitig zurück nach Hertogenbosch.

In seinem Hotelzimmer angekommen, packte er hastig seine Tasche aus. Dann machte er sich entschlossen ans Werk. Jetzt würde er seine Aufzeichnungen zu Ende lesen, es war nicht mehr viel Text übrig.

Hieronymus

Aleyd ist anders geworden, fordernder. Sie will etwas erreichen und spricht doch nicht darüber. Seit dem Herbst warten wir beide ungeduldig auf die Zeichen einer Schwangerschaft. Alarts Frau Margriet erwartet schon ihr zweites Kind.

Ich habe seltsame, neue Träume, sehe bizarre Gebilde, Organe, ins Riesige vergrößert, zarte Gewebe, durchblutet, von Adern durchzogen. Phallische Formen sind dabei, Ausstülpungen bildend, Sprossen und Keime dazwischen. Die ausgenommenen Suppenhühner auf unserem Küchentisch sehen so aus, einmal waren zwei ungelegte Eier in einem Tier. Dieser Ballen aus Gewebe, Strängen und Sehnen hatte weißlich geleuchtet zwischen all dem Blut und dem Fleisch.

Aleyd wird nicht schwanger. Sie blutet Monat für Monat.

Ich habe wieder meine Spaziergänge aufgenommen um die Stadt herum. Die feuchten Wiesen, das Sausen der Windmühlenflügel, das tut mir gut. Die Windböen ducken das Schilf in Wellen.

•

Ich wandere mit Alart einen schlammigen Weg entlang. Die Sonne geht gerade unter, der Himmel hat sich purpurrot gefärbt. Auf dem Weg vor uns liegt etwas Dunkles, Großes, Flaches, das sich langsam bewegt, krampfhaft. Ein trockner, lediger Ton geht von dem Ungeheuer aus. Es ist ein Ungeheuer, oder ein Teufel. Es hat auf uns gewartet. Ich fürchte mich. Alart lacht, berührt das Wesen mit der Schuhspitze, tritt es. Ein Rochen, ein Fisch, den hat jemand vom Wagen verloren. Ich kann es nur schwer glauben. Ich sehe die ungelenken Versuche des Wesens zu fliehen. Es ist aussichtslos. Seine flachen Augen glänzen in der Dämmerung.

•

Es hat heftig an der Eingangstür geklopft. Schritte nähern sich der Werkstatt, und im Türrahmen steht die winzige, zusammengekrümmte Gestalt Griets. Aleyd schiebt sie streng vor sich her. Ich erschrecke. Griet kann sich kaum noch auf den Beinen halten. Ihr Atem pfeift hoch und fein. Erst als sie einen Krug mit kühlem Bier vor sich hat, öffnet sie den Mund.

„Hieronymus, wie ist es gut, dass du einer alten Frau helfen wirst." Sie wirft einen triumphierenden Blick auf Aleyd und die junge Dienstmagd, die sie misstrauisch beäugen, und schüttelt ihre Lumpen wie eine Krähe ihr Gefieder, sich in den Sessel duckend.

„Vor zwei Tagen hat meine Nachbarin des Abends an die Tür geklopft und mir anvertraut, dass Dominikaner-Patres durch unser Viertel gezogen waren", sie nimmt einen gierigen Schluck und das Bier rinnt ihr winziges Kinn herab. „Diese Dominikaner", sie spuckt geringschätzig auf den Boden, „haben die Leute ausgefragt, wer denn wohl zaubern könne, wer Ungewöhnliches tue. Das haben sie gefragt und mit blanken Stuivern haben sie bezahlt!" Ihre Augen funkeln mich empört an. „Natürlich hat mich jemand verraten, es gibt viele, die neidisch sind auf meine Erfolge! Ich habe mich all die Jahre gut halten können, so allein wie ich bin, seit Tientje tot ist. Es war allerhöchste Zeit zu verschwinden." Ihre Augen blinzeln heftig und einen Moment sehe ich die Angst in ihnen.

Ich kenne den Zusammenhang. Papst Innozenz VIII. hat in einer Bulle zur Hexenverfolgung aufgefordert. Ausdrücklich hat er diese Aufgabe in die Hände der Dominikanermönche gelegt und alle streng verpflichtet, ihnen dabei zu helfen. Domini Canes werden die Brüder deshalb genannt, die Hunde des Herrn. Ich habe das Ganze nie ernst genommen. Man spottet über sie. Wer würde bei uns schon jemanden an die Inquisition ausliefern?

„Nie habe ich etwas Böses getan. Immer habe ich den Leuten geholfen!", Griet schluchzt empört. „Und jetzt habe ich alles zurücklassen müssen, meine Geräte, meine Eule." Sie weint. „Vor zwei Tagen war es, dass ich ihnen mit knapper Not entkommen konnte, es waren zwei, wie immer, ich sah sie schon kommen. Ich wusste nicht, wohin, überall habe ich mich herumgedrückt, bis ich auf die Idee kam, dich zu fragen, Hieronymus." Man roch die zwei Tage auf der Straße.

„Junger Herr, um Tientjes Willen, ihr habt sie doch gern gehabt, bitte helft mir. Sie war meine Schwester."

●

Vor mir liegt die silberne Spange, die mich als Mitglied der illustren Brüderschaft unserer lieben Frau auszeichnet, die Rose unter Dornen. Aleyd nimmt sie ehrfürchtig in die Hand.

„Endlich. Dein Alart ist schon lange Mitglied, es wurde höchste Zeit, dass du es auch wirst. Zufrieden hält sie das Silber gegen den Stoff meines neuen Umhangs. „Endlich wirst du die richtigen Leute treffen, wichtige Leute, gute Kunden, die Verbindungen nach Überallhin haben, in die höchsten Kreise. Denke doch nur an die Nassauer. Und bald werden wir sie bewirten dürfen. Das wird gut für uns alle sein. Du wirst gut bezahlte Aufträge erhalten und ich muss nicht länger meine Ländereien in Stücken verkaufen. Vielleicht wird sogar Kaiser Maximilian ein Bild bestellen." Ich schlucke.

●

Es wird Abend, endlich ist es soweit, ich werde mein „Kränzchen" einlösen, meine Gastgeberpflichten gegenüber den anderen Brüdern erfüllen. Aleyd befehligt die

Bediensteten in bestimmtem, aber leisem Ton. Sie kann das. Etwa sechzig Leute werden kommen. Wo will sie die denn alle hinsetzen, so groß ist unser Haus doch auch nicht? Aleyd hat das alles geregelt, sie hat mir versichert, dass nicht nur die Gäste, sondern auch die Mädchen zur Bedienung und die Musikanten und Sänger Platz finden werden. Sie hat das wieder so bestimmt geäußert, dass ich ihr glaube. Sie plant die Mahlzeit wie ein Feldherr die bevorstehende Schlacht. Nichts wird schief gehen, zeigt sie in jeder ihrer Bewegungen. Allein vier Küchenhilfen hat sie angestellt, drei Mädchen werden die Speisen auftragen und abräumen. Die Speisenfolge klingt großartig. Ich weiß wirklich nicht, wo sie in diesen schweren Zeiten die Zutaten besorgt hat. Es wird Rinderbraten geben mit weißem Brot, dazu Rüben mit Ingwer und Safran, dann Fisch vom Markt, reichlich Wein und Bier. Ich blicke auf das umgeräumte Haus, das blitzt und blinkt.

Als die Ersten eintreffen, begrüßt Aleyd sie, gelassen und weltläufig wie immer. Ich fühle mich unwohl, wünschte, dass alles schon vorbei sein würde. Jan van Boextel verbreitet als erster Gast einen wohltuenden Lärm, Jan van Ackel, ein Brauer, den ich immer grob und unangenehm gefunden habe, drückt mir so herzhaft die Hand und blickt mir dabei so freundlich in die Augen, dass ich mich entspanne. Nicht lange und die Stube hat sich gefüllt, alle plaudern, trinken, lachen. Die Mädchen huschen umher, verteilen Teller. Es hat gut angefangen, dankbar blicke ich zu Aleyd, deren blonde Haare im Kerzenlicht glänzen.

Die Gespräche drehen sich um Maximilian, um Gent, die Gelderschen. Die Meinungen prallen aufeinander, es wird laut, doch dann wird das Rindfleisch serviert und es kehrt kurzzeitig Stille ein. Als es dann in der Speisenfolge weitergeht, redet man über persönliche Dinge, der Wein schmeckt, die Musik ist gut. Vor dem Fenster herrscht schon tiefschwarze Nacht. Wir sitzen in diesem Raum dichtgedrängt wie in einem Ei. Es ist sicher und schön hier, wenn auch zerbrechlich. Vorsichtig nehme ich einen

Schluck von dem teuren Rotwein. Es ist der erste Schluck des Abends.

•

Für den Hochaltar von Sint Jan ist ein neuer, geschnitzter Retabel angeschafft worden, ein echtes Prachtstück. Man hat mir die Ehre erwiesen, die Seitenflügel malen zu dürfen. Ich habe lange über das Thema gegrübelt. Das Innere stellt die Leiden Christi dar, ich werde ein Bild der Schöpfungsgeschichte entwerfen. Der Kirchenvorstand ist bereit, nicht kleinlich herumzurechnen und zu zählen, was abgebildet ist, wie oft es abgebildet ist und ob auch alles abgesprochen ist. Es werden die Schöpfungstage der Genesis zu sehen sein. Es gibt kein wirkliches Vorbild für das Thema. Ich kann mich nur auf meine Vorstellungskraft verlassen.

Wer immer die Kirche betritt, wird zunächst das riesige Oxaal sehen, diese Pforte zwischen dem Hochaltar und dem Kirchenraum. Durch seine schwarze Masse wirkt das Oxaal wie ein Magnet, es lenkt die Blicke auf den Mittelpunkt der Kirche, den Hauptaltar. Steht man weit genug hinten im Kirchenschiff, so kann man aus der Ferne wie hinter einem schwarzen Vorhang den Altar sehen. Meine Altarflügel werden immer zu sehen sein.

Ich habe die Tafeln besonders sorgfältig vorbereitet. Sie werden ewig halten.

Auf die linke äußere Außenseite male ich den ersten Schöpfungstag.

„Im Anfang schuf Gott den Himmel und die Erde. Die Erde aber war wüst und leer. Finsternis lag über dem Abgrund und der Geist Gottes schwebte über den Wassern. Da sprach Gott: Es werde Licht! Und es ward Licht."

Das Bildnis Gottvaters ist in meiner Vorstellung fest, ein alter Mann, bärtig, die Tiara als Weltenkrone auf dem Kopf, die Weltenkugel in der Hand. Dieser Gottvater sitzt so im Taufbecken unserer Kirche, in Brügge habe ich ihn auch unzählige Male gesehen. Auch die Schöpfung des Lichtes ist mir vertraut. Eine schwarze Leere, die langsam vom Licht durchdrungen wird, wie oft habe ich das nach langen und dunklen Nächten erlebt. Das Auftauchen eines diffusen Lichtes vom Horizont her ist mir immer als ein neuer Schöpfungsakt erschienen, wie ein Wunder. Wenn nach der Dunkelheit der Nacht das Licht die Konturen der vertrauten Gegenstände von Minute zu Minute scheinbar neu formt, dann fürchte ich immer, dass etwas nicht mehr so sein würde, wie gestern, beim letzten Lichtstrahl.

„Nun sprach Gott: Es werde ein Firmament inmitten der Wasser! Und das Firmament schied zwischen den Wassern unterhalb und oberhalb des Firmaments. Gott nannte das Himmel."

Die Erschaffung des Himmels am zweiten Tag bewältige ich innerhalb kurzer Zeit. Mein Leben lang habe ich den Himmel und das Wasser beobachtet, ich habe immer genau zugesehen, wie sich Farbe und Gestalt von beiden verändern, sich ständig im Einklang wandeln. Als Kind habe ich stundenlang mit Alart auf dem Schlagbaum des Hafens gesessen, den breiten, einkommenden Fluss angestarrt, sein Kräuseln, seine Wellen. Die Wolken, die sich ständig wölben und übereinander schieben, sich runden und quellen, ihre Lichterscheinungen wie ein Abglanz aus einer anderen Sphäre, ohne Ende zogen sie über mich hin.

In der Werkstatt erregt mein Bild Aufsehen. Es gibt keine Menschen, keine Tiere, keine Gegenstände. Es ist ein ganz unübliches Bild. Alart lobt mich überschwänglich.

„Nun sprach Gott: Es sammle sich das Wasser und es erscheine das trockene Land!" Und Gott nannte das trockene Land Erde und das Wasser nannte er Meer."

Nie habe ich bei uns ein wirklich trockenes Land gesehen. Überall sind die Reste des alten Zusammenhangs sichtbar, denn Wasser und Land waren ja eins gewesen. Immer noch quillt aus dem Boden die Feuchtigkeit, immer noch stürzt das Wasser auf die Erde, als wollte es sich wieder mit ihr vereinigen. In Italien, da war das Land trocken, staubig, ohne jedes Wasser. Hier ist es anders, die Trennung ist bei uns nicht endgültig.

„Dann sprach Gott: Es lasse grünen die Erde Grünes, Kraut, das Samen bringt, und Bäume, die Früchte tragen, in denen ihr Same ist! Und es geschah so."

Dieser dritte Tag füllt die zweite Außenluke zur Hälfte. Es fällt mir leicht, mir diesen Tag vorzustellen. Die Erde ist voll von knospenden und Früchte tragenden Pflanzen, es schwillt und wächst überall. Die Formen der Pflanzen verlassen jedes Vorbild, krümmen sich, schlingen sich umeinander, wuchern. Hundertmal habe ich Vergleichbares gesehen.

„Nun sprach Gott: Es sollen Leuchten werden am Firmament des Himmels, damit sie scheiden zwischen Tag und Nacht. Und er nannte sie Sonne und Mond. Und sie sollten zwischen dem Licht und der Finsternis scheiden."

Der Kirchenvorstand besucht mich während meiner Arbeit am vierten Tag. Die Herren sind etwas unruhig, ob das Bild den Erwartungen entsprechen würde. Sie haben offenbar Beunruhigendes gehört. Sogar Aleyd ist wegen dieses Besuchs nervös und hat erstklassiges Bier kaufen lassen, um die Herren milder zu stimmen. Im Angesicht der fertigen Tafeln verstummen sie. Der Schöpfungsakt ist noch nie so fassbar, so konkret vor ihren Augen ausgebreitet gewesen. Sie sind einverstanden.

Die Darstellung von Sonne und Mond ist nicht schwer. Die Sonnenstrahlen, die manchmal für Augenblicke durch die Lücken der grauen, tief hängenden Wolken fallen, ihre Lichtbahnen, die flimmern. Das Gefühl, das mich ergreift, wenn ein Sonnenstrahl durch das Zimmer wandert, die Staubflocken, die darin wirbeln, kreisen. Die Sonne, wie ich sie in Italien erlebt habe, als kraftvolle, mächtige Erscheinung. Inzwischen ist diese Erinnerung verblasst, ich kann sie aber noch hervorrufen.

Das kalte Licht des Mondes dagegen ist ein Schauplatz für ganz andere Erscheinungen, bläulich, eisig, scharfe Schatten werfend, in denen die Dunkelheit nistet, bedrohlich, uneinsehbar. Sonne und Mond kann ich darstellen.

Wenn die Darstellung der ersten vier Tage so in der Werkstatt zum Trocknen an der Wand aufgereiht ist, dann sieht man die Tafeln wie eine Erzählung. Man sieht, wie sie aneinander anschließen, wie sie aufeinander folgen. Sie zeigen Gottes ordnende Hand.

Auf die Rückseite des ersten Tages male ich den fünften Tag.

„Nun sprach Gott: Es bringe die Erde hervor lebendige Wesen nach ihren Arten: Vieh, Gewürm und Wild des Feldes."

Schon während ich den Hintergrund anlege, wimmeln in meiner Vorstellung Tiere, die phantastisch sind. Es ist so lange her. Warum sollen nicht all die Monstren und die vorweltlichen Tiere erscheinen, die ich mir schon immer vorgestellt habe? Während ich arbeite, füllt sich das Holz mit immer wilderen und ungeseheneren Kreaturen. Drei Köpfe, Flügel, Klauen, Pelz und Schuppen, Reißzähne, alles findet Platz. Die Vögel des Himmels sind auch zu sehen, Rohrdommeln, Blaumeisen, Enten, Krähen und natürlich die Eulen. Es gibt einen Seemann in Hertogenbosch, der davon lebt, dass er gegen Geld oder Bier Geschichten erzählt von fremden Ländern über dem Meer. Er hat mir ein groteskes Tier beschrieben mit riesig langem Hals, einem winzigen Kopf und langen Beinen, das ganz gefleckt ist. Das Tier ist grotesk.

Die Darstellung des fünften Tages lässt mich in einem Zustand der Erschöpfung zurück. Ich fühle mich leer.

Die Schöpfung des Menschen am sechsten Tag ist etwas Vorgegebenes. Dafür gibt es zahllose Vorbilder. Meine Auftraggeber und Aleyd sind sehr zufrieden. Ich schlafe tief und fest. Meine Träume sind für lange Zeit leer und friedvoll.

●

Es ist nebelig geworden. Mit der Dämmerung, die einfällt, hat sich eine Vorahnung des kommenden Winters über die Stadt gelegt. Der Herbst ist schon weit fortgeschritten. Auf dem Weg zu Sint Jan sehe ich sie wieder überall, die vielen Flüchtlinge, die in der Stadt hausen. An allen Ecken sieht man Menschengruppen kampieren, es riecht schlecht, Lärm herrscht. Ich bahne mir meinen Weg zum Seitenportal, vorbei an Bündeln von alten Kleidern, Kinder dazwischen, Stroh. Viele Hände strecken sich mir entgegen. Ich wage es kaum noch, auf die Straße zu gehen, die Bettler haben sich verändert, sind aktiver geworden, fordernder. Gott sei Dank passen in der Kirche die Kirchendiener auf, dass nichts Unrechtes geschieht. Dort ist es so, wie es immer war.

Aufseufzend lasse ich mich in eine Bank vor dem Gnadenbild fallen. Es riecht nach Weihrauch, Kerzenlichter flackern, Maria lächelt. Dunkelheit wölbt sich über mir. Vor mir in der Bank sitzt ein ungewöhnlicher Mensch, der meine Aufmerksamkeit auf sich zieht. Ein Kind noch, vielleicht zwölf, dreizehn Jahre alt. Es ist mager, die Haare stehen ihm wirr vom Kopf, Nester aus Schmutz darin. Ein Bettelkind. Wie ist es nur hinein gekommen, die Kirchendiener haben nicht aufgepasst. Das Kind sitzt steif aufgerichtet und allein. Es rührt sich nicht. Dann und wann zieht es kräftig die Nase hoch. Sein Gesicht kann ich nicht sehen. Es blickt starr auf die Maria.

Die Nähe des Kindes verwirrt mich, ich winde mich aus der Bank, um in die Brüderschaftskapelle zu gehen. Alart hat sie gebaut, schön ist sie geworden. Die Stelle für das neue Fenster, für das ich den Entwurf zeichnen soll, liegt ideal. Das Fenster wird bei Abendsonne viel Licht haben, in seinen Farben glühen. Auf meinem Rückweg komme ich wieder bei dem Gnadenbild vorbei, gleich wird die Kirche zugesperrt werden und noch immer sitzt das Kind dort, als hätte es sich nicht gerührt. Jetzt kann ich sein Gesicht sehen und bleibe stehen. Ein Ausdruck tiefer Verzweiflung ist unter der Schmutzschicht zu erkennen. Es ist ein Junge, Not steht in seinen Augen, die Hände zerren unablässig an den Lumpen.

„Kein Abendessen für dich?", frage ich vorsichtig. Kopfschütteln. Schweigen. In mir regt sich schlechtes Gewissen, ungenutzte Vatergefühle, was weiß ich. Aleyd wird gekocht haben.

„Wo sind denn deine Eltern, Junge?" Ich frage leise, beharrlich.

Die Geschichte ist sehr gewöhnlich. Das Kind heißt Gielis, Gielis von Panhedel. Mit seiner Mutter war es aus Geffen aufgebrochen. Den Vater, einen Bauern, haben deutsche Landsknechte beim Plündern erschlagen. Die Mutter hat den Jungen nach Hertogenbosch bringen wollen, weil sie sich dort Hilfe erhoffte. Zu Hause konnten sie nicht bleiben. Bei Baseldonck waren die beiden einer Rotte von Wegelagerern in die Hände gefallen, vielleicht waren es auch Soldaten. Wo war der Unterschied? Die Mutter war eingefangen worden, der Junge konnte fliehen. Zwei Tage lang hat er in seinem Versteck auf sie gewartet, dann war er nach Hertogenbosch gelaufen, denn wo sollte er anders hin?

Ich sitze neben Gielis und bin bewegt. Es ist ein Zeichen, dass wir uns hier, vor dem Bild der Maria mit ihrem Kind, treffen. So oft habe ich hier mit Aleyd um ein Kind gebetet, so stark war unser gemeinsamer Wunsch. Jetzt habe ich ein Kind geschenkt bekommen, plötzlich und unerwartet.

Als ich mit Gielis zu Hause eintreffe, ist der Empfang herzlich. Aleyd stellt keine Fragen. Sie hat diese Fügung akzeptiert. Es ist ein Zeichen.

Gielis ist ein guter Junge, das zeigt sich jeden Tag. Gewaschen, gekämmt und ordentlich eingekleidet macht er etwas her. Sein Haar ist lockig und braun, sein heller Blick ist aber von Melancholie gezeichnet. Er fügt sich ein, ist anstellig und freundlich und auf unauffällige Weise dankbar. Ich bin verblüfft über die Art, wie er meine Bilder zur Kenntnis genommen hat. Er zeigt kein Erstaunen und auch keinerlei Erschrecken vor meinen Schöpfungen. Er betrachtete die Skizzen und Bilder so, als hätte er sie schon einmal gesehen.

In der Werkstatt arbeitet er gut. Das Vorbereiten der Leinwand, das Reiben der Farbe, das Firnissen, all das erledigt er mit der Zeit, als wenn er noch nie etwas anderes getan hätte. Von seinem früheren Leben spricht er nie ein Wort.

●

Das Feuer in unserer Küche brennt knisternd. In der hereinfallenden Nacht hört man die Geräusche des Fastenabends, das Schellenklingeln, die Katzenmusik, heisere Rufe, Kreischen. Ich erinnere mich an einen besonderen Fastenabend meiner Kindheit, nach Mutters Tod: Ein riesiger Teufel hat mich zu Tode erschreckt, aber ich konnte mich an Tientjes Hand festhalten damals.

Das Feuer knallt laut und ein Ast zerbirst. Er zerfällt in eine glühende Wolke, die sofort vergeht. Jetzt schreiben wir 1498. Ich schaue mich um und sehe eigentlich noch immer dieselbe Küche wie früher. Alle Ecken des Raumes kann ich einsehen, alle Dinge sind an ihrem Platz. Die Mädchen haben besonders gut gearbeitet, um ausgehen zu dürfen. Ich nehme das Waffeleisen mit dem Ritter in die Hand und öffne und schließe es. Es quietscht leise. Ein Werkzeug des Teufels würde so aussehen, eine riesige Kneifzange. Irritiert hänge ich das Eisen wieder an seinen Platz.

Ich erhebe mich, um ans Fenster zu treten. Damals haben wir einen weiten Weg gehabt zum Umzug, er ist mir jedenfalls weit erschienen, gefahrvoll. Die Ankunft bei Sint Jan war eine Erlösung. Heute schaue ich von meiner Küche aus auf das Gewimmel der Menschen und Fackeln. Die Musikkapellen, die Gruppen der Vermummten, alles strömt auf den Platz an der Kirche zu, so wie damals.

Die Küchentür klappt und Aleyd tritt ein. Sie trägt einen neuen Pelzkragen, den ich noch nie gesehen habe. Er muss ein Vermögen gekostet haben.

„Schau, Hieronymus", sie dreht sich stolz und sichtlich ohne jedes schlechte Gewissen hin und her, „Das hier ist die neueste Mode in Brügge, Luchs, etwas ganz Erlesenes. Der Kürschner hat es mir empfohlen." Ihre Hände streichen über das Fell. „Es gefällt dir doch, oder?" Eine ohnmächtige Wut steigt in mir auf. Ich kann nichts tun. Sie wird sich ja doch das kaufen, was ihr gefällt. Hat sie denn keine Augen für die Zustände um sie herum? Geld wird immer knapper, wie kann man es für eine so überflüssige Sache hinauswerfen? Ich wende mich ab. Aleyd tritt an mich heran. „Hieronymus?" Ich seufze. Es hat keinen Zweck, den Kauf zu kritisieren.

„Schön, ein feiner Pelz, Aleyd."

Befriedigt rafft sie ihren Umhang: „Lass uns gehen, Joen!"

Der Fastenabend trägt dieses Jahr eine andere Farbe als sonst. Er ist schwärzer. Die Besucher, die aus der Meierei gekommen sind, sehen abgerissener und ärmer aus, auch wilder. Ich drücke Aleyds Arm. Eine ganze Menge Landsknechte sind in der Menge unterwegs, viele Kriegskrüppel, wie schon seit längerem. Man kann nicht auf Anhieb erkennen, wo man eine Spottrüstung sieht, wo eine echte. Die rostigen und ungeputzten Harnische ähneln den Tönnchen und Küchengeräten der Kostüme auf verblüffende Weise. Vor uns fuchtelt ein Mann mit einem riesigen Schwert herum, dessen Scheide ganz dunkel gefärbt ist. Ist das jetzt Farbe oder Blut?

Zielstrebig drängen wir uns durch die Menge, um den Platz zu erreichen, von wo aus die Bruderschaft zuschauen darf. Plätze sind abgesperrt, Fähnchen wehen. Eigentlich ist es ein Segen, dass wir nicht in der Menge stehen müssen.

Sint Jan ragt in die beginnende Dunkelheit wie ein kunstvoll behauener Fels, gewaltig. Die Figuren auf den Lichtbögen rücken auf die vertraute Weise vor, die steinernen Wasserspeier krallen sich in die Wand. Der Hund mit den Schlappohren feixt zu dem großschnäbeligen Vogel hinüber, so wie immer. Wir werden herzlich begrüßt, alle stehen beieinander, trinken etwas, plaudern.

Plötzlich überfällt mich heftige Sehnsucht nach Gielis. Warum ist er bloß nicht mitgekommen? Ich würde jetzt gerne mit dem Jungen reden, ihm etwas spendieren. Es würde mich trösten.

Was ist eigentlich geschehen? Ich habe meine Brüder verloren, Goossens und Jan. Ich wusste doch, dass sie eines Tages sterben werden so wie mein Vater, wie Griet, wie mein Hund. Auch Aleyd und ich, auch Gielis wird sterben.

Und warum haben wir keine Kinder? Warum geht aus unseren gemeinsamen Nächten kein Kind hervor? Es hatte doch etwas mit dem Teufel zu schaffen, oder etwas war verflucht, verhext, dunkle Mächte waren am Werk im Zentrum unseres Lebens. Hatte Aleyd damit zu tun? Die pelzkragengeschmückte Aleyd lacht. Der Umzug nimmt unter großem Tamtam seinen Anfang.

Das kommende Jahr 1500 macht mir auch zu schaffen. Es wird alles nicht mehr lange dauern, es gibt Vorzeichen. Ein Kalb mit zwei Köpfen ist in Oedenrode geboren worden, ein Komet ist erschienen und hat drei Tage lang rötlich geleuchtet. In Boxtel hat eine Stallmagd zwei Kinder zur Welt gebracht, die an der Hüfte zusammenhängen. Der Untergang der Welt ist von vielen Predigern vorhergesagt worden. Ich umklammere das Glas in meinen Händen.

Jetzt ist es ganz dunkel geworden. Die Pechtonnen und Fackeln flackern im Wind, der Lichtschein springt hin und her. In der Menge ist dieses Jahr wenig Bewegung. Es wird wenig gesungen, gar nicht gerauft. Die Gesichter der Menschen sehen leer aus, während die üblichen Attraktionen angerollt kommen. Adel und Klerus beziehen die immer gleiche Prügel. Das Gelächter darüber klingt dieses Jahr böse, manchmal verzweifelt. Die Geschichte der ungleichen Brüder ist zu sehen, eine Gruppe von Skeletten wirkt gespenstisch echt. Jetzt ist es eigentlich Zeit für den Abschluss, den bewährten Kampf des Fastens mit dem Fastenabend. Es ist kalt und ich friere jetzt heftig. Meine Füße sind Eisklumpen und ich freue mich auf das geheizte Wirtshaus, den Wein, den wir zusammen trinken werden, da stößt mich Aleyd in die Seite, der erwartete Wagen kommt nicht, man hat einen neuen gemacht!

Alle verstummen und blicken ihm neugierig entgegen. In den Lichtschein vor der Kirche schiebt sich langsam und feierlich eine Fußgruppe aus traditionellen Narren, die bunte Schellenmütze auf dem Kopf, im Flickengewand, Narrenstäbe auf den Boden stoßend. Sie bewegen sich ruckweise vorwärts, an langen Bändern Ochsen führend, die den neuen Wagen ziehen. Auf ihm ist ein Schiff aufgebaut, ein veritables Schiff mit Bordwand und Mast. An Bord sitzt eine bunte Gesellschaft. Ein dicker Mönch trinkt mit einer drallen Nonne unentwegt aus einem Fässchen Wein. Ein Bauer beugt sich rhythmisch über die Bordwand und erbricht sich, danach schlägt er seine Zähne erneut in ein riesiges Stück Fleisch. Eine aufgeputzte Frau versucht verzweifelt, ein Paket zu treffen, das vom Mast herunterbaumelt. Sie trifft mit ihrem Stock immer wieder daneben. Ein alter Mann sitzt am Fuß des Mastes und umklammert mit ängstlichem Gesicht eine riesige Geldbörse. Alle lachen. Am Heck des Schiffes sitzt ein Narr. Er allein blickt ruhig und friedlich vor sich hin. Er tut nichts.

Die Honoratioren der Stadt sind amüsiert. Jan van Boextel klatscht begeistert Beifall. Auch die Leute am Straßenrand johlen und lachen. Hier hat die Rederijkskammer gut gearbeitet. Die blaue Schut heißt der Wagen. Ein Narrenschiff ist das.

Ich blicke Aleyd verstohlen von der Seite an. Auch sie klatscht begeistert. Offenbar fühlt sie sich nicht getroffen.

Im Weinhaus haben alle mehr oder weniger die schlechten Zeiten vergessen, die Zeitenwende, die Gelderschen. Wir sitzen zusammen, getröstet durch die Nähe der anderen, getröstet durch den Wein. Als wir dann wieder in unserer Muschel liegen, dem Bett, das so von der Welt getrennt ist, vergesse auch ich. Es reißt mich wieder hin. Aleyds weißer Körper, ihre Zartheit unter meinen Händen. Alles ist in meinem Bewusstsein verschwunden, wie ein riesiger, heller Fleck ist unsere Nacht.

Als ich am nächsten Morgen erwache, schäme ich mich

●

Ich blicke auf den Platz vor dem Rathaus, der mit sechsunddreißig Fuhren Sand großzügig bestreut ist. Eine helle und unberührte Fläche ist entstanden, auf der eine weitere Attraktion stattfinden wird, der Hahnenkampf. Seit Wochen stehen die Käfige mit den Tieren im Hinterhof des Rathauses.

Die Stimmung ist gut unter den Zuschauern, obwohl eindeutig ein Geruch nach schalem Bier über der Menge hängt. Viele haben offenbar in irgendeiner Ecke der Stadt geschlafen. Bauern sind viele da, auch Landsknechte. Wetten werden abgeschlossen, Stuiver wechseln ihren Besitzer.

Das erste Paar wird herein getragen, Häubchen aus Stoff über ihren Augen. Ein Trompetensignal ertönt und die Hähne können sich anblicken. Ihre Augen sind frei. Zwei Männer halten die Tiere fest. Noch darf es nicht beginnen. Steif aufgerichtet stehen sie da, werfen sich in die Brust. Dann lässt man sie los. Die Tiere zögern. Der Wind bewegt ihre schönen Schwanzfedern, die lang sind, er bewegt auch die Flügel und Brustfedern. Die Menge schweigt. Die Frühjahrssonne lässt das Gefieder wie bläuliches Metall glänzen. Ritter sehen so aus.

Jetzt stürmt der eine Hahn plötzlich vorwärts, er gackert drohend, sein gelber Schnabel ist erhoben, der zweite Hahn reagiert schnell. Er springt hoch in die Luft, wild mit den Flügeln schlagend. Sie treffen aufeinander und innerhalb weniger Sekunden sieht man ein metallisch schimmerndes Knäuel, ineinander verkrallt, die Schnäbel hacken aufeinander ein, Blut tropft. Ein gewaltsames Geräusch steigt auf. Die Menge johlt, die zwei Stadtbediensteten greifen in das kämpfende Bündel hinein, vier handschuhbewehrte Hände ziehen die Gegner auseinander und halten sie zwei Sekunden lang auf Abstand. Dann werfen sie die schwer atmenden Hähne wieder aufeinander zu. Das Gewühl beginnt erneut. Einer der Hähne ist deutlich unterlegen, er macht ein, zwei halbherzige Versuche zu entfliehen, sein roter Kamm ist halb abgerissen. Der Sieger steht über dem besiegten Hahn. Er ruckt krampfhaft mit dem Kopf. Seine blutbespritzte Kralle, eigentlich gelb wie Schwefel, steht auf dem Kopf des Gegners, rutscht ab, verhakt sich. Der Hahn blickt kalt und triumphierend um sich. Er kräht heiser.

Bevor das nächste Kampfpaar gebracht wird, drehe ich mich um und gehe.

Es ist Abend geworden. Die Spuren der Hahnenkämpfe sind beseitigt. Der Sand ist wieder frisch geharkt. Der Platz erinnert mich an die Hochzeit von Karl dem Kühnen und Margarete. Damals war auch alles so aufgebaut, eine Zuschauertribüne, ein Sandplatz, Absperrungen. Das Publikum ist feiner als bei den Hahnenkämpfen, vor allem hier, auf der Tribüne. Die Stadtspitze ist vertreten, alle Meister mit ihren Gattinnen. Tatsächlich tragen fast alle Damen einen Pelzkragen, Aleyd ist nicht die einzige. Die Frau des Hoogschout trägt sogar etwas, das aussieht wie das Fell des legendären Leoparden, schwarze Flecken auf goldenem Grund.

Die antretenden Ritter sehen so aus, wie es schon in meiner Kindheit war, wenn ein Juxturnier gehalten wurde. Männer unterschiedlicher Art haben sich als Ritter und Knappen verkleidet. Die Hahnenfedern wehen im Wind, die Waschtrommeln und Fässer glänzen im Licht. Gruppen von befreundeten Jungmännern stellten die Pferde dar. Die Waffen erscheinen allerdings nicht so lächerlich.

Zwei Burschen, die das Pferd eines Bauern bilden sollen, lachen so unmäßig, dass sie ihren Reiter immer wieder fallen lassen. Offenbar sind sie sehr betrunken. Es ist immer dasselbe.

Ein bösartig aussehender Landsknecht, der auch an den Spielen teilnehmen will, scheint dagegen völlig nüchtern zu sein. Er trägt die Reste seiner alten Rüstung, verbeult und rostig. Die großen, runden Scheiben, die zur Verstärkung der Glieder der Rüstungsteile da sind, glänzen in der untergehenden Sonne. Dieser Mann meint es offenbar ernst. Er blickt seinem Gegner grimmig ins Gesicht und verletzt ihn auch prompt in der ersten Runde. Erschrockenes Schweigen herrscht, als die Verletzung sichtbar wird. Man zieht ihn aus dem Wettbewerb. Es soll ein lustiger Wettkampf sein, man will etwas zu lachen haben.

Je dunkler es wird, umso eigenartiger wird die Kulisse. Bei abnehmendem Tageslicht setzen sich zuletzt Jungbauern aus dem Dorf Dungen durch und werden mit begeistertem Applaus gefeiert. Aber als die Dunkelheit dann einsetzt, werden die Kämpfe grotesker. Es tauchen Männer mit richtigen Pferden auf, durchaus nicht nur Bauernpferde, und die Reiter tragen Helme oder Verkleidungen, die man in unserer Gegend noch nicht gesehen hat. Ein Reiter trägt einen hohen Bärenschädel. Woher kommen die?

Gegen neun Uhr abends taucht eine besondere Gestalt aus der Nacht auf, eine Frau, einen Helm auf dem Kopf, einen Harnisch vor die Brust geschnallt, in wehendem Rock, der vom Wind gebauscht wird. Sie sitzt auf einem riesigen schwarzen Pferd, ihr Gesicht ist mit Ruß geschwärzt. In die eintretende Stille hinein nennt sie laut ihren Namen: Hulda.

Ich richte mich starr auf. Furcht läuft meinen Rücken herunter wie ein kleines Tier, Hulda ist mit ihrer wilden Jagd gekommen. Der schwarze Jäger hält ihr Pferd am Zügel, seine Augen sind unsichtbar unter der schwarzen Kapuze, die tief ins Gesicht gezogen ist. Ein Mann mit Hirschgeweih steht daneben. Als sich Hulda umwendet und die wartende Menge ins Auge fasst, wird es totenstill.

Da ist sie, die wilde Jagd, die ich seit meiner Kindheit kenne, die alles weiß, alles sieht, alles riechen kann, was man im Kopf hat. Tientje hat sie mir beschrieben damals. Der riesige Rappe stampft mit den Hufen, er schüttelt die Mähne, wiehert.

Keiner will gegen Hulda antreten. Mit Geklirr wendet sie das Pferd und richtet ihren blitzenden Blick auf mich, bevor sie mit ihrem Gefolge seltsam schnell in die Finsternis des Marktplatzes verschwindet. Panik überflutet mich und mein Herz rast. Eilig stürze ich auf unser Haus zu.

Jeremias

Es war geschafft. Der Weg war zurückgelegt, den er sich vorgenommen hatte. Mit dem Ende seiner Aufzeichnungen würden auch seine Probleme beendet sein. Keine Traumaufzeichnungen mehr, keine Träume mehr, schon seit mehreren Tagen hatte er nichts Neues mehr geträumt. Er schloss das Buch sorgfältig, strich über das Leder des Einbandes. Gedankenverloren starrte er vor sich hin, aus dem Fenster. Er war in seinen Träumen ein älterer Hieronymus, noch nicht so alt, wie er in Wirklichkeit war. Er, Jeremias, war dreiundsechzig Jahre alt. Er, Hieronymus würde etwa fünfzig sein, die Hände, das Körpergefühl... Eigentlich war er etwas wehmütig, ein unerwartetes Bedauern breitete sich in ihm aus, so wie bei einem schönen Buch oder Film am Ende Trennungsschmerz entsteht. Auf der Fensterbank vor seinem Hotelzimmer nahm er eine Bewegung wahr, ein Vogel hatte sich dort niedergelassen. Es war ein Rotkehlchen, das ihn mit schräggelegtem Kopf musterte. Die Flaumfedern des winzigen Tieres wehten leicht im Wind. Ein schmerzliches Deja-vu-Gefühl überrollte ihn. Er schluckte. Als Jeremias aufstand, hüpfte der Vogel in die Luft und flog davon. Irritiert sah Jeremias ihm nach, verließ sein Zimmer und bestellte sich in der Brasserie eine ausführliche Mahlzeit.

Der Marktplatz war inzwischen von der Kermes befreit worden, die Buden und Karussells waren abgeräumt, und man konnte die Fläche des Marktplatzes sehen, der groß und leer dalag. Das Brunnenhäuschen, das schon zu Boschs Zeiten da gewesen war, stand wie ein Denkmal in der Dunkelheit.

Während der Mahlzeit las er eine amerikanische Zeitung, die ihn mit der fremd gewordenen Wirklichkeit konfrontierte. Es hatte sich kaum etwas verändert. Die alten Probleme beschäftigten die Öffentlichkeit. Morgen früh würde er seine Anrufe planen, er würde Kate anrufen und Dr. Millar. Auch seinen Internisten würde er kontaktieren. Er fühlte sich körperlich ungewöhnlich schlecht. Eine Unzahl von unangenehmen Gefühlen bedrängte ihn. Sein Rücken und sein Kiefer schmerzten, die Beine fühlten sich wie Blei an. Die Sehstörungen kamen periodisch und auch sein Herz sandte eigentümliche Wellen von Missempfindungen durch seinen Brustkorb. Es war beunruhigend. Er legte den Zeigefinger auf den linken Schlüsselbeinknochen. Durch den dünnen Hemdstoff hindurch konnte er ihn fast ganz umfassen. Zuhause angekommen, würde er sich gründlich durchchecken lassen. Eine plötzliche Müdigkeit überschwemmte ihn. Er legte sich erschöpft in sein Bett. Das stille Hotelzimmer um ihn herum, schlief er sofort ein, obwohl es gerade erst dämmerte. In dieser Nacht träumte er weiter.

Hieronymus

Ich bin auf einer weiten Ebene in der Dämmerung. Die Luft ist von Wasserdunst gesättigt, es riecht nach Schlick, Feuchtigkeit ist überall. Mein Atem wird zu Nebel. Grün ist die Ebene und endlos. Ich hocke auf einem Fleck und mache mich klein, das Gesicht hinter meinen angezogenen Knien verborgen, und fürchte mich. Dann sehe ich es kommen. Ein schwarzes Tier nähert sich unter dem tiefen, grauen Himmel vom Horizont. Es springt mit merkwürdig langen Beinen, so wie eine riesige Kröte. Als es näher kommt, sehe ich die weißen Zähne im aufgerissenen Maul. Ich kann kein Glied rühren, mich nicht bewegen. Es wird mich gleich erreicht haben. Wimmernd erwache ich gerade noch rechtzeitig.

●

Ich sitze auf der Stadtmauer neben einem steinernen Turm. Aleyd und Gielis sind bei mir. Es ist später Nachmittag im Herbst. Die Blätter der Bäume sind golden und glitzern in der Sonne. Die Stadtmauer ist von Menschen überfüllt. Ein Geldernsches Heer zieht in großer Entfernung vorbei. Man hat zunächst eine Staubwolke gesehen, dann ist ein eigentümlicher Ton zu hören, ein Summen, Klirren. Dann zeigt sich der Heereszug. Metall blitzt. Haufen winziger Figuren kriechen unendlich langsam vorbei, dunkel und seltsam unbeweglich. Nur am Ende des Trosses sind menschliche Figuren auch in der Entfernung auszumachen, Fuhrwerke, Frauen, Kinder, von dürren Hunden verfolgt. Alle schweigen. Wir haben Angst, dass Karl von Geldern unsere Stadt angreift.

●

Aleyd kennt es schon. Sie schweigt. Die Schlacht der Vögel gegen die Säugetiere, ein Vogelheer, eine imposante Kriegsherrenversammlung. Wir stehen in der Werkstatt. Die Mittagssonne beleuchtet den Raum und das halbfertige Bild auf der Staffelei. Alart sieht es heute zum ersten Mal, Strauße, Adler, Geier, Eulen. Die Federn glänzen, die Schnäbel sind scharf, imperial. Eine unübersehbare Menge, ein Heer. Im Mittelgrund die Schlacht, im Hintergrund auf einer Anhöhe der Feldherrenhügel mit Löwe, Einhorn und Hirsch, die Feinde. Alart ist überrascht.

Die Vögel scheinen eine Niederlage in der Schlacht zu erleiden, Löwen zerreißen die Vögel, Reißzähne vergraben sich in Brust und Hals, Greife und Kraniche besiegen ein Einhorn, der abgerissene Kopf eines Hirsches liegt in einer Blutlache am Boden, ein Reh krümmt sich vor Qual unter den Schnabelhieben einer Rotte von Raubvögeln. Ein Wildschwein verblutet. Kampf, Krieg, Gewalt, Qual, Wut, Zorn, Schmerz.

Alart seufzt tief und legt mir die Hand auf die Schulter. Aus der Küche hört man die Vorbereitungen zum Mittagessen. Es riecht gut nach Suppe und frischem Brot

Jeremias

Jeremias schlug die Augen auf und atmete heftig. Sein Herz klopfte so gewaltsam in der Brust, dass das Echo plötzlich den dunklen Raum um ihn zu füllen schien. Zum ersten Mal seit langer Zeit hatte er wieder geträumt. Er war wieder Hieronymus gewesen. Seine Hand war unsicher, als er die Nachttischlampe suchte und endlich den Schalter fand. Hatte in der Dämmerung nicht eine schweigsame, dunkle Figur im Sessel in der Zimmerecke gesessen? Halb erwartete er, Hieronymus zu sehen. Unsinn. Sein Zimmer war leer wie immer. Entschlossen schwang er die Beine aus dem Bett, wobei ihn ein scharfer Stich im Kreuz aufstöhnen ließ. Er konnte jetzt unmöglich einfach liegen bleiben. Obwohl es erst kurz vor vier Uhr war, war er hellwach. Er musste raus an die Luft, außerdem konnte er die Gelegenheit nutzen und endlich einmal zu einer passenden Zeit in Kanada anrufen.

Die Verbindung kam sofort zustande. Diesmal war Kate sehr herzlich. Sie sprachen miteinander wie in alten Zeiten. Nachdem er aufgelegt hatte, ging er an den Schrank mit seinem großen Koffer und nahm das Photo von Kate heraus, das dort in der Seitentasche gesteckt hatte. Im breiten, silbernen Rahmen lachte sie ihn an. Sie stand am Meer, der Wind hob ihre blonden Haare und sie sah so jung aus. Ihre Augen trafen die seinen. Sein Herz hatte sich beruhigt.

Der Aufzug, in dem er in die Lobby fuhr, warf ihm das gewohnte Bild zurück. Er näherte seine Augen dem Spiegel: Er sah aus wie immer, ein schmales, müdes Gesicht, tiefe Augen, eine Fülle weißer Haare. Dennoch war in seinem Spiegelbild ein neues Element. Was war es genau? Bevor er den Gedanken genauer fassen konnte, war Jeremias im Erdgeschoss angekommen, die Tür ging auf. Hinter der Theke des Hotels im gewohnten dunkelblauen Anzug mit der winzigen goldenen Tulpe stand keine Boschfigur. Ein völlig unbekanntes Gesicht, der Nachtportier, blickte ihn erstaunt an. Mit einem erleichterten Gruß stürzte Jeremias an dem Mann vorbei, nach draußen.

Die kühle Nachtluft und die Dunkelheit der nächtlichen Stadt umgaben ihn wohltuend. Er fühlte sich gut, tatendurstig, er wollte kräftig laufen, sich Bewegung verschaffen. Er bog nach links durch die einsame Gasse auf den Marktplatz. Das Hieronymus-Denkmal lag rechterhand, er kehrte ihm den Rücken. Dort wollte er nicht hin. Der menschenleere Marktplatz mit den historischen Gebäuden war ihm zu weit, erinnerte an die Ebene aus seinem Traum. Er bog in irgendeines der Gässchen ein, ließ sich treiben und schritt kräftig aus, bis er den Rand der Stadt erreicht hatte. Sint Jan mied er. Die Straßenlaternen verbreiteten ein diffuses Licht. Erstaunlich viele Menschen waren schon unterwegs. Er sah das Museum und sein Antiquariat in der Dämmerung liegen, kam am Hellegat vorbei, folgte dem Vughterstrom, der immer wieder unter den Ziegelsteinstraßen verschwand, dann plötzlich wieder die Oberfläche erreichte. Enten quakten klagend und leise. Krähen schrieen. Die winzigen Häuschen, die Enge, die eingemauerten Gärten, all das sah so vertraut aus. Motorengeräusch zerriss die Stille, als er sich am alten Hafen wiederfand. Er wusste plötzlich ohne jeden Zweifel, dass er dort vorne, am Zusammenfluss von Dieze und Dommel, gesessen hatte, mit Alart, seinem Freund, und die hereinkommenden Schiffe betrachtet hatte. Er, Hieronymus.

In der Morgendämmerung, die am Himmel jetzt deutlich sichtbar war, sah er die Möwen in Schwärmen landeinwärts ziehen.

Als er wieder im Hotel ankam, war er noch nicht einmal der erste Frühstücksgast. Einzelne Herren in korrekten Anzügen saßen bereits im Frühstücksgewölbe, Het Telegraaf vor sich, müde blickend. Eine dralle Blondine in der gestreiften Schürze des Personals brachte ihm bereitwillig den Tee. Man sah ihm nichts an. Alles war wie immer, es saß nicht ein Mensch im Raum, der an ein Gesicht auf einem Bild erinnerte. Jetzt würde er sich nicht mehr hinlegen können, es wäre zu unruhig im Hotel.

Der Mann am Tisch gegenüber faltete seine Zeitung zusammen, legte sie auf den Tisch und verließ den Speisesaal. Jeremias stand auf, um sie zu holen. Ein flüchtiger Blick zeigte die üblichen Themen, den Jugoslawienkrieg und das UNO-Mandat, eine Stellungnahme zur jüngsten Maßnahme der niederländischen Regierung zur Arbeitslosigkeit, die Wetterprognose für die nächsten Tage. Nichts fesselte wirklich seine Aufmerksamkeit. Als er die Zeitung beiseite legte, fiel sein Blick noch einmal auf den Titel: Het Telegraaf. Er hatte überhaupt nicht registriert, dass die Zeitung in Niederländisch geschrieben war.

Den Vormittag verbrachte Jeremias im Stadtarchiv, einem seelenlosen, modernen Bau aus den 70er Jahren mit flachem Dach, der wohl im Zuge einer Altstadtsanierung entstanden war. Bevor er durch die schmale Glastür trat, warf er einen erstaunten Blick auf das futuristische, ganz rund gebaute Einkaufszentrum, das gleich nebenan lag. Die Firmennamen und Schaufenster erinnerten an zu Hause. An dieser Stelle hatte die Stadt ihre mittelalterliche Kulisse gründlich abgeschüttelt. Missbilligend sah er eine Gruppe von Jugendlichen in den üblichen unförmigen Hosen aus Dosen Bier trinken und rauchen. Normalität.

Das Archiv war von emsiger Geschäftigkeit erfüllt. Wände voll Karteikästen umgaben den Saal, in dem ältere Herrschaften mit ernstem, entrücktem Blick über Büchern und Akten saßen. Das Personal schleppte Stapel staubiger Bücher und Karteikartenstapel. Nachdem er eine Weile am Eingang gestanden und den Geruch der Akten tief eingeatmet hatte, ließ er sich von einer ausnehmend freundlichen jungen Frau helfen. Aber ja, kein Problem, auch als Ausländer dürfe er natürlich ihre Bestände nutzen. Sie half ihm dabei, die passenden Quellen zur Stadtgeschichte aus dem Bücherregal und dem Keller zu holen, stapelte alles auf einem kleinen Tisch in der Ecke und überließ den von so viel Charme und Freundlichkeit erwärmten Jeremias seiner Lektüre. Er beherrschte ja das Niederländische.

Hertogenbosch war eine Frontstadt gewesen. Auch deswegen war sie so oft von den amtierenden Herrschern besucht worden. Ein solcher Besuch hieß „Blijde inkomst" und verlief nach festen Regeln. Der Herrscher wurde möglichst feierlich empfangen und beschenkt, und sowohl er als auch die Stadt leisteten einen öffentlichen Eid der Treue als Herrscher und Untertanen. Am 13. Dezember 1496 zum Beispiel war der neue Herzog Philipp in die Stadt eingezogen und hatte vor dem Rathaus gesagt: „Ich schwöre, ein guter Herrscher von Brabant zu sein, die Witwen und Waisen zu beschützen und alles zu tun, was ein guter Herrscher tun muss. Dass Gott und seine Heiligen mir helfen mögen."

Der Hoogschout, eine Art von Oberbürgermeister, hatte erwidert: „Wir alle schwören, gute und treue Untertanen zu sein für unseren rechtmäßigen Herrscher, sein Eigentumsrecht und die Grenzen seines Landes zu bewahren und zu verteidigen, alles zu tun, was gute Untertanen tun müssen. Auf dass Gott und seine Heiligen uns helfen mögen!"

Er fand eine ausführliche Beschreibung dieses Einzugs. Die Herrscher waren bewusst am Abend durch das Stadttor eingezogen, damit Fackeln und Pechtonnen eingesetzt werden konnten. Die Beleuchtung erhöhte den Effekt. Die Straßenzüge waren trotz des Winters dekoriert mit gefärbten Stoffbahnen, Teppiche hingen aus den Fenstern der Häuser am Markt. Es waren lebende Bilder aufgebaut, David und Goliath, Herkules und der Löwe. Sogar die Namen der Darsteller waren in der Chronik verzeichnet. Die Geschichte von Herkules sollte natürlich zeigen, dass Philipp wie Herkules die Gelderner besiegen würde. Die hohen Herren haben im Dominikanerkloster gewohnt und beim Kaufmann Beys am Markt.

Jeremias blickte aus dem Fenster. Dieses Haus hatte an der Stelle gestanden, wo später das Hotel gebaut worden war. Am nächsten Morgen dann hatten die Vertragsparteien, die Einwohner der Stadt und der neue Herzog, die sorgfältig überlieferten Worte gesprochen.

Die Regierung der Stadt war kompliziert. Es gab ein pragmatisches Gemisch von Fremdherrschaft durch die Burgunder, die Habsburger und von einheimischer Verwaltung durch eine selbstbewusste Bürgerschaft. Schon vor der Wende zum Jahre 1500 war die finanzielle Lage der Stadt besonders problematisch gewesen und die Stadtverwaltung war reformiert worden. Angesehene Bürger, die guten Mannen, waren zur Mitarbeit in der Verwaltung zwangsverpflichtet worden. Die Kriegskosten für den Krieg gegen Geldern waren kaum mehr aufzubringen. Ständige Steuererhöhungen mussten durchgesetzt werden. Im Jahre 1502 hatte man zum Beispiel die eigentlich vertraglich garantierten Rentenzahlungen der Stadt gekürzt, weil man nicht mehr zahlungsfähig war. Jeremias sah mit Erstaunen, welche Wege der Geldbeschaffung bereits beschritten wurden, die er immer für ein Element der Neuzeit gehalten hatte. Die Stadt hatte sich von den Bürgern Bargeld geben lassen und ihnen dafür regelmäßige Zahlungen, eine Leibrente, zugesichert. Als die Methode der Gemeinde, über diese Art von Stadtanleihe zu Geld zu kommen, nicht mehr griff, organisierte man eine Lotterie in großem Stil auf dem Marktplatz von Hertogenbosch. 1506 ließ die völlig überschuldete Stadt mit Zustimmung des Rates von Brabant „paketbilleten" drucken, um eine Lotterie zu bewerben. Als Preise wurden sechs wertvolle Silberkannen und zwölf Silberschalen auf einer Stellage im Freien ausgestellt. Die Aktion war ein finanzieller Erfolg. Die Lose verkauften sich gut.

Immer wieder war die Zahlungswilligkeit des Klerus ein Streitpunkt. Gruppen von Bewohnern überfielen sogar den kirchlichen Weinkeller, weil die Kirche das Privileg des Weinverkaufs nutzte, ohne einen entsprechenden Beitrag zur Befestigung der Stadt zu leisten. Sie zahlte offenbar keine Steuern. Den verschiedenen Orden, die von Sondersteuern freigesprochen waren, wurde ein allgemeines Misstrauen entgegengebracht.

Die Brüderschaft, deren Mitglied Hieronymus war, spielte eine besondere Rolle im Leben der Stadt. Um 1500 gab es rund 14000 bis 15000 Mitglieder, eine unglaublich hohe Zahl. Die allermeisten waren natürlich auswärtige Brüder, die sich das Recht auf Totengedenken und Bitten durch ihre Mitgliedschaft erkauften. Ein Kreis von geschworenen Brüdern wählte jeweils den Vorstand. Die Geschworenen hielten untereinander engen Kontakt durch gemeinsame Messen und gemeinsame „Schwanenmahlzeiten". Diese regelmäßig stattfindenden Mahlzeiten, etwa achtmal im Jahr, im Hause je eines Mitgliedes, wurden von denen ausgerichtet, die einen Anlass hatten, eine Hochzeit, eine Aufnahme in die Zunft. Die feierlichen Requiem-Messen für die verstorbenen Brüder mit Orgelmusik und Chor waren ein Höhepunkt des Stadtlebens. Es gab eine Tracht, einen Umhang mit Kappe, Kovel genannt, eine silberne Brosche, die „Lilie zwischen Dornen" hieß, zu Ehren der Jungfrau Maria. Die Brüderschaft war eine Art von elitärem und ökonomischem Club, der Verbindungen schuf und verstärkte, Beziehungen stiftete. Man nahm nicht nur bedeutende Bürger der Stadt auf in den engeren Kreis, sondern auch Prominente, die Nassauer zum Beispiel, wichtige Politiker.

Die Stadt war sehr aktiv bei repräsentativen politischen Anlässen. Im Jahre 1504 zum Beispiel starb die Schwiegermutter Philipps, Isabella von Spanien, wodurch der junge Philipp König von Kastilien wurde. Er war zu dieser Zeit in der Stadt mit Militäraktionen gegen Geldern beschäftigt und darum anwesend. Hertogenbosch strengte sich offenbar sehr an, um zu diesem Anlass einen guten Eindruck zu machen. Eine Quelle schilderte die Feierlichkeiten sehr genau. Jeremias las mit wachsendem Interesse die Einzelheiten.

Im Mai des Jahres 1510 war ein berühmter Schmied aus Keulen, ein Jan Fyck, mit dem Guss einer Wunderwaffe betraut worden. Er behauptete, eine Kanone gießen zu können, die imstande war, von Hertogenbosch aus das Lager der Geldernschen erreichen zu können. Die Kanonenkugeln würden in Bommel einschlagen und den Feind vernichten. Der Kaiser Maximilian hatte das nicht finanzieren wollen, so dass die Stadt selbst eine erneute Anstrengung unternommen hatte. Als das Werk dann getan war, hatte die böse Griet, wie sie getauft worden war, nicht funktioniert.

Am 22. Januar waren die Geldernschen sengend und mordend in die Meierei eingefallen. Der Stadtrat von Hertogenbosch sagte den Fastenabendzug ab. Am 24. Januar läuteten gegen halb vier morgens die Notglocken. In der Stadt verbreitete sich die Nachricht, dass der Feind den Hinthamerpoort genommen habe. Nach einiger Zeit stellte sich heraus, dass es falscher Alarm war.

Es war 500 Jahre her und dennoch genügte es, sich am richtigen Ort zu befinden, sich Zeit zu nehmen und zu lesen. Und schon erschloss sich eine kaum überblickbare Fülle von Einzelheiten.

Jeremias rieb sich die angestrengten Augen. Die historischen Details stimmten überein mit seinen Traumerfahrungen. Es passte vieles zusammen. Er hatte zwar nur einen kleinen Teil der Literatur bewältigt, sein Blick auf die Situation der Stadt um 1500 war aber sehr viel klarer geworden. Hieronymus war in den Unterlagen nicht aufgetaucht. Was hatte van Dyjk noch einmal gesagt? Er sei über die Jahrhundertwende wahrscheinlich auf Reisen gewesen, in Italien. Jeremias starrte aus dem Fenster, auf das moderne Hertogenbosch. Nein, davon wusste er nichts. Ein solches Bild war nicht in seinen Träumen gewesen. Andererseits, so weit war sein Traum ja gar nicht gediehen. Er war ungefähr in der Zeit um 1500 angelangt. Bosch war aber erst 1516 gestorben. Am 9. August hatte die Brüderschaft für ihn einen ihrer berühmten Gottesdienste, die Totenmesse, gehalten. Es fehlte noch einiges an Zeit. Das beunruhigte ihn.

Nachdenklich verließ er das Archiv, aß eine Kleinigkeit und ging früh zu Bett.

Hieronymus

Es ist ein großer Tag, Bamis, der Tag Johannes des Täufers. Am heutigen Tag, dem dreiundzwanzigsten Juni, endet und beginnt das Rechnungsjahr der Stadtverwaltung. Es ist ein feuchter und kühler Frühsommer. Trotzdem hat die Sonne an Kraft zugenommen. Ihre Strahlen auf meiner Haut wärmen. Auf dem Marktplatz ist der Jahrmarkt schon aufgebaut, der nach der Prozession eröffnet wird. Alles ist da, viele Händler haben die Reise gewagt, obwohl die Zeiten so unsicher sind. Ich werde den Jahrmarkt nicht mehr nutzen, ich bin zu alt.

●

Ein dumpfes Gefühl der Angst beherrscht uns alle. Ich liege in unserem Bett und glaube das Geräusch der Geldernschen Truppen auf dem Marktplatz zu hören. Das heisere Rufen, die Schreie, Waffenlärm. Der Lärm erhebt und vereinigt sich zu einem hohen Ton, der zum Himmel aufsteigt. Schwere Stiefel poltern auf der Treppe unseres Hauses, ein Krachen, etwas reißt die Vorhänge des Bettes mit einem Ruck zur Seite. Ich erwache von Alyeds Hand auf meiner Stirn.

●

Die Tür knarrt, als ich sie vorsichtig hinter mir zuziehe. Es muss mitten in der Nacht sein, es ist finster. Aleyd hat wohl nicht gemerkt, dass ich aufgestanden bin. Ich fliehe vor meiner Unfähigkeit zu schlafen. Nichts rührt sich im Haus, die Giebel wie ein bedrohlich kippender Berg über mir. Der halbe Mond taucht zwischen den Wolkenfetzen auf und beleuchtet den Markt an den Rändern und um den Brunnen, überall Gruppen von Menschen aus der Meierei. Hügel aus Decken, Umhängen, Karren. Es stinkt. Vorsichtig setze ich meine Füße, ich höre Schnarchen. Die Decke neben mir bewegt sich, ein Arm ragt heraus, ich gehe schneller. Zum Sint Jan, zur Madonna. Der Umriss der Kirche ist riesig in der Dunkelheit reicht sie bis in den schwarzen Himmel, ein Berg, zerklüftet. Die Johannesfigur wird vom Mond kurz beleuchtet, dann wieder Dunkelheit.

Ist es nicht doch Hochmut gewesen, ein solches Gebäude zu erbauen? Vielleicht war der Brand ja doch ein Zeichen Gottes? Vielleicht ist alles falsch und Gott ist zornig, auch auf uns? Die Türme, die Lichtbogen, tausende von Kreuzblumen und behauenen Steinen, all die Arbeit, und jetzt? Wird es gut gehen oder werden wir vernichtet werden? Eine größere Menschengruppe hat sich unter dem steinernen Propheten Elias niedergelassen. Die Figur ragt über ihnen auf. Ein Mann hält Wache, in seiner Hand einen Knüppel. Als ich meine Kapuze zurückschiebe und wir uns ansehen, lächelt er. Ich drehe mich um.

•

Ich male ein Bild vom Weltgericht. Auf dem Paradiesflügel thront Gott, unter ihm tobt der Kampf der Engel, die auf ihrem Sturz zur Erde zu schwarzen, spinnenbeinigen Monstren werden. Die riesigen Insektenaugen und Flügel leuchten düster wie der Harnisch der vorbeiziehenden Soldaten. Im Mittelteil sieht man eine düstere Weltenlandschaft, Brände, Galgen, zerstörte Häuser, Soldaten und Dämonen bewegen sich in Trupps oder einzeln, geisterhaft beleuchtet vom Schein der Flammen. Mir gefallen diese Nachtbilder. Die Eisenpanzer der Krieger, das Blinken von Stahl, Durchbohren, Schneiden, mit kochendem Blei Begießen, Nagelbretter, die Funken, die vom Amboss springen, wenn der schwere Hammer niedersaust, das metallisch harte Geräusch, das dabei entsteht, das Zischen, all das drängt sich ins Bild. Über eine Brücke stürmt eine Horde vorwärts, mit Eisen beschlagene Räder, Waffen, eine Kanone hinter sich.

Der Höllenflügel zeigt Menschen nur noch als Opfer. Sie zeigen keinerlei Gegenwehr mehr. Die Brände lodern wie Höllenfeuer, beleuchten Fliehende, Kriegszelte. Der Höllenfürst meiner Kindheit thront mitten im Bild.

Als das Bild fertig ist, bin ich selber betroffen von seiner Wirkung.

•

Es ist wahrscheinlich, dass die Geldernschen in die Meierei einfallen werden. Neue Ströme von Flüchtlingen bewegen sich auf unsere Stadt zu. In der Kirche und im Umfeld, auf dem Marktplatz, in den äußeren Bezirken ist der Teufel los. Es herrscht ein heilloses Durcheinander von Menschen und Gepäck. Ich komme mir in unserem Haus am Markt mehr denn je wie ein Belagerter vor und vermeide es ganz, außer Haus zu gehen. Die Versorgung mit Lebensmitteln wird immer schwieriger, weil man trotz allem kaum noch Leute findet, die bereit sind, vor den Toren der Stadt zu arbeiten. Aleyd hat das Haus gefüllt mit den Familien, die auf ihren Gütern außerhalb wohnten. Nur die Bauern selbst bleiben. Es ist laut geworden auch bei uns. Ich kann nicht mehr arbeiten.

Ich träume schreckliche Dinge. Ein riesiges Messer wird wie eine Kanone durch die Stadt gefahren. Es ist so lang wie zwei Häuser. Die Räder, auf denen es rollt, sind mit Eisen beschlagen und mit kurzen Nägeln besetzt, die auf dem Boden kratzen. Kein Geräusch außer diesem Kratzen ist zu hören. Finstere Dämonen führen diese Kriegsmaschine, rattengesichtig, glücklich grinsend.

Jeremias

Jeremias erwachte im dunklen Zimmer und wusste nicht, wo er war. Eine endlose Zeit lag er starr, rührte sich nicht, bis er in der Finsternis nach und nach die Umrisse seines Hotelzimmers auftauchen sah. Es überraschte ihn nicht mehr, was er geträumt hatte. Es bestand ganz offenbar eine direkte Verknüpfung zwischen dem, was er las, und dem, was er in seinen Träumen erlebte. Dennoch ergriff eine große Ruhe von ihm Besitz. Er fühlte keine Panik, noch nicht einmal Unruhe. Seit seine Aufzeichnungen beendet waren, hatte er nicht mehr die Pflicht, alles aufzuschreiben. Das erleichterte ihn. Er hatte jetzt endlich das Gefühl, sich dem Geschehen hingeben zu dürfen, es nicht mehr abwehren zu müssen. Überhaupt war ihm die Gegenwart in den letzten Tagen blass vorgekommen. Die Bilder, die er sah, hatten ihre Leuchtkraft verloren. Nie wäre er jetzt freiwillig fortgegangen, ins Kino, in ein Kaufhaus, irgendwohin. Er hatte keinerlei Lust dazu. Bedächtig knipste er die Nachttischlampe an und erhob sich ächzend. Es war drei Uhr. Der Nachtportier grüßte ihn beim Herausgehen freundlich. Jeremias nahm seinen nächtlichen Gang durch Hertogenbosch auf. Heute stand ein heller Vollmond am wolkenlosen Himmel, der den Gebäuden und Bäumen scharfe Schatten verlieh. Wind wehte und wirbelte die Blätter durch die leeren Straßen. An einer Brücke über der Dieze blieb er stehen und blickte wie hypnotisiert ins fließende Wasser. Das kalte Metallgeländer umklammernd, beobachtete er die Strömung, ohne sich zu rühren. Erst als er in unmittelbarer Nähe eine Männerstimme grölen hörte, bewegte er sich hastig weiter. Ein Blick zum Himmel zeigte ihm, dass zum Vollmond nur noch eine kleine Rundung fehlte. Morgen oder spätestens übermorgen würde es soweit sein. Das Mondlicht beleuchtete Jeremias und er sah seinen eigenen, scharf umrissenen Schatten wie einen fremden Menschen neben sich, gebeugt laufend. Die Geräusche der Betrunkenen hatte er hinter sich gelassen. Statt dessen hörte er das Hallen der eigenen Schritte auf dem Pflaster, zurückgeworfen und verstärkt durch die aufragenden Wände. Eilig nahm er die Stufen, die von der Dieze aus wieder zur Straße nach oben führten, als er neue Geräusche wahrnahm, Hundepfoten auf dem Pflaster, die sich eilig und leichtfüßig bewegten, das Hecheln eines Tieres. Er blickte sich um. Man verfolgte ihn, gleich würde um die dunkle Ecke etwas zu sehen sein. Jeremias drehte sich um, stürzte vorwärts, der Stadt zu. Die Hundegeräusche näherten sich weiter, das Tier rannte, hatte ihn fast erreicht. Entschlossen blieb Jeremias stehen, wandte sich um und erstarrte. Vor ihm stand sein Hund, er erkannte ihn sofort, schwanzwedelnd, leise jaulend, um ihn herum springend, ganz offenbar von Freude überwältigt. Das hier war sein Hund, Alart, den er auf der Italienreise mitgenommen hatte. Es war ein jugendlicher Alart, nicht der, den er auf seinen Armen hatte tragen müssen, weil er nicht mehr laufen konnte. Jeremias ging in die Knie. Der Hund Alart setzte sich ebenfalls, legte den Kopf schief, winselte leise. Lange Zeit sahen sie sich in die Augen. Kein Geräusch war in der nächtlichen Stadt zu hören, nur das Wasser der Dieze floss stetig. Dann streckte Jeremias die Hand aus, um Alarts Fell zu streicheln. Der Hund zuckte zurück und setzte sich außer Reichweite. Jeremias fühlte tiefes Bedauern. Er sah den Hund, durfte ihn aber offenbar noch nicht berühren. Was sollte er tun? Hilfe suchend blickte Jeremias sich in der mondhellen Nacht um. Auf sein Locken reagierte Alart nur mit leisem Winseln, obwohl sein Schwanz ununterbrochen wedelte und auf den roten, rauen Backsteinen ein schabendes Geräusch verursachte. Im hellen Mondlicht saß der Hund, hinter sich mehrere hintereinander liegende Brücken über den Fluss, deren perfekte Halbkreise sich im nächtlichen Wasser zu den Formen eines Kreises schlossen, der endlos lang in die Weite zu führen schien. Mond und Sterne spiegelten sich im nachtdunklen Wasser und schwankten leise hin und her. Alart betrachtete Jeremias aufmerksam. Jeremias lächelte und schloss die Augen, weil sie plötzlich nass wurden. Er wischte energisch die Tränen weg. Als er sie wieder öffnete, war Alart verschwunden, nur die im Dunkeln tanzenden Sterne führten weiter ins Unendliche vor ihm. Jeremias erhob sich schwankend, mit beiden Händen zupackend, zog er sich am Geländer die Treppen hinauf. Er wusste jetzt, wo er hingehen musste. Beim Anblick seines Hundes war ihm klar geworden, dass er eine tiefe Sehnsucht nach dieser vergangenen Welt in sich trug. Er wollte dorthin.

Wo konnte er nur den Zugang finden, wie hineingelangen?

Auf dem Rückweg rüttelte er an den Türen von Sint Jan. Er durfte nicht hinein, die Türen waren verschlossen. Im Golden Tulip angekommen, legte er sich einige Zeit auf sein Bett, um zu dösen. Als die Geräusche der Stadt ihn weckten und es hell geworden war, ging er eilig ins Stadtarchiv, um weiterzulesen.

Immer wieder war die Geldnot der Stadt Gegenstand der Quellen. Hertogenbosch musste dringend gegen die Geldernschen Waffen kaufen, musste unbedingt wehrtüchtig bleiben, sonst würde die Stadt eingenommen werden vom Feind, so wie es ringsum im Umland mit den schutzlosen Dörfern geschah. Das Jahr 1505 verzeichnete ein „großes Sterben" in der Stadt. Ob die Pest, die Hungersnot oder der Krieg daran Schuld waren, das ging nicht aus den Texten hervor. Im Jahre 1506 veränderte Philipp der Schöne die Gesetzeslage für Bettler. Herbergen und Bürger durften Bettler nicht länger beköstigen oder übernachten lassen. Das Betteln selbst wurde auf einmal unter strenge Strafen gestellt Ganz offensichtlich konnte die städtische Gemeinschaft den Anforderungen an ihre Mildtätigkeit nicht länger entsprechen. Ein Fürst von Anholt zog im Juli 1507 mit einem großen Heer zu Maas und Waal, bedrohte auch Hertogenbosch, die Stadt kaufte für 197 Rheingulden eine Menge von kleineren Kanonen, die auf Kriegsschiffen eingesetzt werden konnten, die auf den Grenzflüssen operieren sollten. In den letzten Jahren seines Lebens hatte Hieronymus eine immer stärkere Notlage der Stadt erlebt. Der Krieg zwischen Burgund und Geldern tobte hin und her. Das Engagement der Machthaber schwankte, mal waren sie anwesend und unterstützten die Stadt, mal entfernten sie sich. Ein sicheres Datum, das etwas Erfreuliches belegte, war, dass 1510 Hieronymus die Brüderschaft in sein Haus einlud, sie offenbar großzügig mit Kabeljau, Salm, Karpfen, Rosinen und Feigen bewirtete. Am 25. September 1512 zogen die Geldernschen nach Rosmalen und Hintham, zum Kloster der Schwestern von Orthen, das sie auch verwüsteten, ebenso wie Schindel. Das bedeutete, dass sich die Soldateska immer mehr der Stadt näherte. Die Stadt fand in höchster Not Hilfe bei Antwerpen, das ihr Geld lieh, um Truppen von Söldnern für die Verteidigung zu bezahlen. Man engagierte in aller Eile einen gewissen Erith van Bruynswyck, der in die Stadt einzog mit Berittenen und Fußvolk und seinem Bruder. Der Kaiser Maximilian schrieb einen Trostbrief an die Stadt, dass sie „guten Mut und Geduld" haben solle. Die Brüder wurden in der Stadt bewirtet und hofiert, erhielten 8000 Rheingulden, eine enorme Summe, die man von den Gilden und Bürgern eingezogen hatte. Bruynswyck aber zog in die Nachbarschaft und plünderte und brandschatzte dort drei Tage lang. Offenbar wiederholte sich das immer Gleiche. Die Soldaten, von denen man Hilfe erwartet hatte, taten selbst nichts anderes als der Feind. Wenn sie nicht mehr bezahlt wurden, tobten sie sich eben in der Gegend aus, in der sie waren.

Müde rieb sich Jeremias die Augen. Es war entsetzlich. All diese unzähligen Details, die hier so offen ausgebreitet wurden, trafen auf ein Echo in ihm selbst. All diese Trostlosigkeit war ihm nicht fremd. Mühsam stemmte er sich von seinem Arbeitstisch hoch. Er ließ alles liegen, ein schöner, ruhiger Platz, mild beleuchtet, mit Material beladen. Sein Tisch im Archiv erschien ihm wie eine stille Seifenblase innerhalb der Welt. Wenn er jetzt hinausträte, dann würde alles wieder auf ihn einstürzen, der Krach, die Farben, die Gerüche.

Am Hieronymus-Denkmal vorbei hastete er zu seinem Zimmer und legte sich schlafen.

Hieronymus

In der Nacht träume ich, dass ich weit oben über dem Land schwebe, so wie ein Habicht. Der Wind zerrt an meinen Haaren. Ich sehe die weite Ebene unter mir, Heeresteile als dunkle Flecken darauf verteilt, winzig klein, die Feuer lodern. In meinen Händen halte ich eine metallene Büchse. Ich öffne die Hände, die Büchse fällt, sie schlägt nach trudelndem Fall auf, eine Stichflamme entsteht, eine Explosion, Feuer breitet sich aus. In meinen Händen erscheint eine neue Büchse. Die Menschen auf der Erde schauen hoch, reißen die Münder auf, gestikulieren zu mir hinauf. Ich höre nichts von ihrem Geschrei, nur der Wind knattert und schlägt. Ich erwache mit einem wilden Gefühl der Freude.

•

Heute Nacht bleiben Aleyd und ich auf den Wällen rund um die Stadt. Alle wachen und starren in die Dunkelheit. Das Wasser der Dommel und der Dieze glitzert im Licht der Sterne. Der Atem steht uns als weiße Wolke vor den Mündern. Wir sehen ihre lagernden Truppen, ihre Feuer. Durch die Windstille kann man das Heer hören. Es klingt wie entferntes Brausen. Wir fühlen uns verloren. Nichts können wir gegen sie ausrichten, wenn sie uns am nächsten Morgen angreifen. Die Stadt wird fallen.

•

Die Brüder Erith und Hendrik von Brunswyck sind in die Stadt eingezogen mit ihrem Heer. Sie werden uns helfen, ich bin mir sicher. Als sie durch das Hinthamertor einziehen, schweigen die Menschen. Die Gesichter der Krieger, soweit unter den Helmen sichtbar, sind finster und feindlich. Ihre Rüstungen sind zerbeult, rostig. Die Pferde sind schwarz wie ihre langen Reitmäntel. Ich muss an die wilde Jagd der Hulda denken. Die Söldner hinter ihren Befehlshabern wirken abgerissen, müde, schlecht ernährt. Sie riechen scharf, während sie vorbeiziehen. Unwillkürlich suche ich auf ihren Schultern nach den kleinen menschengesichtigen Tieren. Bevor sie losziehen, bleiben sie zwei Tage in und vor der engen Stadt. Die Männer sprechen fremdländisch, sie kommen vor allem aus Österreich. Sie haben grobe, breite Gesichter, schartige Waffen und einen besonderen Ton in der Stimme. Viele von ihnen tragen seltsame Goldringe, die sie sich durch die Nase, die Ohren, die Brauen getrieben haben, vielleicht, um sie nicht zu verlieren. Sie sind sehr hungrig und durstig. Man hält die Bevölkerung mit Mühe zur Ruhe an. Die Soldaten werden kämpfen müssen. Sie müssen so sein, wie sie sind.

●

Ich male in meiner Werkstatt einen Heiligen Hieronymus. Der Einsiedler liegt hingestreckt auf der Erde, die Augen geschlossen. Er sieht nichts von der äußeren Welt. Das Gesicht unter der Tonsur ist entrückt, ekstatisch. Die Reste der Welt um den Einsiedler herum zerbrechen, zerbersten auf lautlose Weise. Nur in der Ferne sieht man das liebliche Grün der Kindheit.

●

Es ist Herbst und eigentlich nicht kalt. Trotzdem friere ich ständig. Meine Kiefer schmerzen. Ich schlafe schlecht. Wenn ich morgens zerschlagen erwache, holt mich die Wirklichkeit erst nach und nach ein. Meistens ist es trübe, grau. Ich höre die Krähen schreien. Heute Morgen habe ich eine Rohrdommel gehört.

Meine Gedanken gehorchen mir nicht mehr. Sie schweifen immer wieder ab, zu ganz Unwichtigem, Nebensächlichem. Ich denke eigentlich dauernd an die Wärme meines Bettes, an das bevorstehende Essen. Ich kann nicht mehr gut hören. Um meinen Kopf herum ballt sich der Lärm des Hauses wie ein zäher Brei. Ich sehe wohl, wie die anderen ihre Münder bewegen, aber ich höre kaum mehr etwas davon. Vor meiner Staffelei kann ich eigentlich nur noch sitzen und schauen. Gielis malt jetzt für mich. Die Stille umgibt mich tröstlich.

Oft sehe ich meine Schwester Kathrin, sie ist wieder ein junges Mädchen, das etwas in der geschlossenen Hand trägt. Wenn sie die Hand öffnet, liegt dort ein Opal, der wächst, bis er zu einem Berg aus Licht geworden ist. Auch mein Hund Alart ist da. Er steckt mir die warme, feuchte Schnauze in die Hand und schnauft sanft.

Jeremias

Das Erwachen vollzog sich zäh, langsam. Die letzten Träume waren von einer anderen Art gewesen, unterbrochen von längeren, schwarzen und leeren Perioden. Der junge Philipp war eingezogen in die Stadt. Ja. Er erinnerte sich.

Es war wieder Nacht. Dunkelheit umgab Jeremias wie gewohnt. Als er den Wecker dicht vor seine Augen hielt, sah er die Uhrzeit: Es war kurz vor Zwei. Vor der Tür seines Zimmers rührte sich etwas. Ein Geflüster war zu hören, ein Scharren. Jeremias blieb starr in seinem Bett und fixierte die Türklinke. Nichts. Dann entfernten sich Schritte den Gang hinunter. Wieder herrschte Stille.

Mit unendlicher Mühe wuchtete er sich aus dem Bett, zog seinen warmen Mantel an und ging durch das totenstille Hotel zum Aufzug. Der Spiegel in der Kabine erschreckte ihn. Er sah alt aus, verbraucht, seine Augen trugen einen neuen Blick. Das Wetter für den heutigen Tag sollte schön werden, der Einfluss eines Hochs von den Kanaren, sonnig, bis 16 Grad. Flüchtig erinnerte er sich an Kanada, die Frühlinge dort.

Der Nachtportier grüßte ihn, freundlich wie immer. Durch die Glaslobby hindurch tauchte Jeremias in die tiefschwarze Gasse vor dem Hotel. Er hatte keinen Zweifel darüber, wo er jetzt hingehen sollte. Er musste zur Kathedrale. Diesen Ort hatte er in der Stadt meistens gemieden. Jetzt würde er ihn aufsuchen, es war Zeit.

Während er den Marktplatz überquerte, hörte er hinter sich das vertraute Geräusch seines Hundes. Ja, Alart folgte ihm. Das war ein gutes Zeichen. In der heutigen

Nacht hatte der Vollmond tatsächlich seine volle Rundung erreicht. Die vorbeiziehenden Wolken ließen ihn für einen Moment die Umgebung ganz beleuchten wie eine Theaterkulisse Noch einmal empfand Jeremias diese Umgebung als bizarr und unzeitgemäß. An der Ecke des Marktes stand eine kleine, gebeugte Gestalt, es war Tientje. Einen Moment zögerte Jeremias, ob er sie ansprechen sollte, aber Tientje hob abwehrend die Hand. Als er sie passiert hatte, löste sie sich von der Ecke und folgte ihm unhörbar. Der Turm der Kirche ragte hoch über die umgebenden Häuser. Man hatte die Nachtbeleuchtung in der Laterne auf dem Dach, einem sehr alten Bauteil, schon ausgeschaltet. Das Gebäude lag riesig und schwer in der Dunkelheit. Als Jeremias den Vorplatz vor dem Haupteingang zum Langschiff erreicht hatte, folgten ihm weitere zwei Personen, es waren offenbar Alart, sein Freund, und Aleyd, seine Frau. Jeremias lachte leise, wie in Vorfreude. Die Gruppe in ihren weiten Umhängen hielt sich dicht zusammen, in sicherer Entfernung von ihm. Dennoch sahen sie ihm zu. Das wusste er.

Er griff zu der schweren Türklinke, die das Portal verschloss, natürlich war die Tür abgeschlossen. Er rüttelte leicht. Nein, hier konnte er nicht hinein. Ratlos blickte er sich um und begann langsam, die Kirche zu umkreisen. Vorbei an dem jetzt ausgestorbenen Marktplatz betrachtete er erneut die Lichtbogenfiguren, die immer noch nicht auf dem Dach der Kirche angekommen waren. Klar hoben sie sich gegen den mondbeschienenen Nachthimmel ab. Diese Südseite war sehr alt, unverändert. Durch die Fenster glomm aus dem Inneren ein Licht. Ein Blick nach hinten zeigte Jeremias, dass er jetzt von einer noch größeren Gruppe verfolgt wurde, es war Kathrin, eindeutig, sein Herz weitete sich freudig und er blieb unwillkürlich stehen, so wie seine Verfolger. Hastig ging er vorwärts, um die Tür im Südportal auszuprobieren, nein, auch sie war ordentlich verschlossen. Als er die Sakristeitür ein Stückchen weiter erreicht hatte, verließ er den Bereich, der in das Mondlicht getaucht wurde, und bewegte sich mit vorsichtigen Schritten in die Dunkelheit der Ostseite hinein. Er blieb lange vor den beiden vertrauten Steinfiguren, dem Vogel und dem Hund, stehen, die Kneipe, wo er so oft gesessen hatte, im Rücken. Die beiden sahen ihn wissend an. Hier stand Jeremias direkt am Ende des Chorumganges, hinter diesen niedrigen Türmchen und Fialen, dieser völlig unübersichtlichen Gotik, befand sich der Chorumgang und davor das Allerheiligste. Dort vor ihm gab es eine niedrige Tür zur Sakristei, er rüttelte am Türknauf. Auch diese Tür war verschlossen. Wie sollte er denn hineingelangen? Verwirrt blickte er zu seinen Begleitern. Aber natürlich, auf gleicher Höhe, vor dem Nordportal befand sich ja die Sakramentskapelle, diejenige Kapelle, die nur für die Mitglieder der Brüderschaft angebaut worden war, die Alart und er so prachtvoll ausgeschmückt hatten. Zielbewusst steuerte er auf eine versteckt liegende Tür an der Gerfkammer zu. Die hatten sie geplant, um auch ungesehen, ohne die oft überfüllte Kathedrale passieren zu müssen, hinein- und hinausgelangen zu können. Er erinnerte sich. Die raue Klinke an der extrem niedrigen Tür reagierte sofort. Knarrend ging sie auf. Tief gebeugt trat Jeremias ins Innere. Die Enge des Durchschlupfes stand in großartigem Gegensatz zur Kapelle selbst. Ein ewiges Licht brannte sanft vor dem Altar und zeigte in der Dunkelheit die wunderbaren Formen ihrer Kirche. Hoch oben waren die Schwünge der Gewölbekonstruktion nur zu ahnen. Aber er kannte sie ja. Alles war so geordnet, in der angemessenen Form. Das Gebäude bedeckte ihn hoch und feierlich. Es war ganz richtig so.

Jeremias richtete seine Augen auf den Eingang zur Hauptkirche, der von einem hohen Gitter markiert war. An der dunklen Wand erkannte er die Weltgerichtsuhr, die als riesiger Kasten hoch aufragte. Es war die Uhr seiner Kindheit. Vor ihr saßen seine Begleiter, eine Fülle von Menschen, die er nicht gleich erkannte. Eilig ging er auf die Uhr zu. Von der Seite kam ein Kirchendiener mit langer Stange und öffnete die Seitenflügel des Uhrwerks. Jeremias setzte sich wie hypnotisiert auf die Bank zu den anderen. Der Stundenschlag ertönte und die Pforten des

Uhrwerks öffneten sich. Das automatische Glockenspiel begann seine Melodie. Von der rechten Seite aus fuhren die drei Weisen aus dem Morgenland aus der klappernden Tür auf ihren Schienen heraus, die Gaben in den Händen. Sie huldigten der Gottesmutter mit dem Kind auf ihrem Schoß. Dann verschwand die Anbetung auf der linken Seite des Uhrwerks und das Jüngste Gericht vollzog sich.

Während das altbekannte Spiel seinen Lauf nahm, streifte der Mann neben ihm die Kapuze ab, die seine störrischen, weißen Haare bedeckt hatte. Der Kerzenschein beleuchtete sie und sein Gesicht mit den tiefen Augen. Jeremias hatte Hieronymus endlich erreicht. Er lächelte ihn freundlich an. Jeremias lächelte glücklich zurück.

Hertogenboscher Dagblatt vom 12. September:
Ein kanadischer Tourist ist seit drei Tagen als vermisst gemeldet. Seine in den Staaten zurückgebliebene Ehefrau hat die Suche in Gang gesetzt, nachdem sie mehrere Tage keinen Kontakt zu ihrem Mann hatte. Der Gesuchte verließ nach Aussagen des Nachtportiers das Hotel „Golden Tulip" gegen drei Uhr nachts, ohne zurückzukehren. Ein Verbrechen kann nicht ausgeschlossen werden, obwohl die Hertogenboscher Polizei keine Spuren gefunden hat. Für Hinweise sind die örtliche Polizei und das kanadische Konsulat jederzeit dankbar.

Nachwort:

Der vorliegende Text ist im Jahre 1998 entstanden und im Jahre 2016, dem Jahr der großen Bosch-Ausstellung in Hertogenbosch, erneut hervorgeholt und für eine Veröffentlichung bearbeitet worden.

Meine erste Begegnung mit dem Maler Hieronymus Bosch fand statt in den achtziger Jahren der 20. Jahrhunderts in Wien, in der Akademie der Bildenden Künste. Ich betrat einen dunklen Raum, in dessen Mitte „Das Jüngste Gericht" von Bosch gezeigt wurde, ein Triptychon auf einem hüfthohen Sockel. Das Bild war ausgezeichnet beleuchtet, ich war allein, ich blieb allein, niemand bewachte das Bild. Ich konnte alle Teile betrachten, die Vorderseiten und die Rückseiten. Einmal betrat ein japanischer Tourist den Raum, photographierte und ging wieder.

Diese Begegnung mit einem Bosch-Bild verlief aus heutiger Sicht sehr ungewöhnlich. Wer die diesjährige Bosch-Ausstellung in Hertogenbosch besucht hat, erkennt den Wandel der Zeiten. Im damaligen Wien konnte ich mich dem Bild auf kürzeste Entfernung nähern. Im Jahre 2016 gibt es Panzerglas, Photographier-Verbot, streng blickendes und handelndes Wachpersonal und vor allem Massen von Besuchern. Es gibt Eintrittszeit-Fenster, wochen- und monatelange Wartezeiten auf Tickets, und bald nach der Eröffnung der Ausstellung waren die Eintrittskarten ausverkauft.

Es ist also schon lange nicht mehr möglich, einen solch freien Zugang zu Bosch zu erhalten, wie ich ihn in Wien erleben durfte. Niemals in meinem Leben habe ich so deutlich gespürt, was Walter Benjamin die „Aura" nannte, eine Ahnung dessen, was das zu betrachtende Kunstwerk gesehen hat, wessen Zeuge es war. Seit dieser Zeit hat mich Bosch immer wieder intensiv beschäftigt, wenn die Umstände es zuließen.

Der vorliegende Text ist entstanden nach einer langen Phase von Recherchen. Die Stadt Hertogenbosch liegt meinem Wohnort im Ruhrgebiet relativ nahe, und ich besuchte die Stadt daher mehrmals. Ich las eine Vielzahl von Büchern über Hieronymus Bosch, zunächst kunsthistorische Arbeiten aus vielen Ländern. Danach informierte ich mich über den historischen und kulturellen Hintergrund, und fand dazu eine große Menge von Veröffentlichungen. „Brabantia" nennt man diese Literatur in den Buchhandlungen von Hertogenbosch.

Ich erfuhr so eine Unmenge von Details über Flandern zur Zeit des Hieronymus Bosch. Je mehr Zeit ich auf diese Recherchen verwandte, desto verblüffendere Quellen erschlossen sich mir. So konnte ich nachlesen, welche Farben die burgundischen Ritter beim Einzug Karls V. trugen, welch hochmoderne Überlegungen die Stadt Hertogenbosch damals anstellte, um die Kriegskosten aufzubringen etc. Als ich eines Morgens im „Haus der Niederlande" im westfälischen Münster saß, vor mir eine mittelalterliche Stadtchronik von Hertogenbosch, fiel es mir schwer, diese historische Recherche zu beenden. Immer mehr Einzelheiten begannen mich zu interessieren.

Es war daher ein schmerzhafter Vorgang, aus einer Unmenge von historischen Details diejenigen herauszusuchen, die ich verwenden wollte. Die erste Fassung des Manuskripts war sehr lang, indem sie detailliert auf die Geschichte der Stadt einging. Ich habe mich dann für eine Überarbeitung und Kürzung des Manuskripts entschieden, hin zu einer eher konventionellen Geschichte, von der ich hoffe, dass man sie lesen kann.

Die aufgenommenen Szenen zu Ereignissen rund um Hieronymus Bosch sind naturgemäß imaginiert, aber nicht erfunden. Die Vorlagen für diese Szenen finden sich allesamt in regionalgeschichtlichen Veröffentlichungen. Eine Ausnahme bildet das Geschehen um die Weltgerichtsuhr in der Kathedrale Sint Jan. Ihre Berücksichtigung in der Geschichte ermöglichte eine so günstige Verknüpfung mit der Hauptfigur des Romans, dass ich nicht widerstehen konnte. Diese Uhr wurde erst nach Boschs Tod in der Kirche aufgestellt.

Das Manuskript versteht sich als Roman. Die Sicht auf den Helden und sein Werk entspringt meiner persönlichen Interpretation seiner Bilder.

Karel van Mander, ein Kunsthistoriker „avant la lettre", schrieb über seine fast vollständig erfundende Biographie von Pieter Breughel dem Älteren: „So habe ich dich aus deinen Werken gezogen." Dies entspricht auch meiner Verfahrensweise.

Recklinghausen, April 2017

Andrea Fondermann wurde im Jahre 1950 in Waldmünchen geboren. Sie wuchs in Dortmund auf und studierte an der Universität Münster. Sie unterrichtete als Gymnasiallehrerin die Fächer Deutsch, Kunst und Sozialwissenschaften. Sie wohnt in Recklinghausen.